中国少儿必读金典

·美绘版·

［水浒传］

〔明〕施耐庵　〔明〕罗贯中／著　　龚　勋／主编

天 地 出 版 社 | TIANDI PRESS

前言

气吞山河的英雄传奇◎中国古代白话小说经典巨作

《水浒传》又名《忠义水浒传》《江湖豪客传》，是元末明初小说家施耐庵、罗贯中根据宋、元以来流传的有关"水浒"的民间故事、话本、戏曲等加工、整理、创作出来的，是中国古代长篇小说的经典杰作。小说以农民斗争宋江起义为线索，艺术地再现了中国古代官逼民反的悲壮画卷，揭露了封建社会尖锐的阶级矛盾，同时向后人展示了宋代的政治文化、民情风物等社会景观，并成功塑造了宋江、林冲、鲁智深、李逵、武松等一大批个性鲜明的梁山好汉的光辉形象，具有极高的艺术成就。

《水浒传》是我国第一部以白话文写成的章回体小说，数百年来，一直深受人们喜爱。本次精心推出的珍藏本将水浒经典故事以全新的美绘形式重新加以精彩诠释，画工精良的场景图和逼真传神的人物描画，极具表现力地烘托和渲染了名著精华，值得反复回味。

目录

【水浒传】
·美绘版·

Four Classical Masterpieces
of Ancient China

目录

【水浒传】·美绘版·

Four Classical Masterpieces of Ancient China

【水浒传】·美绘版·

Four Classical Masterpieces
of Ancient China

【水浒传】·美绘版·

Four Classical Masterpieces
of Ancient China

【水浒传】
·美绘版·

Four Classical Masterpieces of Ancient China

王教头私走延安府 九纹龙大闹史家村

话说北宋哲宗年间，东京开封府汴梁城内，有一个浮浪破落户子弟，名唤高二。此人自小不务正业，专好弄枪使棒，最是能踢一脚好毬[①]，京城人口顺，不叫他高二，却都叫他高毬。后来高毬发迹，他就将"毬"改为"俅"，名为高俅了。高俅吹拉弹唱、相扑玩耍无一不通，也会胡乱作些诗词歌赋，但若论仁义礼智、信行忠良，却是一概不知。

这高俅凭着一身无赖本事，专在酒楼瓦肆[②]等热闹场所瞎混。后来经人介绍，他做了王太尉府中的家丁。这王太尉是哲宗皇帝的妹夫、神宗皇帝的驸马，与哲宗的弟弟端王赵佶交往深厚。赵佶乃神宗天子的第十一子，对琴棋书画、吹拉弹唱之事无一不通，也是个风流浪荡子弟。一日，高俅受王太尉之命，到宫中给赵佶送礼，恰巧碰到赵佶在毬场跟手下人踢毬。原来，赵佶酷爱踢毬，宫中养了一帮子闲人，专门陪他踢毬玩耍。这时，那个毬"腾"地飞起来，赵佶没接着，毬一直穿过人群滚到高俅身边。高俅见毬来，撞着胆子飞起一脚，把毬踢给赵佶。赵佶大喜，随即让他下场踢毬。高俅的高超毬技赢得赵佶的喝彩，赵佶一高兴，就向王太尉要了高俅，让他跟

[①]毬：即古代的蹴鞠，以毛填充，后来用皮革缝制而成，内充气，相当于现在的足球。另外，"毬"一词也泛称古代游戏用球。
[②]瓦肆：宋代兴起的一种游乐商业集散场所，又称"瓦舍""瓦子"等。

在自己身边，专门陪自己踢毽玩乐。就这样，高俅做了赵佶的亲随，整日与他形影不离。后来，哲宗皇帝驾崩，因哲宗无子，端王赵佶被扶上帝位，这就是历史上有名的风流皇帝宋徽宗。赵佶做了皇帝，高俅也一步登天，仅半年时间，他便做到殿帅府太尉一职。

新官到任，高俅好不威风，所有下属的公吏衙将、都军监军人等都前来参拜道贺。高俅拿花名册一一点过，其中只少了一位八十万禁军教头王进。王进于半月前请过病假，因病未痊愈，至今还没有到衙门管事。高俅却大怒，说王进是故意装病，有意搪塞他，随即差人去捉拿王进。

王进拖着病体来到殿帅府，参见了高俅。高俅一见，问道："你可是都军教头王升的儿子？"王进回答一声"是"。高俅喝道："你这厮，你爹不过是街头上使花棒卖药的，你晓得什么武艺？前任官没眼，参你做个教头，你如何敢小看我，不来参拜！你托谁的势，要装病在家，安闲快乐？"王进道："小人不敢，其实是病未痊愈。"高俅又骂道："贼配军，你既然害病，现在又如何来得？"王进答道："太尉呼唤，不敢不来。"高俅大怒，喝令左右："拿下，给我用力打这厮！"阶下众多牙将多与王进相熟要好，见状纷纷为之求情，高俅才勉强饶了王进的皮肉之苦。王进谢罪后，抬头一看，认得这太尉竟是当年东京的混混高二，心中暗暗叫苦，知道自己这回性命难保了。原来，以前高俅学使棒，曾被王进的父亲一棒打得三四个月下不了床。如今他做了太尉，怎会不寻机报复？

回到家后，王进思来想去，觉得唯有走为上策。王进没有妻子，家里只有一个六旬多的老母，他将情况告知母亲，母子二人抱头痛哭了一回，遂商议去投奔延安府的老种经略相公③。于是，王进与母亲连夜收拾行李，趁天没亮时逃出了汴梁城，向延安府奔去。后来高俅得知王进逃走，大为恼怒，随即发下文书，缉拿王进。此事暂且不提。

且说王进与母亲自离开东京，一路上风餐露宿，夜住晓行，走了一个多月。这一天，天色将晚，母子二人走得高兴，错过了投宿的客店。正不知如何是好，前面林子里闪出一道灯光来，二人走近看时，却是一所大庄院。王进带母亲敲开庄门，请求借宿一晚。庄客领他们见了庄主太公，那太公年有六旬以上，须发皆白。彼此叙礼后，王进假称自己是行路的客商，太公也没有细问，便吩咐庄客安排饭菜，打扫客房，留他们住下。

王进在这里休息一晚，本打算第二天一早就走，没想到母亲的心痛病犯了，不能再赶路。庄主太公见状，忙派人去抓药，为王进的母亲治病。

五六天后，王进母亲的病情才渐渐好转。王进到后院收拾马匹，准备赶路。路过一片空地时，他看到一个年轻后生在那里舞棒。那后生光着上身，刺了一身青龙图案，脸似银盘，约有十八九岁年纪。王进看了一会儿，忍不住说道："这棒使得也不错了，只是还有破绽，赢不了真好汉。"那后生听了大怒，喝道："你是什么人？敢来笑话我的本事？我是经了七八个有名的师父教过的，你敢和我比一比吗？"

话音未落，庄主太公走了过来，喝住那后生："不得无礼！"后生道："这厮竟敢笑话我的棒法！"太公道："莫非客人也会使枪棒？"王进道："略知一二。不知这位后生是宅上何人？"太公道："是老汉的儿子。"王进道："既然是令公子，若他爱学，我愿意点拨一二。"太公听了，忙叫那

③老种经略相公：种（chóng）：姓。经略：军政合一的地方官员。相公：在这里是对男子的尊称。

后生来拜师父。那后生哪里肯拜，发怒道："爹爹，休听这厮胡说。若他赢得我手中这条棒，我便拜他为师。"说完，他立在当地，把一条棒使得风车似的转，非要和王进比试不可。王进起初怕伤了他，不肯动手。太公道："不要紧，若是打折了手脚，也是他自作自受。"王进无奈，只好从枪架上拿了一条棒在手里，立在空地。那后生略看了看，拿起棒就直冲过来。王进托棒而走，后生抢棒赶上。王进回转身，举棒从空中劈将下来，后生急忙用棒来架住。不想王进是虚晃一招，棒打到一半，又突然掣回去，却将棒向后生怀里直搠^④过来，只一绞，后生便倒在地上，棒也丢到一边。王进连忙向前扶起后生道："休怪，休怪。"

那后生爬起来，便去旁边拿了条板凳，让王进坐下，自己跪下拜道："我枉自经了那么多师父指教，原来不值半分。请师父收我为徒。"王进道："我母子二人在宅上打扰多时，无以为报，应当效力。"

太公听了大喜，忙叫庄客安排酒饭，设宴招待王进母子。席上，太公道："师父如此高强，想必是个教头，小儿有眼不识泰山。"王进笑道："真人面前不说假话。我便是东京八十万禁军教头王进。"他遂将自己受高俅逼迫，无奈投奔延安府的实情说了。太公听了，忙叫那后生再拜师父，那后生又拜了王进。太公道："老汉祖居这华阴县界，这村叫史家村，前后有三四百户人家，都姓史。我这儿子从小不务农业，只爱舞枪弄棒。他母亲说他不得，怄气死了，老汉也只得随他的性子。不知花了多少钱财，请师父教他武功，又请高手匠人在他肩臂胸膛刺了这身花绣，总共有九条龙，县里人都叫他九纹龙史进。教头今日既然到此，还望请成全了他，老汉自当重谢。"王进道："太公

④搠（shuò）：扎或刺，见于早期白话。

放心，我一定教会令郎再走。"

从此，王进就在史家庄上教史进练

功使棒。光阴荏苒，转

眼半年过去了，王进尽

心指教，史进将十八般武艺学得精熟。王进

见他学得差不多了，便向太公辞行。史进不肯放师父

走，王进道："承蒙你好意，我在这

里虽好，但恐高太尉追来，连累了

你。我到延安府去，到那里镇守边

庭，足可以安身立命。"史进与太

公见留他不住，只得安排酒席送行。

第二日，王进便收拾了马匹，与母亲投奔延安府去了。

　　送走王进后，史进每日里仍是射弓走马，练习武艺。不到半年时间，史太公染病不起，不久便病逝。又过了三四个月，时当六月中旬，正是炎热的夏季。一天，史进在打麦场边的柳树下乘凉，忽见猎户李吉探头探脑地在那里张望，史进喝道："李吉，你往我庄内张望什么？"李吉回道："大郎，小人来找庄上的矮丘乙郎喝碗酒，因见大郎在此乘凉，所以不敢过来冲撞。"史进又道："我问你，以前你还担些野味到我庄上卖，为何最近都不来了？难道是欺负我没钱？"李吉答道："小人不敢，只因最近少华山上来了一伙强人，扎下山寨，聚集了五七百个小喽啰，占山为王。小人们不敢上山打捕野味，所以没的卖。听说，那为头的大王叫神机军师朱武，二大王叫

跳涧虎陈达，三大王叫白花蛇杨春。他们整日里打家劫舍，华阴县里奈他不得，正出三千贯钱召人缉拿，谁还敢上去惹他？"

史进听了，回到厅前，心想："这些强盗如此大张旗鼓，必然要来骚扰村庄，应该提早防备才好。"于是，他让人杀了两头肥水牛，拿出庄内的好酒，召集了三四百史家庄户到自己庄上，与他们约定共同防备强盗。

且说少华山上的三个头领，也在商议生存大计。为首的朱武对陈达、杨春说："听说华阴县里出三千贯钱捉拿我们，他们若来，必定有一番厮杀。我们应提早囤积些粮草，以备不测。"跳涧虎陈达首先应道："说得是。如今我便去华阴县里，先向他借粮，看他能把我怎样！"杨春道："哥哥使不得。若要打华阴县，必须要经过史家村，那史家村的九纹龙史进是个厉害角色，不可去招惹他。"朱武也说道："我也听说那史进十分英雄，真有本事，兄弟还是不要去罢。"那陈达是个急性子，最不服输，听两人如此说，立刻生起气来，大叫道："你两个长他人志气，灭自己威风。他也不过是个人，又没有三头六臂，我就不信打不过他。"说完，陈达不顾朱、杨两人的劝阻，随即披挂上马，点了一百多个喽啰，攻打史家村去了。

此时，史进正在庄前整制刀马，听庄客报知此事，立刻让人敲起梆子来。村里的庄户听到梆响，都拖枪曳棒地跑来。不一会儿，三四百人都聚集到史家庄上。史进披挂整齐，拿一把大环刀，跨上他那匹火炭赤马，带领众人呐喊着来到村北路口，准备迎敌。

那陈达也已带着人马飞奔到山坡下，摆开阵势。史、陈两人见面，三言两语不合，便打了起来。陈达拍马挺枪，来迎史进。史进催马举刀，来战陈

达。两人斗了多时，不分胜负。史进卖个破绽，让陈达把枪往心窝里搠来，自己把腰一闪，轻舒猿臂，只一伸手，就把陈达从马上揪了过来，丢在马前绑了。众喽啰见头领被擒，都一窝蜂地跑回山寨。

再说朱武、杨春两个，在山寨上一直心神不宁，忽见小喽啰们来报陈达被史进捉去了，更是慌乱不已，不知如何是好。两人商议良久，朱武想出一条苦肉计，随即与杨春下了山。

史进捉了陈达，正在庄上余忿未消，听说朱武等人来了，急忙召集庄客应战，打算再捉了他俩，一起送官。史进上了马，正要出庄门，却见朱武、杨春两个步行来到庄前，双双跪下。朱武哭道："我等三人，被官司所迫，不得已上山落草，当初发愿：'不求同日生，只愿同日死。'今日小弟陈达冒犯虎威，被英雄捉住，我等无计可施，只求一死。望请英雄将我三人一并解官，我等死在英雄手中，绝无怨言。"那史进也是个讲义气的，听朱武如此说，大受感动，心想："他们这般义气，我若拿他们去请赏，岂不叫天下英雄好汉耻笑？"于是，他道："既如此，我不如放了陈达，还给你们。"说完，他就命人给陈达松了绑。朱武、陈达、杨春满心欢喜，立即跪下拜谢史进大恩。三人在史家庄上吃了酒饭，才离庄而去。

自此之后，史进与这些人结为朋友，彼此来往颇繁。史进庄上有个庄客名叫王四，能说会道，史进很是信得过他，每与少华山来往，都让他跑腿送信。转眼到了八月中秋，史进又派王四到少华山送信，约朱武三人在十五月圆之夜到庄上饮酒赏月。王四在山寨上贪杯喝多了酒，下山途中竟醉倒在路上。正巧猎户李吉上山打猎，他见王四醉倒了，上前来扶，不想王四醉得

深了，根本扶不动。拉扯之间，朱武等人赏给王四的银两与写给史进的回信从王四怀里露出来。李吉拿信看了，心内暗想道："华阴县里正出三千贯钱捉拿那三个贼人，不想史进那厮竟和贼人来往。今日算我撞了大财运。"于是，李吉取了书信和银两，到华阴县官府告密去了。而王四酒醒后，不见了回信，很是惊慌。他回到庄上，不敢向史进实说，只说朱武三人答应赴约，没有回信。史进也没有怀疑。

不觉中秋节到来，当晚，史进正和朱武三人在后园饮酒赏月。忽听墙外一声呐喊，人声嘈杂，火把乱明。史进大惊，登上梯子上墙一看，只见华阴县县尉⑤骑在马上，带了两个都头⑥，领了三四百士兵，围住了史家庄院。两个都头还高喊："不要走了强贼！"

史进见状，知道走漏了消息，唯有暗暗叫苦。他下了墙，朱武三人跪下道："哥哥是清白之人，不要被我等连累了，可把我三人绑了请赏。"史进道："这如何使得！你等放心，且等我去问个究竟。"史进又上了墙，耐着性子问道："你两个都头，何故半夜三更来劫我庄？"两都头答道："大郎，你不要抵赖。现有原告李吉在这里，告你勾结强盗。"史进又质问李吉，这才知道是王四丢了书信，坏了大事。

史进急忙下了墙，吩咐众庄客收拾家当，打成包裹，并命点起三四十个火把。他让人先在后院点火，把官兵吸引过去，后在中堂放火，然后他大开庄门，带领朱武三人和众庄客冲了出去。史进像一头猛虎，左冲右撞，无人敢挡，很快杀出一条血路。县尉见状，吓得拨马便逃，众官兵也都各自逃命散了。史进这才引着一行人，和朱武、陈达、杨春一起上了少华山。

⑤县尉：中国古代地方官名。与县丞同为古时县长（或县令）的佐官，掌管捕盗贼、查奸宄等与治安相关的职务。
⑥都头：军职名。宋代于禁军中设都头、副都头，职位低于指挥使。这里指县里的下级武吏。

第二回

史大郎辞别少华山 鲁提辖拳打镇关西

史进上了少华山后，一连住了几日，心里踌躇道："一时要救三人，放火烧了庄院，粗重家物尽失。此处又不是长久之地，如何是好？"他思来想去，决定去延安府寻找师父王进，遂向朱武等人辞行。朱武劝道："哥哥休去，在此间做个寨主，岂不快活？"史进道："虽是你们的好情分，但我是个清白好汉，落草之事，再也休提！"又过几日，史进坚决辞行，朱武三人苦留不住，只好送他下山。史家村的庄客无处安身，都留在了山上。史进自收拾了些散碎银两，与众人洒泪而别。朱武等人自回山寨不提。

且说史进离了少华山，取关西五路，直奔延安府。一路上饥食渴饮，夜住晓行，走了有半个多月，史进来到了渭州。恰巧这里也有一个经略府，史进想也许师父王进就在这里，便走进城来。

史进来到一个茶馆，向茶博士①打听王进的消息。这时一个军官模样的大汉大踏步走进茶馆里来，茶博士道："客官要寻王教头，只问这个提辖②，便可得知。"史进抬头，见那大汉身高八尺，腰阔十围，生得面圆耳大，鼻直口方，嘴边一圈络腮胡须。史进过来向那大汉施礼。那大汉见史

---

①茶博士：在茶馆里跑堂的堂倌儿，一般叫茶房。茶博士是雅称。
②提辖：宋常以知州、知府兼提辖兵甲，简称提辖，掌管军旅训练教阅，督捕盗贼，镇压民众反抗。而文中的"提辖"指初级武官。

进身材魁梧，十分欢喜，便与史进一起坐下。大汉道：“我是经略府的提辖，姓鲁名达。敢问阿哥尊姓大名？”史进答道：“在下华阴县史进，我有个师父，是东京八十万禁军教头王进，不知可在此经略府中？”鲁达一听乐了，道：“你就是那个史家村的九纹龙史大郎吗？”史进点头。鲁达道：“俺早闻九纹龙的大名，今日一见，果然名不虚传。你要找的王教头不在这里，听说他在延安府老种经略相公处。这是渭州，由小种经略相公镇守。你既是史大郎，咱们到街上吃杯酒去。”

鲁达挽着史进的胳膊来到街上，正巧碰到史进的第一个师父——打虎将李忠在那里使枪棒卖药，便一起挽了，同去喝酒。三人转弯抹角，来到一个有名的潘家酒楼，拣了个干净整洁的套间坐了。酒保③上来招呼，鲁达道：“先打四斤酒来，饭菜拣好的只管卖来，一起算钱给你。”

酒过数杯，三个人正说些闲话，忽听见隔壁房间里有人啼哭。鲁达听得心里焦躁，把碗儿、碟儿都丢在楼上，弄得哗啦啦地响。酒保忙上来说话，鲁达怒声喊道：“你也须认得洒家④，洒家又不曾少了你的酒钱，为何弄些人在隔壁吱吱地哭，搅了我们的酒兴？”酒保赔罪道：“官人息怒，小人不敢叫人啼哭。这个哭的，是卖唱的父女二人，一时间因有苦处方才啼哭，并不知官人在此饮酒。”鲁达听了道：“这倒怪了，你与我把他们叫来。”

③酒保：旧时酒楼或酒馆里跑堂的伙计，专管招呼客人、上酒上菜等。
④洒家：关西方言，“我”的代称。

不一会儿，只见一个十八九岁的妇人和一个五六十岁的老儿手拿串板，来到这里。鲁达问："你两个是哪里人氏？为何在此啼哭？"那妇人先道："奴家是东京人氏，与父亲流落在此。这里有个财主，名唤镇关西郑大官人，强娶奴为妾。不到三个月，他家大老婆就将奴家赶出来，还向我父女索要那不曾给过的三千贯典身钱。我父女争不过他，只得在这酒楼上唱些小曲儿，挣钱还他。今日生意冷淡，我父女两个想到这些苦处，故此啼哭。"

鲁达又问："你姓什么？那个郑大官人又是谁？"那老儿道："老汉姓金，女儿小字翠莲。那郑大官人就是状元桥下卖肉的郑屠，绰号镇关西。"

鲁达听后大骂："我道是哪个郑大官人，原来是杀猪的郑屠！他不过是个破落肉铺户，也敢这样欺负人！"说着，他就要出去打那郑屠。史、李两人连忙死命把他劝住。鲁达只得先耐住性子，又对金老汉道："老儿你来，我给你些盘缠，明早就送你父女回东京。"说完，他从身上摸出五两银子，又问史进要了十两。李忠只拿出二两，鲁达嫌少，便道："也是个不爽利的人！"他只把十五两银子，一并给了金老汉。金老父女千恩万谢，拜辞去了。鲁达把二两银子丢还了李忠。

三人又吃了一回酒，总是无趣，便起身离开酒楼。史进、李忠各投客店去了。鲁达回到经略府前的住处，晚饭也不曾吃，就气愤愤地睡了。再说金老父女得了十五两银子，回到店里，赶快收拾行李，算还了房钱，并到城外租了一辆小车，只等明早鲁达来送他们回家。

鲁达一夜不曾睡好，天刚亮，就大踏步地来到金老父女歇息的店里，催促他们赶快动身。店小二因受了郑屠托付，见他父女二人要走，便拦住不肯

放行。鲁达道："他少你的房钱？"小二道："小人房钱不曾少，只是郑大官人的典身钱还没有还清。"鲁达道："郑屠的钱，洒家自会还他，你放这老儿还乡去。"小二还是不肯放。鲁达大怒，伸开五指，一巴掌打在小二脸上，打得那店小二吐血，吓得跑进店里躲了。金老父女连忙拿了行李，离店去了。鲁达生怕店小二赶去拦截，在店里坐了两个时辰。约莫金老父女走远了，他方才起身，直奔状元桥而来。

且说郑屠在状元桥下开了两间门面，每日摆上两副肉案，悬挂着三五片猪肉来卖。这天，郑屠正坐在柜台里看十来个刀手卖肉。鲁达走上前去，喊了一声："郑屠！"郑屠见是鲁提辖，慌忙出来招呼。鲁达在一条凳子上坐下，道："奉经略相公之命，要十斤精肉，切做臊子⑤，不要有半点肥的在上面。"郑屠答应一声，忙让手下人去切。鲁达道："不要那些腌臜⑥厮们切，你自去给我切来。"郑屠应诺，亲自去拣十斤精肉，细细切了。足足切了半个时辰，郑屠方才切好，用荷叶包了。

鲁达又道："再要十斤肥的，也切成臊子，不要见一点精的在上面。"郑屠忍不住问道："刚才要精的，怕是府里包馄饨，要肥的何用？"鲁达瞪着眼睛回道："这是相公的命令，谁敢问他？"郑屠只得又耐着性子，选了十斤肥的，细细地切了。

整整弄了一个早晨，郑屠把精肉和肥肉都包好，正准备让人给经略府里送去。鲁达又道："再给我来十斤寸金软骨，也切做臊子，不要见些肉在上面。"郑屠无奈笑道："提辖莫不是特地来消遣我的？"鲁达听罢，跳起身来，拿起两包臊子肉在手里，瞪着郑屠喊道："洒家就是特地来消遣你！"

⑤臊子：方言，肉末或肉丁。
⑥腌臜：方言，脏，不干净。

水浒传
·美绘版·
〇一三

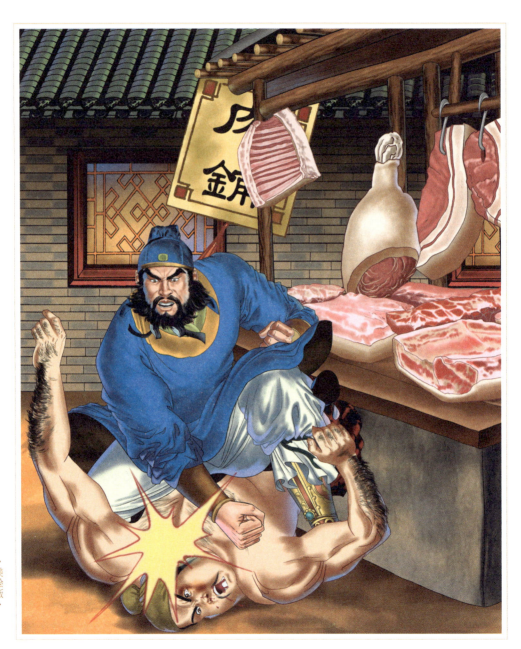

说完，他把那两包臊子劈面向郑屠打去，好似下了一阵肉雨。

郑屠大怒，一把无名火直冲脑门，他从肉案上绰起一把剔骨尖刀，就跳将过来。郑屠右手拿刀，左手便要来揪鲁达。鲁达就势按住他的左手，赶上去，一脚踢在他小腹上，将他踢倒在地。鲁达又赶上一步，踏住郑屠的胸脯，提着醋钵大小的拳头，看着郑屠道："你是个操刀的卖肉屠户，狗一般的人，也配叫镇关西！说，你如何强骗了金翠莲？"说着，他猛地一拳，正打在郑屠鼻子上，打得郑屠鲜血迸流，鼻子歪在半边，好似开了油酱铺，酸的、咸的、辣的都一起滚出来。

郑屠爬不起来，尖刀也丢在一边，嘴里直叫："打得好！"鲁达骂道："腌臜泼才，还敢还嘴！"他提起拳头，照郑屠眼眶上又是一拳，这一拳打得郑屠眼棱缝裂，眼珠迸出，又好似开了个彩帛铺，红的、黑的、绛的都绽将出来。两边看热闹的人都惧怕鲁达厉害，没一个敢上来解劝。郑屠捱不过，当街求饶。鲁达喝道："你个破落户，若是和俺硬到底，我倒饶了你。你讨饶，我偏不饶！"说完，他又是一拳，直打在太阳穴上。郑屠扑倒在地，嘴里只有出的气，没了进的气，一动不动。鲁达见他面色生变，心里不由得寻思道："俺只望痛痛快快打这厮一顿，没想到三拳就打死了他。这回洒家要吃官司，不如及早走开的好。"于是，鲁达拔步便走，一边走，一边回头指着郑屠道："你装死，洒家慢慢和你理会。"说着，他便大踏步走了。

鲁达匆匆回到住处，急急收拾了些衣服细软、银两盘缠，提了一条齐眉短棍，奔出南门，一溜烟不见了踪影。

赵员外重修文殊院 花和尚大闹五台山

且说鲁达打死郑屠后，一溜烟逃走，正是慌不择路，胡乱走了一个多月，却走到山西代州雁门县。鲁达走进城来，见城里已张贴下捉拿他的榜文，正不知如何是好之时，却遇到了金老汉。原来，金老父女逃离渭州后，怕郑屠派人追来，不敢回东京，只循路往北走，竟碰到一位老邻居。那邻居领他们来到代州，并做媒让翠莲嫁给了这里的大户赵员外。金翠莲感念鲁达大恩，常在赵员外面前说起鲁达。那员外也是个爱使枪弄棒的，对鲁达十分仰慕。

且说金老汉见鲁达无处可去，便将他领到赵员外庄上。赵员外见了鲁达，非常欢喜，吩咐杀猪宰羊，以贵客相待，并让人打扫客房，留鲁达住下。几日后，鲁达正与赵员外在书房闲坐说话，金老汉慌慌张张地赶来，对鲁达道："恩人，昨日官府有几个公差在街坊邻舍打听，恐怕是来缉拿恩人的。倘若有些闪失，如何是好？"鲁达道："如此，我走就是了。"赵员外道："若让提辖这样走了，我等心里都过意不去。离此地三十里处有座山，唤作五台山①，山上有个文殊院，原是文殊菩萨的道场。寺里有六七百僧

① 五台山：位于山西省东北部忻州地区，是著名的佛教圣地，四大佛山之一，相传这里是文殊菩萨的应化道场。

人，长老智真是我的好友，提辖若肯的话，可上五台山落发为僧，足可以安身避难。不知提辖意下如何？"鲁达心想，现在也无处投奔，不如就走了这条路，便起身道："洒家是个该死的人，若得一处安身，做什么不肯？全靠员外照管。"

第二天一早，赵员外就让庄客挑了行李、礼物，自己和鲁达乘了轿子直奔五台山。与智真长老相见后，赵员外道："我有个表弟，名叫鲁达，是关西军汉出身，愿投在长老处出家，万望长老收留。"智真长老因与赵员外交情深厚，便答应下来。而众僧见鲁达相貌凶顽，请长老不要收留他。长老不曾理会，选了个黄道吉日，在法堂②内会集众僧，引鲁达到法座下，为他剃度③。剃度完毕，长老赐鲁达法名智深，又赐了他法衣袈裟，教了佛门戒律。

翌日，赵员外便告辞下山而去。此后，鲁智深每天都是吃饱了倒头就睡，既不念经，也不学坐禅，夜间鼾声如雷，吵搅众僧，一点出家人的规矩都没有。众僧实在不能忍受，便去向长老禀报，不料反被长老呵斥一番，从此再也无人敢说。

鲁智深在五台山上，不觉搅和着过了四五个月。时值初冬天气，鲁智深久静思

②法堂：演说佛法、皈戒集会的地方，是佛寺中仅次于佛殿的主要建筑。
③剃度：佛教徒剃发受戒的一种仪式。其含义是去除烦恼和不良习气，去掉人间的骄傲怠慢之心和俗世的一切牵挂。

动，不觉心痒难耐。他信步走出山门，来到半山亭子里，正在想酒喝，只见一个汉子挑了一担酒上来，也坐在亭子里歇息。鲁智深问："你那酒多少钱一桶？"那汉子道："我这酒不能卖给寺里僧人。长老有法旨：但凡有人将酒卖给和尚吃了，就要被长老责罚，追回本钱，赶出屋去。我现在住着寺里的房子，如何敢卖酒给你？"鲁智深仍要强买，汉子死活不卖，挑担要走。鲁智深赶上去，双手拿住扁担，一脚踢得那汉子半天爬不起来。鲁智深把两桶酒提到亭子里，只顾舀冷酒喝，不一会儿，就喝光了一大桶。喝完，他对那汉子道："明天到寺里来拿酒钱。"那汉子怕被寺里长老得知，丢了饭碗，哪里还敢讨酒钱？他把酒分成两半桶挑了，飞也似的下山去了。

　　鲁智深又在亭子上歇了半天，酒劲却上来。他脱了上衣，光着膀子，东倒西歪地上山来。两个看门的和尚见他喝得烂醉，拦住喝道："你是佛家弟子，如何喝得烂醉上山来？快下山去，饶你几下竹篦！"鲁智深初做和尚，旧性未改，瞪起双眼大骂："你两个要打洒家，俺便和你厮打。"两和尚见势头不好，一个跑去向监寺④报告，一个拿竹篦拦人。鲁智深一个巴掌上去，把拦他的和尚打倒在地，踉踉跄跄地闯进门来。这时，监寺已听了和尚禀报，正带了火工、轿夫等二三十人，拿着棍棒来截他。鲁智深见状，大吼一声，却像打了个霹雳一样，把众人吓得都退入藏殿，关门上闩。鲁智深抢上台阶，一拳一脚，把门打破，二三十人被赶得无路可走。鲁智深抢过一条棒，把众人打出殿来。

　　监寺见势不妙，慌忙去报告长老。长老闻讯赶来，喝住智深。鲁智深虽然酒醉，倒还认得长老，他撇了棒，下去休息了。众僧见智深走了，纷纷向

---

④监寺：相当于寺院总管，其序职在寺院是最高的，上辅住持，下助监院，在禅堂的位次为监院上首。一般大寺院设监寺，小寺院只设监院，多由首座弟子兼任。

长老进言："本寺向来恪守清规戒律，哪里容得下这个野猫？"长老却看在赵员外面上，压服下众人。众僧虽不满，也只得各自回去睡了。

第二天一早，长老把智深叫去，训诫了一番，智深合掌认错，此事方才作罢。

自大闹了这一场后，鲁智深一连三四个月都没出寺门。这时已到二月天气，忽一日，天气暴暖，鲁智深心里又开始发痒，便信步走下山来，来到一个街市上。鲁智深见街面十分热闹，心里很是高兴。他先走进一个铁匠铺，让铁匠给他打造一口八十多斤重的戒刀和一条六十多斤重的水磨禅杖，讲好价钱，他便朝一个小酒店走去。

鲁智深一进酒店，便向店家买酒喝。店主见他是个和尚，说道："师父得罪了，酒不能卖给你。小人现在住的房屋和开店的本钱都是寺里的，长老已有法旨：凡是卖酒与寺里僧人吃的，都要追回本钱，赶出屋去。因此，请师父不要怪罪。"鲁智深还说要买，店主坚决不肯，他只得起身离开，朝另一家酒店走去。可没想到他一连走了三五家，情况都是如此。鲁智深低头寻思，这样下去，怎么能够有酒喝？于是他想出一个办法来。

鲁智深又走进一家酒店，开口便叫道："主人家，过路僧人买碗酒喝。"店主见他面目生疏，又不是本地口音，只道不是五台山僧人，便问他买多少。鲁智深道："不要问，只用大碗盛来就是了。"鲁智深一连喝了十几碗，又买了半只狗肉下酒。他一边喝酒，一边吃肉，又喝了十来碗，把店主都看得呆了。吃饱喝足后，鲁智深见还剩了一只狗腿，便揣在怀里，算还了酒钱，摇摇晃晃地朝五台山去了。

鲁智深走到半山亭子上，酒劲上来。他捋起袖子，走到亭下使起拳来，使得力发，一膀子扇在亭柱上，只听得刮喇喇一声响，那亭柱竟被打折了，亭子塌了半边。

山上看门的和尚听到声响，在高处一望，见鲁智深跌跌撞撞地上山来，大叫："不好，这畜牲又喝醉了！"他们忙把山门关上。鲁智深上得山来，见山门关了，不让他进去，一怒之下把门两边塑的两座金刚，一个打得掉了漆，一个打得搬了家。鲁智深见久不开门，用力一推，便把山门撞开，直奔僧堂。众僧正在打坐，见他进来，都吓得低了头。鲁智深走到自己禅床边，酒劲上涌，看着地上哇哇便吐。吐完，他又掏出狗腿，向四周几个和尚嘴里乱塞。有几个胆大的上来劝他，他就照着人家的光头乱敲。满堂僧众大乱，都喊叫着跑出来。鲁智深也在后面打出堂来，和尚们全吓得东躲西藏。

监寺见他这等凶顽，领了火工道人、轿夫等一二百人持叉拿棒，上来打他。鲁智深一见大怒，大吼一声，闯进僧堂，掀翻供桌，拆了两条桌腿出来。众僧不敢向前，都退到廊下。鲁智深抡起桌腿，指东打西，指南打北，把一群僧人打得到处乱跑，直打到法堂下。正在混乱之际，长老赶来，喝住鲁智深。此时，两边众人已被打伤了数十个。长老道："五台山是清静之地，岂容你一再撒泼？这里不能再留你了！"

次日，长老把鲁智深叫过来，嘱咐他几句言语，递给他一封书信，道："东京大相国寺的住持智清禅师是我师弟，你到那里去投奔他吧。"到此时，鲁智深别无话说，只好领了书信，往东京而去。数日后，赵员外拿来若干钱物，再塑起金刚，重修了半山亭子。

第四回

九纹龙剪径赤松林 鲁智深火烧瓦罐寺

话说鲁智深接了智真长老书信，下了五台山，先到山下的铁匠铺取了前日让铁匠打造的戒刀和水磨禅杖，便往东京去了。一路上逢山过山，逢庙住宿，行了数日，鲁智深来到一座大松林前，一条山路直通往山上。他循路上山，行不到半里，见一座破败寺院，上写："瓦罐之寺"。

进得寺来，鲁智深见四围墙壁都没了，方丈①前的地上落满燕子粪，一把大锁锁了大门，他心里暗道："这样一个大寺，怎么如此破落？"鲁智深把禅杖往地上一拄，大声喊道："过往僧人来讨斋。"叫了半天，也没一个出来答应。鲁智深往里走去，见香积厨②下锅也没了，灶头都倒塌了。再往里走，有一间小屋，小屋里坐着几个老和尚，个个面黄肌瘦。鲁智深道："俺是过往僧人，讨顿饭吃。"其中一个老和尚道："我们三日不曾吃饭，哪里讨饭给你吃？"

鲁智深有些恼了，喊道："胡说，这么大一个寺，怎会没有斋粮？"老和尚道："你这师父有所不知：前不久，寺里来了一个云游和尚并一个道人，他们霸占了十方常住③，将所有东西都毁坏了，众僧也被他们赶跑。

---

①方丈：佛寺或道观里住持住的房间，也指寺院的住持。这里应指前者。
②香积厨：寺庙内僧家厨房的称呼。
③常住：佛教称不变的事物为常住。庙宇是不变的，所以被称为常住。这里即指庙宇。

剩下我们几个老的，跑不动，只得留在这里，所以没有饭吃。"鲁智深道："什么和尚、道人，竟有如此厉害？你们不会告官吗？"老和尚道："那和尚叫崔道成，道人叫丘小乙，不似出家人，却都是杀人放火的，武艺十分了得，官军如何治得了他？"

正说话间，鲁智深猛闻到一阵饭香，他走到后面，见一个土灶上煮了一大锅粥。鲁智深骂道："你这伙老和尚好没道理！只说三日没有饭吃，这粥又是哪里来？"他饿得急了，抢过去，把锅台擦净，将粥倒在台上。几个老和尚过来抢粥，被他一推一个，倒的倒，走的走了。他自己用手捧粥吃。刚吃了几口，一个老和尚道："我们几个真的三日没吃饭了。好容易化些粟米熬了点粥，又被你抢了。"鲁智深听了这话，便不吃了。

正在这时，只听外面有人唱歌，鲁智深走出去，见一个道人挑了个担子，里面露出鱼尾和酒肉。那老和尚悄悄对鲁智深道："这个道人便是丘小乙。"鲁智深听后，便提着禅杖，随后跟去。那道人不知有人在后面跟着，只顾走入方丈后墙里。

鲁智深随即跟到里面去看，见绿槐树下放着一张桌子，上面摆了些酒菜。当中坐着一个胖和尚，生得眉粗脸黑，一身横肉。他旁边还坐着一个年幼妇人。道人放下竹篮，也坐在一边。鲁智深径直走过去，那和尚见了，吃一大惊。鲁智深提着禅杖问道："你两个如何把寺给废了？"那和尚便道："师兄请坐。听小僧细说：以前敝寺确实是个好地方，但廊下那几个老和尚吃酒撒泼，偷养妇女，长老治他们不得，又被他们排挤了出去，因此整个寺都渐渐废了。小僧和这个道人新来此地，正欲要整理山门，修盖殿宇。"

鲁智深听了这话，又见他如此小心，不曾细想，倒被他哄过，遂提了禅杖，又回香积厨来。见几个老和尚正在吃粥，鲁智深忿忿地指着他们道："原来是你几个坏了寺院，还在俺面前说谎！"老和尚们一齐道："真是冤枉！他如今现养一个妇女在那里。刚才定是看你拿着禅杖，他无器械，所以不敢和你争。你现在再去，看会怎样。再说，他们吃酒吃肉，我们连粥都没得吃，刚才还怕被你抢了。"鲁智深一想，道："说得也是。"他便倒提了禅杖，再往方丈里来，见那角门早已关了。

鲁智深大怒，一脚将门踹开。那和尚早拎着一条朴刀④，抢将上来。鲁智深大吼一声，抢起手中禅杖，来斗和尚。两人斗了十四五个回合，那和尚渐渐败下阵来。那道人见和尚吃亏，拿了条朴刀，一起来斗鲁智深。斗了十来个回合，鲁智深一来肚里无食，二来走了许多路程，挡不得他两个生力，只得卖个破绽，拖了禅杖便走。那两个在后面拎了朴刀杀出山门，追到石桥下，方才住了。

鲁智深走得远了，停下来喘息，寻思道："洒家的包裹还在寺里，如何

④朴刀：大刀的一种，是一种木柄上安有长而宽的钢刀的兵器。朴刀出现于宋代，到清末前后才被广泛使用。

是好？"待要回去，又怕敌他不过，枉送了性命，鲁智深只好一步一挨地往前走。走了几里，前面出现一个大林，都是赤松树，鲁智深道："好座猛恶的林子！"他正观看间，只见树影里一个人探头探脑，望了一望，吐了一口唾沫，闪进去了。鲁智深自语道："这个撮鸟定是个剪径⑤的强人，正在此间等买卖，见洒家是个和尚，他道不利市⑥，才吐了一口唾沫走了。洒家正一肚子气没处撒，且剥这厮衣裳当酒吃！"

鲁智深提了禅杖，抢到松林边，喝一声："呔！那林子里的撮鸟！快出来！"那汉在林里听见，大笑道："我晦气，他倒来惹我！"说着，他从林子里跳出来喝道："秃驴，你自来寻死！"鲁智深道："教你认得洒家！"说罢，他抢起禅杖来打那汉。那汉掿着朴刀，听着对方声音耳熟，便道："和尚，你的声音好熟。你姓甚名谁？"鲁智深也不回话，抢禅杖就打。那汉大怒，挺刀来战。两人斗了十数个回合，那汉叫道："少歇，我有话说。"两个跳出圈外。那汉便问道："你到底姓甚名谁？声音好熟。"鲁智深通了姓名，那汉撇了朴刀，倒身剪拂⑦，说道："认得史进么？"鲁智深笑道："原来是史大郎！"两人挽了手，同到林子里坐下，互诉别后情景。

史进道："自那日酒楼前与哥哥分手，次日听得哥哥打死了郑屠，逃走去了。小弟亦离了渭州，寻师父王进。我直寻到延州，仍未找到师父，盘缠使尽，才在这里剪径。哥哥缘何做了和尚？"鲁智深遂把前面的事情说了一遍。

史进拿出干粮让鲁智深吃饱，道："哥哥既有包裹在寺内，我和你去讨来！"于是两人拎着器械，奔回瓦罐寺。来到寺前，看见那和尚和道人还

⑤剪径：指拦路抢劫，见于早期白话。古代强盗多在山口、丛林等地埋伏，打劫来往行人。
⑥不利市：指遇事不顺利，运气不好。
⑦剪拂：这里指行下拜礼，为古代强人江湖隐语，取吉祥的意思。

在桥上坐着，鲁智深大喝一声："你这厮们，来！来！今番和你斗个你死我活！"

那和尚笑道："手下败将，还敢来厮拼！"鲁智深大怒，抡起铁禅杖，来打那和尚。

这回鲁智深得了史进，肚里胆壮；二者吃得饱了，精神气力越发使得出来。两个斗了不到十个回合，和尚力怯，转身要走。那道人又过来帮忙，史进见了，便从林子里跳出来，截住道人厮杀。

鲁智深与那和尚正斗到桥边，鲁智深势大，一禅杖将那和尚打下桥去。那道人见倒了和尚，心里胆怯，不敢恋战，转身要走。史进喝道："哪里去？"他赶上来，照那道人后心一朴刀，便将他搠倒在地。鲁智深又赶下桥去，将那和尚打死。

结果了两个强贼，鲁智深和史进赶到寺里，拿了包裹。那几个老和尚因见鲁智深输了去，怕和尚与道人来杀他们，都自己上吊死了。鲁智深和史进再到方丈里看时，那个被掳来的妇人也投井而死。两人寻了些金银，背在身上，又吃了些现成的酒肉。之后，鲁智深便和史进到灶前点了两个火把，把房前屋后都一一点着了。凑巧风大，那火刮刮杂杂地烧起，整个寺院顷刻陷入一片火海。两人看了一会儿，才转身离开。

鲁智深倒拔垂杨柳 豹子头误入白虎堂

　　话说鲁智深与史进烧了瓦罐寺后，两人又行了一路。史进无处安身，又回少华山投奔朱武等人去了。鲁智深自往东京而来，寻到大相国寺，投奔住持智清禅师。智清看在师兄面上，留下他做个职事僧①，让他到枣门外看守一片菜园。

　　且说这菜园附近有二三十个泼皮，常到园子里偷菜撒泼，原先看园子的老和尚奈何他们不得。这回，鲁智深来到这里，却将他们制得服服帖帖。一天，鲁智深与众泼皮喝酒。正喝得高兴，忽听门外一棵垂杨柳上乌鸦叫，众人都说不祥，要把鸦巢捣掉。鲁智深乘着酒兴，走到那棵柳树前，看了看，脱掉上衣，右手向下，把身子倒绞着，左手握住树干上截，只一哈腰，便将那棵柳树连根拔起。众泼皮见了，都拜倒在地，叫道："师父真神力！师父真是天神罗汉，没有千万斤气力，怎么能拔得起？"自此，这

①职事僧：指寺院里负责某项事务的僧人。

众人更是对鲁智深敬服不已。

一日，鲁智深寻思道："每日老吃他们的酒食，我也该安排些酒饭还席才好。"于是，他买了些酒肉果品，请那众泼皮过来共享。酒喝到兴浓处，鲁智深应众人之请，舞起他那条六十多斤重的水磨禅杖来。只见他飕飕使动，上下翻飞，整个身子与禅杖舞成一体。众人见了，无不喝彩。

鲁智深正舞到高兴处，只听得墙外一个人喝彩道："使得好！"鲁智深收手看时，只见一个军官模样的人站在墙豁口处，长得豹头环眼，燕颔虎须，八尺多长的身材，有三十四五的年纪，口里还在说道："这个师父真是不凡，使得好兵器！"鲁智深问此人是谁，众人都认得，说道："这是八十万禁军教头林武师，名唤林冲。"鲁智深见林冲也是条汉子，便邀他过墙一叙。林冲跳过墙来，两人相见了，互道身世，彼此敬重，随即结为兄弟。鲁智深道："教头为何来到这里？"林冲答道："刚才与拙妻并使女锦儿一同到附近岳庙还香愿，路过这里，见师兄禅杖使得好，看得入迷，便打发她们先去了。在此逗留，不想得遇师兄。"鲁智深道："洒家初到这里，没什么朋友，今日得与教头结为兄弟，真是一大快事。"

两人正谈得高兴，林冲忽见使女锦儿慌慌张张地跑来，在墙缺边叫道："官人不好了，娘子在庙里被人调戏。"林冲忙问："在哪里？"锦儿道："就在五岳楼下，有个奸诈浪荡之徒拦住娘子不放。"林冲慌忙起身，拜别鲁智深，和锦儿匆匆赶往岳庙而去。

林冲赶到五岳楼下，见一群人围在栏杆边，一个年轻后生背立在楼梯上，拦住自己娘子，嬉笑道："你且到楼上去，我和你说话。"林冲娘子红着脸道："这清平世界，你调戏良家妇女是何道理？"林冲赶到跟前，一把扳过那后生的肩胛来，喝道："调戏良人妻子，该当何罪？"他待提起拳头要打时，却认出是高太尉的干儿子高衙内[2]。原来那高俅发迹后，没有亲儿，便过继了一个叔伯兄弟做干儿子。这高衙内仗着他干爹撑腰，在东京城里胡作非为，专爱奸淫人家妻女。京城人惧怕他，都不敢和他争执，背后叫他花花太岁。

林冲认出是高衙内，自己先手软了。高衙内叫道："林冲，关你何事！要你来多管！"原来他还不知道这是林冲的娘子。高衙内的那些跟班见状，忙上来劝道："教头不要怪罪，衙内不认得是尊夫人，多有冲撞。"林冲瞪着眼睛，气得鼓鼓的，但碍于高太尉情面，也只得眼瞅着高衙内走了。待一群人走后，林冲领着娘子和使女锦儿回家，心里仍是闷闷不乐。

再说那高衙内，自从见了林冲娘子后，竟是非常着迷，因得不到手，终日不快。众多帮闲中有一个叫富安的，他看出高衙内的心思，为他想出一条计策来。高太尉府上有个虞候[3]，名唤陆谦，是高家父子的心腹，与林冲也十分要好。一天，陆谦来到林冲家里，叫林冲出去喝酒。林冲正连日在家气

②衙内：封建社会老百姓对官宦子弟的称呼。
③虞候：官名。宋代沿旧制，于殿前司、侍卫亲军马军司、步军司设置都虞候，位次于都指挥使和副都指挥使。这里应指低级武职。

闷，便与陆谦出来，到了一个酒楼上。两人坐下后，林冲把高衙内调戏自己娘子之事告诉陆谦。陆谦劝道："想是衙内不认得大嫂，兄长不要生气，咱们喝酒。"林冲喝了八九杯后，到楼下巷子里净手，正碰上锦儿赶来，她慌慌张张地说："官人不好了。你走后不久，有个汉子自称是陆虞候的邻居，把我和娘子骗到太尉府旁的一户人家。前日调戏娘子的那个人把娘子关在楼上，欲行不轨。"

林冲听完，吃了一惊，顿时明白自己被陆谦骗了。他三步两步赶到陆谦家，抢上楼去，楼门却关着，只听娘子在里面喊道："光天化日，为何把良家妇女关在这里？"又听高衙内的声音道："娘子，可怜可怜我吧。即使铁石心肠，也该软了。"林冲在外叫道："娘子开门！"高衙内听得是林冲的声音，吓得打开楼窗，跳墙跑了。林冲娘子赶来开门。林冲冲进楼来，不见了高衙内，气得把陆谦家打得粉碎。回到家后，林冲拿了一把尖刀，要找陆谦算账。陆谦早吓得躲进高太尉府中，不敢出来。恰在这时，鲁智深来找林冲喝酒，两人在一起待了数天，林冲的气渐渐消了。

再说那高衙内，自从那日在陆谦家里被林冲一惊一吓，心里又想着人家娘子，竟生起病来。高俅得知内情后，心疼干儿子，便与陆谦、富安二人商议出一条除掉林冲的毒计。

一天，林冲与鲁智深穿过一个巷口，见一个汉子手里拿着一口刀，在那里叫卖。林冲只顾和鲁智深说话，没有理会。那汉子却在背后一再喊道："好口宝刀，可惜无人识货。"林冲回转身来，见那口刀明晃晃的夺人眼目，真是口宝刀。林冲一见非常喜欢，当即讲好价钱，买了下来。

水浒传·美绘版·

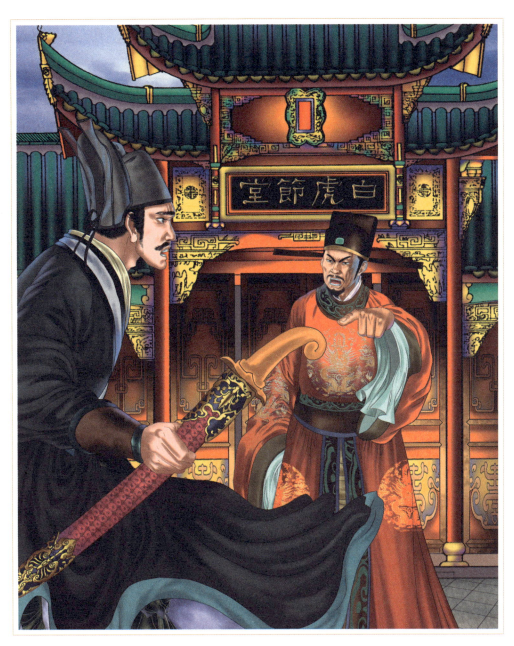

林冲把刀拿回家里，翻来覆去看了多次，心里还想道："高太尉府中有一口宝刀，不肯让人看。这回我得了这口刀，慢慢和他比试。"

第二天天还没亮，林冲就起来看刀。到中午时分，有两个太尉府中的承局④来说道："林教头，太尉听说你买了口好刀，现叫你拿去比看，太尉正在府里等你。"林冲听了道："什么人这么多嘴，这么快就让太尉得知了？"两个承局只是催林冲快走。林冲只得拿了刀，随他们到太尉府中而来。路上，林冲问："你两个我怎么没见过？"两人只说是新来的。

林冲没有多想，径直跟他们来到太尉府的厅前。林冲止了步，那两人道："太尉在后堂等你。"林冲又跟他们来到后堂，但仍不见高太尉。林冲又停住脚，两个承局说："太尉还在里面，叫我等领教头进去。"林冲只得继续跟他们走，又过了三重门，到了一个地方，周边都是绿栏杆。两人领他到堂前，说道："教头在此稍等，我等去禀报太尉。"说完，他们径直走了。

林冲在檐前等了半天，不见人来。这时，他心里才开始疑惑，探头一看，见堂前匾额上写着"白虎节堂"四个大字。林冲心里吃了一惊，这堂是商议军机大事的地方，闲杂人等是不能随意进来的。林冲正待要走，只见高太尉从外面气势汹汹地进来，喝道："林冲，你好大胆，竟敢擅闯白虎节堂，手里还拿着刀，莫非是来刺杀本官的不成？"林冲上前分辩，高太尉一概不听，喝道："拿下。"旁边冲出二十多人，不由分说，把林冲绑了。高太尉仍大声怒斥："你既是禁军教头，如何不知法度？竟手持利刃，闯入节堂，来害本官！"可怜林冲无处申辩，眼见性命就要送在这里。高太尉本想就此斩了林冲，但怕事有不妥，便让人把林冲押到开封府去了。

④承局：一指宋代的一种低级军职，属殿前司；二为差役的尊称；三指清代时皇帝委派到各省办理事务的承办人。文中"承局"应指第一种意思。

林教头刺配沧州道 鲁智深大闹野猪林

　　且说林冲被押至开封府，府尹升堂，问明情由，也知林冲冤枉，只因高太尉传话要治林冲死罪，他不知如何是好，只得暂时将林冲收监大牢。

　　林冲的岳父张教头得知女婿被诬下狱，连忙到开封府上下使钱打点。一个办案的孙孔目①心地良善，不肯害好人，他对府尹说："谁不知高衙内无恶不作，高太尉权势凌人？大人现在只要稍把'擅闯白虎堂'的'擅'字改成'误'字，就可免了林冲的死罪。"府尹一听有理，便责打林冲二十军棍，判了个刺配②沧州。高太尉情知理短，也只得准了。

　　不一时，林冲被刺了面颊。府尹当厅发下牒文，差两个公差董超、薛霸押送。三人出了开封府，张教头和众位邻居前来送行。林冲因自己前途未卜，怕误了娘子青春，执意写下了休书。随后，他拜别岳父和众邻居，随公差往沧州去了。

　　且说董超、薛霸押着林冲往沧州一路行去，这两人却是怀着鬼胎，他们得了高太尉钱财，要背地里置林冲于死地。这日天晚，三人投宿到一家客店，董、薛二人将林冲灌醉，烧了一大锅热水，倒在盆里，说道："林教

①孔目：原指档案目录。唐宋时在州、镇设孔目官，掌管六书。州、镇中的大小事务，都要经孔目之手记录、办理。
②刺配：宋时的一种刑罚，是指将犯人脸上刺字，外加杖脊，而后流配充军。

头，你也洗了脚好睡。"林冲待要拒绝，薛霸不管三七二十一，把林冲双脚按进滚水里，林冲"哎呀"一声，等抬起时，脚面都已红肿。

第二日一早，董超、薛霸两人又早早起来催着赶路。林冲双脚都起了泡，寻自己鞋子穿，却不知鞋子哪里去了。薛霸解下一双新草鞋给林冲穿，林冲只得穿上。新草鞋上满是毛刺，将林冲脚上的泡都扎破了，鲜血淋漓。林冲走不动，薛霸骂道："走便快走，不走拿大棍子打过来。"

捱了四五里路，早见前面一座林子，烟雾笼罩，恶象环生。此地名唤野猪林，是去沧州路上的第一个险峻去处。三人进了林子，董、薛二人都叫嚷着要歇一歇。董超又道："俺两个要睡着了，你跑了怎么办？不行，把你绑在树上方好。"林冲不知是计，道："我是个好汉，不会走的，你们要绑便绑。"两人拿出绳子，将林冲结结实实地绑在树上，然后跳起来，拿起水火棍道："林冲，不是我俩要结果你，是那高太尉不肯放过你。明年今天就是你的忌日，休怨我两个！"到这时，林冲方才明白，不禁落下泪来，道："我与你们无冤无仇，若能救得我，生死不忘。"那两人哪里肯听他说，薛霸当下举起水火棍，照林冲头上劈将下来。说时迟，那时快，薛霸的棍子刚举起来，只听松林里一声雷鸣般的大吼，一条铁禅杖飞出来，将那条水火棍打飞，随后一个大胖和尚跳了出来，喝道："洒家在这里听你多时！"

此人不是别人，正是花和尚鲁智深。鲁智深提起禅杖，要打董超、薛霸。林冲见是他，急喊道："师兄手下留情！"鲁智深急忙过来，解开绳索，扶起林冲道："自从你吃了官司，洒家放心不下，一路暗地跟随，怕他两个害你性命，今日果然让我在这里撞到。这两个撮鸟，留他何用？"林冲

道："不干他俩的事，杀他也是无辜。"鲁智深点头，随后喝道："你那两个撮鸟，还不快过来扶我兄弟。若不看我兄弟面上，把你两个脑袋打烂！"董、薛二人早吓得不能动弹，听鲁智深叫唤，方哆哆嗦嗦地过来，扶了林冲，一起出了林子。

鲁智深怕两个公差还要害林冲性命，便一路随行，一直护送到沧州地界。他们来到一个松林里，鲁智深向林冲告辞，并对两个公差道："你那两个撮鸟，日后休生歹心！"说着，他举起禅杖，只一下，就将旁边一棵松树齐齐打折，并喝道："若有歹心，叫你头和这松树一样！"

董、薛二人吓得目瞪口呆，哪里还敢再加害林冲。等鲁智深走了，林冲三人迤逦而行，继续往沧州走来。

柴进门招天下客 林冲棒打洪教头

林冲三人离了松林，行了半日，来到一处村庄，早望见一座酒店。三人走进店来坐下，听店主人说小旋风柴进就住在这庄上。林冲道："我常闻柴大官人专交结英雄好汉，原来就在这里。"他便与两个公差来探访柴进。

原来这柴进乃是大周柴世宗①的子孙，家有大宋皇帝特赐的丹书铁券②，别人不敢欺侮。柴进乐善好施，专好结交天下好汉，凡有往来投奔者，无不接纳收留，江湖上人称小旋风。

且说林冲三人照店主人指示，来到柴进庄上，不料柴进出去打猎未归。林冲只得悻悻离开，凑巧的是，他在路上碰到了返家的柴进。柴进闻听是东京教头豹子头林冲，大喜道："小可久闻教头大名，不期今日来此，足慰平生渴慕之愿！"随后，他便拜倒在地。林冲连忙还礼，答道："官人名传寰宇，小可流配来此，得识尊颜，三生有幸！"

柴进忙把林冲迎进庄里，叫庄客杀猪宰羊，整备酒席。两人同两个公差吃到红日西斜，叙说些江湖闲话，好不快意。柴进又亲自把盏，请林冲喝酒，又喝了六七杯，只见一个庄客来报道："教师来了。"柴进道："请进

①柴世宗：五代后周世宗柴荣。他在位时，励精图治，开拓疆土，为后来北宋统一中原奠定了基础。
②丹书铁券：即免死牌。封建帝王颁发给功臣、重臣的一种带有奖赏和盟约性质的凭证，可供其子孙享受优遇或免罪等特权。

来一处相会，再抬一张桌子来。"林冲急忙起身，只见一个大汉挺着胸脯，戴着方巾，走进后堂来。林冲寻思道："庄客称作教师，必是大官人的师父。"他便躬身唱喏^③道："林冲拜会。"那人却全不理睬，也不还礼。柴进指着林冲对那大汉道："这位便是东京八十万禁军教头林武师林冲，就请相见。"他又对林冲道："这位是洪教头。"林冲听了，看着洪教头便拜。那洪教头傲然道："休拜，起来。"却不躬身答礼。柴进看了，心中好不乐意。林冲拜了两拜，起身让洪教头坐。那洪教头亦不相让，走上前去便坐了。柴进见了，更不欢喜。林冲只得肩下坐了。

只听那洪教头问道："大官人今日为何厚礼管待配军？"柴进道："这位非比寻常，乃是八十万禁军教头师父，如何轻慢！"洪教头道："只因大官人好习枪棒，往往流配军人都来倚草附木，皆道自己是枪棒教头，来诱些酒食钱米。大官人何必太认真？"林冲听了心中不乐，只不做声。柴进便道："凡人不可貌相，休小看他。"

谁料那洪教头怪柴进说"休小看他"，便跳起身来，道："我不信他！他敢和我使一棒看，我便道他是真教头！"柴进大笑道："也好，也好。林武师，你心下如何？"林冲只道："不敢。"洪教头以为林冲胆怯，越发要和林冲比试。柴进一来想看林冲的真本事，二来看不惯洪教头那副张狂相，想要林冲赢他，又怕林冲碍于自己的情面，不肯比试，便道："这位洪教头也到敝舍不多时。此间又无对手，林武师不要推辞，小可也正想看二位教头的本事。"林冲本来怕一棒打翻了他，柴大官人面上不好看，现见柴进如此说，便也放心。

③唱喏：指古代下级晋见上级时，一面拱手作揖，一面出声致敬。

　　只见洪教头先起身道："来，来，来！和你使一棒看！"大伙都一起到堂后空地上，庄客拿了一束杆棒来。洪教头脱了外衣，掣条棒在手，使个旗鼓^④，喝道："来，来，来！"柴进道："林武师，请较量一棒。"林冲起身道："大官人休要笑话。"他也拿起一条棒来，道声："师父，请教。"那洪教头恨不得一口吞了林冲，提着棒来打他。林冲也使出山东大摆，拿棒迎住。

　　当时明月当空，犹如白昼，两个教头比武，甚是好看。斗了四五回合，林冲跳出圈外，叫公差除去身上大枷再斗。柴进一心想要林冲赢了洪教头，又故意拿出一锭二十五两的大银来道："这锭银子，哪位赢了，便可拿

④旗鼓：架势、姿势，元明时拳家的通用语，专指下场与人较量时摆出的架势。

去。"洪教头深怪林冲来此，又想赢这锭银子，便尽心拿棒使个门户，叫作把火烧天势。林冲此时已明白柴进心意，也便横着棒，使个拨草寻蛇势。洪教头掣棒劈头打来，林冲往后一退。洪教头赶上一步，又一棒打来。林冲见他看似凶猛，步法却乱了，便把棒从地上一跳。洪教头措手不及，林冲又就那一跳里和身一转，那棒就直扫到洪教头的小腿骨上。洪教头扑地倒地，棒也撇到了一边。

柴进大喜，忙叫庄客上酒。众人一起大笑，那洪教头羞得满面通红，半天方挣扎得起，自投庄外去了。柴进携住林冲的手，再入后堂饮酒。

柴进一连留林冲住了十几日，每日好酒好食相待。两个公差催促上路，柴进又置酒饯行，随后写下两封书信，交给林冲道："沧州府尹与柴进交好，牢城管营⑤、差拨⑥也与柴进交厚，教头拿这两封书信去，他们必会照顾教头。"之后，他又拿出些银两盘缠送与林冲，林冲谢道："官人大恩，不知如何报谢。"

次日天明，柴进叫庄客挑了行李，亲自将林冲送出庄外。林冲拱手拜别，与董超、薛霸往沧州城而去。

⑤管营：特指总负责牢营事务的官吏。
⑥差拨：这里指牢房里的差役。

第八回

林教头风雪山神庙 陆虞候火烧草料场

当日午时，林冲等人便来到沧州牢城。林冲使银上下打点，又呈上柴进书信。管营和差拨得了好处，又见有书信，对林冲格外照顾，免了他一百杀威棒①，只派他去看守天王堂②。林冲自此在天王堂内安顿下来，每日只烧香扫地，不费任何力气。那管营和差拨也不来管束他，由他清闲自在。

天将近冬深时节，一日，林冲在街上闲走，忽听背后有人叫道："林教头，你如何在这里？"林冲回过头来，见是一个故人。此人名叫李小二，当初在东京时，他在酒店卖酒，偷了店主人家财物，被捉住要押送官府，多亏林冲说情，才免了他官司，并送他盘缠，让他到别处安身，不想今日却在这里碰见。林冲道："小二哥，你怎么在这里？"李小二过来拜道："自从得恩人救济，一路来到沧州，娶了妻子，在营前开了个茶酒店。不知恩人因何事来到此地？"林冲道："我因得罪了高太尉，被他陷害，吃了一场官司，现被刺配到这里。"他遂将自己的遭遇本末都告诉了李小二。

李小二把林冲请到自己家里，并让妻子出来拜见。林冲道："我现在是个罪囚，恐怕玷辱了你们。"小二道："恩人说哪里话？谁不知道恩人的大

①杀威棒：封建衙门里常用的一种体罚犯人的刑具。县太爷见新到的囚犯时，为防止犯人桀骜不驯，常有先打一百杀威棒的规矩。
②天王堂：这里指军营内设立的供奉毗沙门天王的祠堂。

名？请恩人放心，以后您的衣食就由小人夫妻两个来照顾。"说完，小二立即安排酒饭，请林冲吃了。天晚时，小二才送林冲回天王堂。自此之后，李小二经常到营里给林冲送汤送水，林冲的衣服也拿来让妻子缝补浆洗。

一日，李小二正在店里招呼客人，只见一个军官模样的人走进来坐下，后面跟了一个走卒。那人给了小二一两银子，让小二将营里的管营和差拨请来。三人坐定后，那军官便将小二支走，不让小二服侍。李小二见他形迹可疑，说话又是东京口音，怕与林冲有关系，便让妻子去房间背后偷听。小二妻子听了一个时辰，因他们说话声小，未听得仔细，只见那军官给了管营和差拨一包银两，又听到差拨说了一句："都在我身上，一定结果了他性命。"

待这几人走后，正巧林冲来到他的店里。小二将刚才发生的事情对林冲说了，林冲问道："那人长得什么模样？"小二道："五短身材，白净面皮，没什么胡须，约有三十多岁。"林冲听了大怒道："这人正是陆谦。这泼贼竟敢来这里害我，休要让我撞见，否则让他骨肉为泥！"说完，他怒气冲冲地离了小二家。林冲先到街上买了把尖刀，带在身上，前街后巷地寻找陆谦，但一连寻了几天，也不见消息。

又过了两天，管营把林冲叫到跟前，让他去看守东门外五十里处的草料场。林冲心里有些疑惑，他到小二店里辞行，小二道："恩人不用疑心，只要没事就好。"话说林冲收拾了行李，来到草料场，正值天降大雪，原来的老军与他交割完毕，临走前道："你若要买酒吃，出草料场往东走二三里，便有市井。"林冲点头答谢。他安置好行李，看那草屋四下里都坏了，被风吹得左右摇动，自言自语道："这屋如何能过得一冬？等雪停了，到城里找个

泥水匠来修一下。"林冲烤了一回火，仍觉得身上寒冷，便用花枪挑了酒葫芦，到方才老军说的二里外的市井去买酒喝。

外面的雪下得正大，林冲顶着风雪走了半里多路，看到一座古庙，又走了一会儿，才见有几户人家。林冲在一家小酒店里坐下来，要了热酒和熟牛肉。吃饱喝足后，他又买了一葫芦酒，包了两片牛肉，揣在怀里，向来路走去。

林冲迎风踏雪，飞也似的回到草料场。他进来一看，只见那两间草屋已被风雪压倒了。林冲心里叫声苦，扒开茅草，只摸出一条棉被来。他见天色晚了，无处安身，想起刚才半路上碰到的那座古庙，便把被子卷了，拿了花枪一路朝古庙而来。

林冲来到庙里，关了庙门，见旁边有一块大石头，就搬过来把门靠住。他走到里面，靠在一旁，慢慢地喝那酒葫芦里的冷酒，拿出怀里的牛肉来吃。

正在吃时，忽听到外面噼噼啪啪地爆响，林冲跳起身来，在壁缝里往外看，只见草料场里燃起大火，那火势蔓上草堆，烧得正旺。林冲拿起花枪，正要开门去救火，外面却传进说话声来。

林冲伏在门边，听到三个人的脚步声直奔庙门而来。他们在外面用手推门，因里面用石头顶住了，推不开，三人便在庙檐下看火。只听一个道："这条计好吗？"另一个应道："多亏管营和差拨用心，回去禀告太尉，一定保二位做大官。"前一个又道："林冲这回让我们对付了，高衙内的病必然能好了。"这三人不是别人，正是陆谦、富安和差拨。原来大火是他们放的，他们想把林冲烧死。即使林冲不死，也会被治罪。

林冲在里面听了多时，怒火直往上蹿，他轻轻搬开石头，挺起花枪，一把拽开庙门，大喝一声："泼贼哪里去？"三个人见林冲从这里出来，都惊得呆了，急忙要跑时，却是跑不动。

林冲抬手，一枪先搠倒差拨。陆谦吓得慌了手脚，腿都软了，走不动，只叫："饶命！"那富安跑不到十来步，被林冲赶上，林冲照后心上只一枪，便将他搠倒了。林冲转身回来，陆谦才跑了三四步，林冲喝道："奸贼，你往哪里去？"只胸前一提，便将陆谦丢翻在雪地上。林冲踏住陆谦胸脯，身上取出那把尖刀来，搁在他脸上，喝道："泼贼，我与你有什么冤仇，你为何这等害我？"陆谦求饶道："不关我的事，是太尉差遣，我不敢不来。"林冲骂道："奸贼，我与你自幼相交，你却这样来害我，怎不关你的事？先吃我一刀。"说着，林冲将陆谦的上衣扯开，把尖刀朝他心窝里一剜，便将心肝提在手里。杀了陆谦，林冲回头看时，见差拨没死，正爬起来要走。林冲赶上去，一刀便将差拨的头割了下来。林冲又将陆谦、富安的头割了，将三个人头绾在一起，都摆在山神面前的供桌上。

这时，外面的雪下得更猛，林冲戴上斗笠，将葫芦里的冷酒都喝了，丢了葫芦，提了枪，出庙门向东而去。

第九回

林冲雪夜上梁山 杨志汴京卖宝刀

　　林冲在山神庙杀了陆谦等三人后，一直向东走，却醉倒在雪地里，竟被几个庄客抬到了柴进庄上，又在那里住了几日。不久，官府出榜缉拿林冲，风声甚紧，林冲怕连累柴进，只得请辞。柴进道："兄长此去，前路茫茫。若有个闪失，谁来救护？如今山东梁山泊有三个好汉在那里占山为王，他们素日与柴进有旧，我写封书信，兄长携了前去入伙，不知可肯否？"林冲到此时无路可走，便道："能得大官人如此顾盼，林冲有何不肯？"

　　第二日，柴进便整装出去打猎，带了一大帮人，把林冲夹带出关。林冲拜别柴进，取路山东。他一路行了十几日，当时正是暮冬天气，彤云密布，朔风又起，早见漫天飞雪，不一时便是满地如银。

　　林冲只顾踏雪而走，看看天晚，远望见湖边一个酒店，便奔进去。林冲进店坐下，要了酒菜，向酒保问道："此去梁山泊还有多少路？"酒保道："这里到梁山泊只有数里，但都是水路，只有渡船方能过去。"林冲又央酒保找只船来，酒保只道雪大无处找船。林冲心中愁闷，酒过数杯，悲从中来，他向店家借了笔墨，在墙上题了几句诗："仗义是林冲，为人最朴忠。江湖驰誉望，

京国显英雄。身世悲浮梗，功名类转蓬……"

正写之间，那店家却进来一把将林冲抱住，叫道："好个林冲！官府正出三千贯拿你，原来却在这里。"林冲吃了一惊，矢口否认。那店家笑道："我不拿你，到里边说话。"原来这店家是专给梁山打探消息的朱贵，绰号旱地忽律[①]，凡要上梁山的都要经过他的酒店。朱贵向林冲道明身份，林冲将柴进举荐他上梁山入伙的事说了。朱贵道："早闻兄长大名，谁不敬佩？柴大官人又与山寨几位头领有恩，今有他的书信，必当重用。"

第二天，朱贵便带林冲上了梁山，众头领接见。此时，梁山泊上当家的是白衣秀士王伦、摸着天杜迁和云里金刚宋万。朱贵将林冲入伙之事说了，杜、宋二人都十分乐意，但大头领王伦为人心胸狭窄，他曾是个落第的秀才，没什么武艺，怕林冲本事高强，将来不服他管制，便不愿让林冲入伙。林冲道："小可不才，千里投名到此，望乞收录。若得头领看顾，当以死向前。"朱贵等人也为林冲求情。王伦碍于众人说话，便让林冲三日内杀一个人来，以表他落草的真心。

林冲只好从命。他在山下等了两天，也不见一个孤单行人经过。到第

①旱地忽律：即陆地上的鳄鱼。忽律是鳄鱼的意思。

仗義是林衝
爲人最樸忠
江湖馳譽望
京

三天时，林冲又来到山下，直等到下午，才见一个汉子挑了行李，从山坡下远远地向这边走来。林冲等那汉子走近了，提着朴刀猛地跳出来。那汉子见了，扔下担子就跑。林冲追赶不上，叹了口气，自道命苦。

这时，山坡下又走出一条大汉来。那大汉提着朴刀，见了林冲，大声喝道："泼贼，把俺行李拿到哪里去？洒家正要捉你这厮们，你倒来拔虎须！"说着，他飞也似的冲过来。林冲打眼一看，见那大汉戴一顶斗笠，穿一领白缎子衣衫，有七尺五六的身材，脸上有一大块青记。林冲见他来得势猛，自己正没好气，提刀迎上去，也不答话，便与他打了起来。两人战在一起，山脚下好似涌起两股杀气，一来一往，直斗了三十来回合，不分胜负。

林冲正与那大汉斗得难分难解之际，山高处有人叫道："两位好汉不要斗了！"两人听见，都收住刀，跳出圈外。向上看时，原来是王伦等人带着小喽啰们下来了。王伦对那大汉说道："两位的刀法都是神出鬼没，真是好身手！这位是我的兄弟豹子头林冲，不知好汉尊姓大名？"那大汉道："洒家乃将门之后，武侯杨令公之孙，姓杨名志，人送绰号青面兽。俺当年曾做过殿司制使②，因奉当今皇帝之命，到太湖边搬运花石纲③到京，不料途经黄河时遇风打翻了船，失了花石纲，丢了官职。如今听说皇上赦免了我等之罪，洒家欲到东京再谋个差事。"

众人一听是青面兽杨志，都知道他的大名，便邀请杨志一起到山上去喝杯酒。杨志不好推辞，就来到梁山泊上。王伦心想："不留林冲，实难驳柴进等人的面子；留下林冲，又难管制，不如一起留下杨志，好让他与林冲为敌。"于是王伦力劝杨志入伙。但杨志却不肯落草，坚决辞谢。王伦无奈，

②殿司制使：制使，原意是皇帝所派出的使者。殿司制使，即是朝廷派出办理公务的官员。
③花石纲：宋代漕运习惯把十艘船编为一"纲"，运送的货物就称"某某纲"。北宋权臣蔡京为了迎合徽宗建造园林假山的喜好，下令运送江南花石到都城开封，故此称为"花石纲"。

只好送杨志下山了，林冲也就此做了梁山泊第四把交椅。

且说杨志来到东京后，便上下打点，想要再重新补殿司制使的职位，但花尽了钱财，却一事无成。杨志又在客店住了几日，眼见盘缠都用完了，没有办法，他只好打算将祖传宝刀卖了，换点钱用。

杨志来到街上，插个草标卖刀。他立了两个时辰，也没有一个人来问。眼看到了晌午，杨志只好再转到天汉州桥下的热闹处去卖。他刚立定不久，便看到两边的人都往河下的巷子里躲去。有人口里还喊着："快躲了，大虫④来了！"杨志心中奇怪："这样一片繁华街市，怎么会有大虫来？"他站住脚，向前看时，只见远处一个黑凛凛的大汉，喝得半醉，一步一颠地撞过来。原来此人是京城有名的泼皮无赖，叫作没毛大虫牛二，仗着有一把子力气，专在街上撒泼、行凶，连闹了几场官司，开封府也治不了他。满城人都恨他，又都怕他，见了他都吓得躲开。

且说牛二跌跌撞撞地来到杨志面前，一把将那口宝刀从杨志手里扯过来，问道："汉子，你这刀卖多少钱？"杨志道："这是我祖上传下来的宝刀，要卖三千贯钱。"牛二不屑地道："什么鸟刀，要卖这么多钱？"杨志道："我这不是平常的白铁刀，确是一把宝刀。第一，它削铁如泥；第二，可吹毛得过；第三，杀人刀不留血。"

牛二听了，吆喝道："你敢剁铜钱吗？"杨志道："有何不敢？"于是牛二到旁边一家铺子里取了二十文钱，一摞儿都放在桥栏杆上，叫道："汉子，你若剁得开，我给你三千贯。"这时，看的人虽不敢近前，也都在远处围住。杨志卷起衣袖，拿刀在手，只一刀，就将那一摞铜钱都剁成两半。众

④大虫：方言，即老虎。

人都高声喝彩。牛二喝道："喝什么鸟彩？你且说第二件好处是什么？"杨志道："这'吹毛得过'就是把几根头发照刀口上一吹，齐齐都断掉。"牛二不信，就在自己头上拔了一把头发，递给杨志。杨志接过头发，尽力照刀口上吹去，那头发果然都断为两段，纷纷飘下来。众人又齐声喝彩，看的人越来越多了。牛二仍是不服，又问："那第三件好处是怎么回事？"杨志道："杀人刀上不留血痕，是叫一个快。"牛二这回更来了劲头，说道："你剁一个人给我看看。"杨志道："你不买就算了，胡来缠人做什么？洒家不是你随意撩拨的。"

牛二在街上撒泼惯了，不识得杨志的厉害，仍揪住杨志道："我偏要买你这口刀。"杨志要他拿钱来。他道："我没钱。你有种，就来剁我。"说着，他就要来抢。杨志大怒，把牛二推了一跤。牛二爬起来，就往杨志怀里钻。杨志叫道："众位街坊邻居，都在此做个见证：这个泼皮只来胡搅蛮缠，要抢洒家的刀，还要打人。"牛二挺起脖子道："你说我打你，就是打死你又能怎样？"说着，他便挥起右手，一拳打过来。杨志闪身躲过，一时火往上撞，拿起刀朝牛二脖子上搠过去。牛二扑地倒在地上，登时血流满地，死在街上。

杨志杀了牛二，便请街上众人跟他一起到开封府自首。开封府尹得知情况，怜惜杨志是条汉子，又念他为东京街头除了一害，便有意开脱他。加上众人皆为杨志求情，牛二家又没人来告，府尹最终断杨志二十脊杖，刺配到北京大名府⑤留守司⑥充军。街上的众人听说后，又送了杨志许多银两做盘缠，杨志便随押送他的两个公差到北京大名府去了。

⑤北京大名府：指今河北省大名县，为宋仁宗所建，当时称为北京。
⑥留守司：皇帝离开京城，命大臣驻守，叫作留守。平时在陪都也有大臣留守。留守司指由留守官员执掌的官府。

急先锋争功校武场 青面兽扬名大名府

　　且说杨志来到北京，留守梁中书乃是当朝太师蔡京的女婿，极有权势。他在东京时也曾听过杨志的名号，又知他是名门之后，十分喜爱，当下留杨志在厅前听用。杨志早晚听候传唤，十分勤谨。梁中书看了更喜，有心要他做个军中副牌，只恐众人不服，因此传令下去，叫军中大小诸将来日都到校场比武。

　　这日天明，梁中书带领杨志来到东郭门外的校武场，大小军校皆来参拜。待三通鼓罢，演武开始。梁中书传令，叫副牌军周谨与杨志比试。第一回合比枪，周谨得令出列，看着杨志怒道："你个贼配军敢来与我交枪？"原来杨志新到这里，因他是个发配来的罪犯，梁中书却又如此抬举，众将都瞧他不起。

　　周谨、杨志两个勒住马，刚要交锋，兵马都监[①]闻达喝道："且慢！"他回禀梁中书道："恩相，枪刀本是无情之物，如有损伤，于军不利。可将两枪去了枪头，蘸上石灰，只用枪杆打斗。两人都穿黑衣，最后身上白点多者当输。"梁中书道："言之极当。"他随即传令，让两人下去准备。

　　两个重新披挂了，再到阵前。那周谨挺枪直取杨志，杨志也捻手中枪来战周谨。两个战了四五十个回合，只见那周谨身上，恰似打翻了豆腐似的，斑

---

①都监：宋时一种武职，属正六品，地位仅次于当地的镇守使，是地方上有权有势的武官。

斑点点，约有三五十处。再看杨志，只有左肩胛下一点白。

梁中书大喜，又斥责周谨道："量你这般武艺，如何南征北讨？"随后，他叫杨志替周谨的职役。都监李成见挫了本军锐气，出言拦阻，奏请叫二人比箭。梁中书点头同意。周谨、杨志二人又各领一面遮箭防牌，上阵比箭。杨志说道："你先射我三箭，尔后我还你三箭。"周谨听了，恨不得一箭把杨志射个透穿。杨志看透他的心思，却未放在心上。

当时将台上青旗挥动，杨志拍马朝南奔去。周谨纵马赶来，搭住缰绳，左手拿弓，右手搭箭，拽得满满地，望杨志后心飕地一箭。杨志听得背后弓弦响，霍地一闪，去镫里藏身，那支箭便射了个空。周谨见一箭射不着，又取一支箭射来。杨志这次却不躲闪，只拿手里弓梢一拨，那支箭就被拨到草地里去了。周谨见又射不着，心里发慌，再取第三支箭搭在弓弦上，扣得满满地，用尽平生气力，朝着杨志后心窝上射过去。杨志听得弓弦响，扭回身，就鞍上把那支箭只一绰，就抓在手里，纵马来到厅前。

梁中书见了大喜，命杨志也射周谨三箭。周谨撇了弓箭，拿了防牌在手，拍马往南而走。杨志纵马赶来，他先把弓虚扯一下。周谨听得弓弦响，扭转身拿防

牌来迎，却接了个空。周谨寻思道："这厮原来只会使枪，不会射箭。等他第二支箭再虚诈时，我便喝住他，就算我赢了。"这时杨志早取出一支箭来，搭在弓弦上，他心想："射中他后心窝，必至伤了他性命；我和他又没冤仇，只射他不致命处就是了。"只见杨志弓开如满月，箭去似流星，说时迟，那时快，一箭正中周谨左肩。周谨措手不及，翻身落马。

梁中书大喜，随即叫杨志替了周谨的职位。杨志神色不动，下马谢职。这时阶下左边却走上一个人来，叫道："休要谢职！我和你比试比试！"杨志看那人身高七尺，面圆口方，腮边一部络腮胡须，真的是威风凛凛，相貌堂堂。那人到梁中书前禀道："周谨患病未痊，因此误输与杨志。小将不才，愿与他比试武艺。如若小将输了，叫他替了小将职役。"

梁中书抬眼一看，原来是大名府留守司正牌军索超。此人最为性急，上阵打仗，都是当先厮杀，因此人都叫他急先锋。这索超乃是周谨的师父，今日他见周谨输了，梁中书又如此抬举杨志，甚是不服，故此出来说话。都监李成听了，也请叫索超与杨志比试。梁中书心中想道："也好，叫杨志赢了索超，众人都无话说。"他随即传令，叫二人比试。

不一时，两人便去披挂整齐。梁中书要看一场好斗，便走出大厅，来到校场月台上。且说杨志与索超都装备停当，将台上红旗舞动，锣鼓齐鸣，又一声号炮响起，三通鼓罢，左边阵内鸾铃响处，闪出正牌军索超，直冲到阵前。只见那索超头戴一顶熟钢狮子盔，身披一副铁叶攒成铠甲；腰系一条镀金兽面束带，前后两面青铜护心镜；上笼着一领绯红团花袍，上面垂两条绿绒缕颔带；下穿一双斜皮气跨靴；左带一张弓，右悬一壶箭；手里横着一柄

金蘸斧，坐下是一匹能征惯战雪白马。

再看右边阵内鸾铃响处，杨志也纵马来到阵前。但见他头戴一顶铺霜耀日镔铁盔，身穿一副钩嵌梅花榆叶甲；系一条红绒打就勒甲绦，前后兽面掩心；上笼着一领白罗生色花袍，垂着条紫绒飞带；脚蹬一双黄皮衬底靴；一张皮靶弓，数根凿子箭；手中挺着浑铁点钢枪，骑的是一匹火块赤千里嘶风马。

两边军将看了，都暗暗地喝彩。且说杨志、索超来到校场中心，两马相交，索超怀忿，抢手中大斧，拍马来战杨志；杨志也要逞威，捻手中神枪，纵马来迎索超。两个各使平生本事，一来一去，一往一回，只见四条臂膊纵横，八只马蹄缭乱。一个斧劈顶门，一个枪刺心坎；一个枪尖上吐火焰，一个斧刃中迸寒光，直杀得征尘蔽日，杀气冲天。两个斗了五十余回合，不分胜负。月台上梁中书都看得呆了。两边众军官看了，各喝彩不迭。

李成、闻达在将台上不住声叫道："好斗！"闻达只恐两人伤了一个，慌忙叫旗牌官分开二人。 这里杨志、索超正斗到好处，忽听将台上一声锣响，都要争功，哪里肯回马住手？旗牌官只得纵马飞来，叫二人停战，杨志、索超这才收了手中兵器，各纵马跑回本阵。李成、闻达走下将台，禀复梁中书道："相公，据此看来，两人武艺非凡，皆可重用。"

梁中书大喜，唤两人到厅前，叫取两锭白银来赏赐了，并唤军政司②来，升两人都做了管军提辖使。索超、杨志自拜谢不止。梁中书分外开怀，又叫人备下筵席，大宴众将。

自此之后，梁中书更是爱惜杨志，早晚与他形影不离。那些将校都见了杨志真本事，也无不钦服，杨志逐渐在留守司安顿下来。

②军政司：管理军中事务的官员。

第十一回

吴学究智说三阮 公孙胜巧应聚义

且说山东济州郓城县东溪村上有一位远近闻名的好汉，姓晁名盖，是村里的保正^①，也是当地的富户，平生只爱仗义疏财，结交天下的好汉，深受江湖人敬服，人送绰号托塔天王。

一日，天还未亮，县里的都头雷横带着一帮差役到各处巡查。他们来到东溪村附近的灵官殿，见一条大汉睡在那里。雷横觉得此人形迹可疑，就将他当贼捉了。然后雷横带着人，来到晁盖庄上歇息。这雷横膂力过人，能跳两三丈阔涧，名号插翅虎。当时晁盖接待了雷横，听众差役说抓了一个贼，便哄雷横等人喝酒，自去看那捉拿的贼是谁。他提着灯笼来到门房，见一个黑汉子被吊在那里，紫黑脸膛，鬓边有一块朱砂记。晁盖不认得他，便问道："你是哪里人？"那汉子道："我是远方来的，特投奔这里的好汉晁保正，想送他一套富贵，没想到却被这伙人拿我当贼捉了。"晁盖一听，道："我就是晁保正，既是如此，你认我做娘舅，我救你脱身。"

两人商议好了，待雷横等人过来，那汉子就直呼晁盖："阿舅救命。"晁盖假意看他一眼，道："这不是小三吗？"随后，他发起怒来，拿条棍子

---

① 保正：宋王安石推行保甲法，规定五百家设都保正一人，副都保正一人，下有大保长、保长，分别掌管户口治安、培训壮勇等事。后世沿其法，泛称保长等为保正。

要打那汉子，嘴里骂道："你如何不来见我，却去村中做贼？"雷横等人见是晁盖的外甥，又没真见他做贼，也就把他放了。

晁盖送了雷横十两银子作为谢礼，打发众人出庄。待众人走后，晁盖领那汉子来到后堂，细问姓名，汉子道："我姓刘名唐，是东潞州人氏，因这鬓边有块朱砂记，人唤赤发鬼。小弟闻哥哥是江湖上有名的豪杰，特来相送一套富贵。"晁盖问："是何富贵？"刘唐道："大名府梁中书是蔡太师的女婿，他每年都要给他的丈人庆生辰。今年闻听他又聚敛了十万贯金珠宝贝，准备送上京城，赶那蔡太师六月十五日的生辰。小弟想这是不义之财，我们去半路上夺了，也不算是罪过。不知哥哥意下如何？"晁盖听了道："此事若干得成，确是件豪杰之事，咱们得从长计议。你一路上定吃了不少辛苦，先去歇息歇息吧。"

刘唐来到客房，想自己平白被雷横吊了一夜，又让他拿了晁盖十两银子，越想越恼，随即拿了朴刀去赶雷横，要追回那十两银子，出一口恶气。刘唐追上雷横，二话不说，就与雷横打了起来。两人斗了五十回合，不分胜负。突然，旁边闪出一人来叫道："两位好汉不要斗了。"那人用两条铜链把二人隔开。此人一身秀才打扮，长得眉清目秀，是当地的教书先生，名叫吴用，表字学究，十分足智多谋，人唤智多星。

吴用与晁盖相交甚厚，他听雷横说刘唐是晁盖外甥，觉得有些蹊跷，便劝刘唐道："我与你娘舅是至交，也和这都头交情不错，看我面子，不要打了。"刘唐却道："不干你秀才事。"他非要讨回银子不可，雷横又是坚决不给，两人越骂越凶，上来又要厮打。吴用是左也劝不开，右也拉不动。

正在此时，晁盖赶来了，方将二人劝开。晁盖假意训斥刘唐，又给雷横赔了不是，雷横等人才回衙去了。

晁盖携吴用、刘唐重回庄上，拉二人进后堂深处坐定。吴用问晁盖："这位好汉是谁？"晁盖将刘唐的身份和来意一一说了。吴用笑道："我见刘兄赶来得蹊跷，也猜到八九分了。这一桩富贵，小弟也晓得，只是仅凭我们三人，恐怕弄不下来，必须得有七八个好汉方才做得。"晁盖道："只是不知到哪里再寻扶助的人来？"吴用低头寻思了一阵，说道："有了。我想起三个人来，这三人是亲兄弟，在济州梁山泊边的石碣村住，平日靠打鱼为生。他们姓阮，老大叫立地太岁阮小二，老二叫短命二郎阮小五，老三叫活阎罗阮小七。我以前在那里住过几年，与他们有些交往，他们虽然不通文墨，却都是讲义气的好汉。若能得此三人，大事必成。"晁盖道："阮氏三兄弟我也有所耳闻，只是不曾相会，现在可派人请他们来商议。"吴用道："别人去请，他们定不肯来，必须

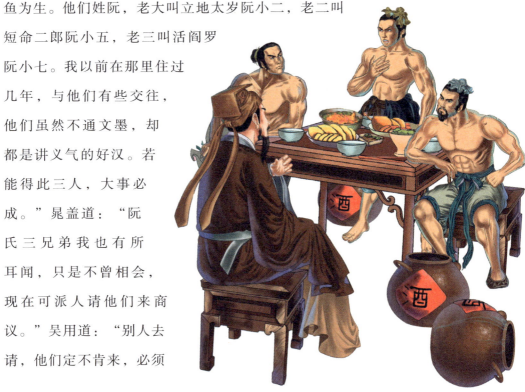

我亲自去说他们入伙方可。"晁盖听了大喜。

第二天晌午，吴用便来到石碣村，他先找到阮小二，说要买几条十四五斤重的金色鲤鱼。小二带吴用到湖里找来小五、小七，四人一起到酒店喝酒。阮氏兄弟常年在此打鱼，生活并不富足，三人都敬重吴用，与吴用在酒店里喝酒、叙旧，直闹到天黑。吴用见时候差不多了，又买了些酒菜，到阮小二家继续喝酒。席间，吴用又提起买鱼的事来，阮小二道："不瞒你说，石碣湖地方狭小，没有这样的大鱼，只有梁山泊那里有。可如今梁山泊上有王伦等人占山为王，我等不敢再到那里打鱼。"吴用道："那厮们倒是快活。"阮小五道："他们不怕天不怕地，也不怕官府，大块吃肉，大碗喝酒，我们兄弟三人空有一身本事，却不能学他。"阮小七道："人生一世，能像他们快活一日也好。"

吴用听了暗笑，说道："既是如此，何不前去撞筹②？"小二道："我们也曾想去入伙，只是听闻那王伦心胸狭窄，容不得人，我们兄弟心里也就懒了。"阮小七道："若能得个像哥哥这样看重我们的，我们兄弟替他死也心甘了。"吴用听明白三人口气，见他们是真心想干大事，方才说明真实来意。三兄弟早就听过晁盖的大名，一听是晁盖来请他们，都大喜过望。小五和小七都拍着脖项道："这腔热血，都卖与识货的。"吴用笑不可支。

次日天晚时分，吴用便带阮家兄弟来到晁家庄，早见晁盖和刘唐在庄前槐树下等候。六人相见，分外欢喜。第二天天明，晁盖在后堂列了香花、灯烛。众人个个在堂前向神明发誓，以表共干大事的真心。

六好汉发过誓后，便在后堂饮酒。不一会儿，一个庄客来报道："门

②撞筹：撞击酒筹，意同干杯，引申为一起入伙落草。

前一个道人要见保正化斋^③。"晁盖道："你好不晓事。我在这里招待客人，你给他三五升米就是了，何须来问我？"庄客道："小人给他米，他又不要，只要面见保正。"晁盖道："一定是嫌少了，你再给他两三斗，就说我今日有事，没工夫见他。"庄客去了多时，又回来报说那道人不为钱米，只要见保正一面。晁盖有些不耐烦，责怪庄客不会办事，又让庄客多给几升米，打发那道人走。庄客去了不久，只见又一个庄客飞跑来道："那道人发怒，把十几个人都打了。"晁盖听了，吃了一惊，这才起身出去察看。

③化斋：指僧道挨门乞讨饭食。

晁盖来到庄前，只见那个道人身高八尺，道貌堂堂，生得古怪，正在槐树下打人，他一边打，还一边说道："不识好人。"

　　晁盖高声叫道："先生息怒，你来寻晁保正，无非是为化缘而来，何故嗔怪如此？"那道人大笑道："贫道不为酒食钱米，却闻得有十万贯金钱，特来寻保正商议。"晁盖一听，道："在下即是晁盖。"随后，他便请那道人走入后堂来。

　　此时，吴用、刘唐并三阮已躲到别处。晁盖问那道人是何名姓，他道："贫道是蓟州人氏，复姓公孙，单名胜，道号一清先生，因学得一家道术，亦能呼风唤雨，驾雾腾云，故江湖上人称入云龙。贫道久闻保正大名，只是无缘相见，现听说有十万贯金珠宝贝，特来送与保正做进见之礼。不知保正敢不敢收？"晁盖听了，道："先生说的可是梁中书进献给蔡太师的生辰贺礼吗？"

　　公孙胜听了，先自吃了一惊。这时，一个人从堂外闯进来，揪住公孙胜道："好呀，明有王法，你竟敢商量这种勾当！"公孙胜吓得面如土色。晁盖一看，原来却是吴用，忙笑道："先生休慌，这是智多星吴学究。"吴用随即松开公孙胜，与他重新见礼。晁盖又请出刘唐与阮氏三兄弟，七人都在后堂深处相见了。众人共同推举晁盖做大哥，吴用第二，公孙胜第三，刘唐第四，阮氏兄弟排在后面。七人排好座次，重新整治杯盘，再度饮酒。

　　至此，共有七位好汉聚在东溪村上，共同谋划劫取十万金珠之事。

杨志押送金银担 吴用智取生辰纲

晁盖、吴用等七人聚集在东溪村上，公孙胜道："贫道已打听清楚，财宝从黄泥冈大路上运来。"晁盖一听，便道："黄泥冈东十里路有一个安乐村，村里的闲汉白胜曾来投奔过我。"吴用听了，则笑道："有了，这白胜倒有用他处，他家便是我们的藏身之地。"晁盖问道："那我等是智取，还是硬夺？"吴用道："我已安排好了圈套，只看他来的光景，硬则硬取，智则智取。只需如此如此……"晁盖等人听了大喜，皆赞好计。

晁盖又吩咐阮氏兄弟先自回家，到期再来相聚。吴用仍去教书，公孙胜与刘唐暂时留在晁家庄上。计议已定，此事暂且不提。

且说大名府内梁中书每年都要给岳父庆生辰，少不了送些金珠宝贝之类，叫作生辰纲。去年的生辰纲被盗贼劫走，至今未能捕获。今年梁中书又早已准备好十万贯金珠，只愁无人押送。这日，蔡夫人道："你常说杨志这人十分了得，何不让他去走一遭？"梁中书一听大喜，笑道："怎么倒把他给忘了？"他遂把杨志叫到跟前，道："今要给太师贺寿，你若能替我把生辰纲送到东京，我自不会亏待了你。"杨志道："恩相差遣，不敢不从，不知是怎样打

点？"梁中书道："将财宝装在十辆太平车子上，派十个军士监押，每辆车上插一把黄旗，上写'献贺太师生辰纲'，打点好即可起身。"杨志道："若是这般，小人不敢去。如今途中盗贼颇多，明写了是财宝，怎会无人来抢？小人防不住。"梁中书问："那依你之见，如何是好？"杨志道："不若把礼物装作十余条担子，让十个军士扮作脚夫挑上，小人扮成行路的客商，连夜悄悄地赶去东京，不惹人耳目，如此方好。"梁中书一听大喜，道："你说的甚是，果然有见识。"当日，他便叫杨志打拴了担子，挑选了军士。

第二日，蔡夫人也准备了一担财物，送给府中女眷，也叫杨志带去，并派了一个老都管①和两个虞候跟随。为了方便行事，梁中书吩咐一干人等皆听杨志指挥。杨志和那个老都管扮成客商，两个虞候扮成随从，其余军士都是脚夫打扮。次日五更，众人就挑上礼物往东京去了。

时值五月中旬，正是酷热天气，杨志一行人离北京五六日后，渐渐进了山路。为防备盗贼，杨志吩咐每天辰牌②行路，申时③便停歇。这段行路时间正是一天中最热的时候，军士们挑着重担，打熬不住，见了林子就要歇息。杨志催着赶路，见有歇的，轻则痛骂，重则拿藤条去打。一次，那两个虞候背着行李落在后面，杨志便上去骂了几句。两人口里未说，心里却十分不服，到老都管跟前抱怨道："杨家那厮，不过是相公门下一个提辖，倒是这般会做老大。"老都管道："相公吩咐听他指挥，暂且忍耐忍耐。"

如此这般，行了半个多月，众人被杨志催赶得厉害，都十分恼恨他。这一天，正是六月初四，天气十分炎热。杨志等人来到一片土冈前，只见那上面乱石满地，长满绿树茅草。众军士一齐奔上冈子来，都纷纷撂下担子，

①都管：大户人家的管家，地位在主人之下、众仆人之上。
②辰牌：即辰时，旧时计时法，指上午七点到九点。
③申时：旧时计时法，指下午三点到五点。

跑到松树荫下躺倒了。杨志道："这是什么地方，你们竟都在这里歇凉，赶快起来。"众军士道："你就是把我剁成七八段，我也不动了。"杨志气得拿起藤条，劈头盖脑地打去。那老都管见了，劝道："提辖，实在是热得走不了了，不要怪他们。"杨志道："这里是黄泥冈，正是强人出没的地方，如何敢在这里歇脚？"两个虞候道："这话你都说过好几遍了，只管来吓人。"

众人正在吵嚷，忽见对面松林里藏着一个人，在那里探头探脑地张望。杨志见了，扔了藤条，拿起朴刀便赶入松林里。杨志赶过来看时，只见这边松林里摆着七辆小货车，七个汉子赤条条地躺在那里乘凉。杨志喝道："你们是什么人，莫不是歹人？"那七人道："你是什么人，我等还以为你是歹人。"杨志道："你等先说是哪里来的？"那七人道："我们是从濠州来，贩枣子到东京去，途经这里，听说这黄泥冈上常有盗贼打劫客商，所以刚才派一个兄弟去打探。"杨志一听只是客商，便放心回来。

众军士见他回来，老都管道："既是有贼，我们赶快走吧。"杨志道："俺以为是歹人，原来只是几个贩枣子的客人。"众人听了，都笑杨志大惊小怪。杨志见众人都不走，也到一边去歇息。

没过一会儿，一个汉子挑着一副担桶走上冈来，也放下担子在松林里乘凉。众军士见了，问道："你桶里是什么东西？"汉子应道："是白酒。"众人正渴得要命，一听是酒，便商议着买来解暑。正在凑钱，杨志过来喝道："你们又做什么，竟敢胡乱买酒喝，全不知道路途艰难，有多少好汉，都被蒙汗药麻翻了。"那挑酒的汉子一听不乐意了，冷笑道："你这人好不晓事，我不卖给你便罢了，竟说出这种没劲的话来。"

正在说时，对面松林里那几个贩枣子的却走过来，要买酒喝。那汉子却不肯卖。那七人道："你这鸟汉子，我们又不少你酒钱，为何不卖？"那汉子道："卖一桶给你也没什么，只是被他们说得心里不痛快，又没有碗瓢给你们舀着喝。"那七人道："我们自有椰瓢在车上，不用你操心。"说着，便有两个人到自家车上，取了两个椰瓢，捧一把枣子过来。七个人站在桶边，就着枣子，轮流拿椰瓢舀酒喝。这边众军士看了，更觉燥渴难耐。

不一会儿，一桶酒就喝完了。七人道："酒喝过了，还不曾问价钱。"那汉子道："十贯一担，五贯一桶，不还价。"那七人道："五贯便五贯，再多给我们一瓢喝。"那汉子不答应。其中一人正给酒钱，另有一人却自己打开桶盖，舀了一瓢酒就喝。那卖酒汉子去夺时，舀酒的人已喝了半瓢，往松林里跑去，卖酒汉子赶过去追。这时，七人中又有一个过来舀了一瓢酒，那汉子看见，赶过来劈手夺了，把酒倒进桶里，盖了桶盖，将瓢扔在地上，

说道："你这帮客人好没君子相，竟这般啰唣④。"

这边军士们见人家酒也喝了，渴也解了，都馋得心里痒痒，央求老都管去向杨志讲情。老都管便对杨志道："那贩枣子的客人已买了他一桶酒吃，只要这一桶，胡乱叫军士们吃些，也好避避暑气。"杨志心想，那贩枣子的已买一桶喝了，另一桶也喝了半瓢，想必酒是好的，便答应下来。

众人赶紧凑钱买酒。那卖酒的汉子却道："不卖了，不卖了，这酒里有蒙汗药。"众军士都给他赔话。其中一个贩枣子的道："你这汉子也忒认真，卖给他们吃些，又能怎么样？"说着，他把那卖酒汉子一推，提了那桶酒送给众军士。众人借了椰瓢，一瓢一瓢地喝起来。杨志本想不喝，无奈天实在太热，自己又口渴难耐，见众人喝了没事，也就喝了半瓢。那汉子收了钱，唱着山歌下冈去了。

这边贩枣子的七人站在松树旁边，指着杨志一干人等说道："倒，倒，倒！"只见杨志这十几个人个个都头重脚轻，全软倒在地上。那七人从松林里推出小车，把枣子倒了，将金珠宝贝都装在车上，遮盖好了，一直走下黄泥冈去了。

杨志等人眼睁睁看着这些人把财宝装走，却是起不来，挣不动，说不出。这七人不是别人，正是晁盖、吴用等七位好汉。那挑酒的汉子则是闲汉白胜。原来上冈时，两桶酒都是好酒。七个人喝了一桶，刘唐故意在另一桶里舀半瓢吃，是叫杨志等人放心。此后吴用来舀酒，早将药放在瓢里。瓢一下桶，药就散进酒里。吴用假意要喝，白胜再劈手夺来倒回去，这便是计策。这些都是吴用的主张，唤作智取生辰纲。

---

④啰唣：吵闹，指用不安分的行为或啰唆的言语给人添麻烦的意思，多见于早期白话。

花和尚单打二龙山 青面兽双夺宝珠寺

话说晁盖、吴用等人劫走了生辰纲后，黄泥冈山上，杨志吃的酒少，很快醒了，他愤懑道："生辰纲被劫了去，叫俺如何回去见梁中书？罢了，不如在这冈子上寻个死处便了。"他正要自寻短见，又猛然醒悟，寻思道："爹娘生下洒家，怎能如此了结？莫若再寻个去处，日后再理会。"他回身见那十几个人，还自挣扎不起，骂了一通，捡起朴刀下冈子去了。这边老都管并十几个军士直到天黑才爬起来，个个口中叫苦。众人商议一番，便把事情都推到杨志身上，说他勾结强盗，把财宝劫走了。于是一行人来到济州府首告，此事暂且不提。

且说杨志离了黄泥冈，一路向南闷闷而行。行了大半日，来到一家酒店门前，杨志早就饿了，便走进那店里。他坐下来要了些酒食，吃完就走，原来他身上没有盘缠，只想白吃了这顿酒食。店主是个精壮汉子，哪里乐意，抢棒与杨志在店前打了起来。二人斗了二十余合，那汉子不是杨志对手，就跳出圈外，询问杨志姓名。杨志报上自家名号。那汉子听了，撇了棒，拜倒在地。杨志赶忙将他扶起。那汉子道："小人曹正，原东京人氏，早就听过

制使的大名，八十万禁军教头林冲是我师父。"杨志道："原来你是林教头的徒弟。你师父被高太尉陷害，落草去了，如今在梁山泊上。"曹正道："小人也有耳闻。"随后，他请杨志进了酒店。

两人重新坐下，曹正问道："制使为何来到此地？"杨志便将失陷生辰纲一事从头细说了一遍，又道："洒家欲投梁山泊去寻你师父林教头。先前王伦苦苦相留，俺却不肯落草，如今却去投奔他，好没志气，因此踌躇未决，进退两难。"曹正道："小人听人说王伦那厮心地偏窄，安不得人。我师父上山时，受尽他的气。小人倒有个计较，离此间不远有座二龙山，山上有个宝珠寺。如今寺里住持还了俗，唤作'金眼虎'邓龙，聚集了四五百人打家劫舍。制使若有心落草，可到那里去入伙，足可安身。"杨志听了道："既有这个去处，何不去夺来安身立命？"当下他在曹正家里住了一晚，借了些盘缠，次日便别了曹正，往二龙山而来。

行了一日，早望见一座高山，杨志走进林子来，却吃了一惊。只见一个胖大和尚，坐在松树荫下乘凉。那和尚见了杨志，就树下提起禅杖，跳起来大喝道："你那撮鸟！是哪里来的？"杨志听他口音是关西和尚，便叫道："你是哪里来的僧人？"那和尚却不回话，抢起手中禅杖，只顾打来。杨志生怒，也挺起手中朴刀来迎那和尚。两个人就在林子里一来一往，一上一下，打斗起来，直斗了四五十回合，不分胜败。

那和尚见杨志好本事，暗地喝彩，卖个破绽跳出圈外来，叫道："你那青面汉子，是什么人？"杨志道："洒家杨志，青面兽的便是。"那和尚一听，笑道："却在这里相见！"杨志问道："师兄却是谁？"

原来这和尚不是别人，正是花和尚鲁智深。上次他在野猪林救了林冲，又护送到沧州。那两个公差回去对高太尉说了沿途经过，高太尉便派人到相国寺捉拿他，他才逃出来，流落至此。鲁智深报了姓名，杨志也笑道："原来是自家同乡。俺在江湖上多闻师兄大名，师兄何故来到这里？"鲁智深遂将前事一一说了，又道："俺离了相国寺，在孟州十字坡遇到菜园子张青、母夜叉孙二娘夫妇，在那里住了几日，打听得这里二龙山宝珠寺可以安身，特地来投奔那邓龙入伙，谁料那厮却不肯收留洒家。洒家和他厮并，伤了他小腹。他打不过俺，只把这山下三座关牢牢地拴住，任凭俺如何叫骂，他只是不下来，气得洒家正苦，不想却是大哥你来！"

杨志大喜，道："小弟本也想来夺这二龙山。既是他上面闭了关，我们在此苦坐无益，不如先到曹正家再行商议。"于是两人在林子里坐了一夜，第二日天明，便赶回曹正家里。

曹正接待了二人，杨志便与他商议打二龙山一事。曹正道："若是闭了关，休道你二位，便有一万军马，也上去不得！似此，只可智取，不可力求。小人有条计策，不知二位中意否？"杨志忙问何计，曹正道："只需如此如此……"鲁智深、杨志两个听了，都连声赞妙。

第二日一早，曹正带着众庄客，与鲁、杨二人一起赶到二龙山。来到林子里，曹正叫两个庄客拿绳子用活结头把鲁智深绑了，然后众人押着鲁智深走到关下。关上小喽啰看见绑得这个和尚来，飞也似的报上山去。不多时，两个小头目上关来问道："你们是什么人？哪里捉得这个和尚来？"

曹正答道："小人等是这山下近村庄家，开着一个小酒店。这个胖和尚来我店中吃酒，喝得大醉却不肯还钱，口里说什么'要去梁山泊叫千百个人来打二龙山，把这附近村坊也都洗荡了'，因此小人将他灌醉，用绳子绑来献与大王，也免得为村中留下后患。"两个小头目听了这话，欢天喜地，急忙报知头领邓龙。邓龙听了大喜，叫押上山去。小喽啰得令，把关隘门开了，杨志、曹正紧押鲁智深，一起走上山来。 众人看那三座关确实险峻，两边高山环抱住那宝珠寺，山峰雄壮，中间只一条路上关来。

众人来到大殿上，邓龙早坐到正中交椅上，指着鲁智深骂道："你那厮秃驴！前日打翻了我，伤了我小腹，至今青肿未消，今日也有见我的时节！"鲁智深此时睁圆双眼，大喝一声："撮鸟休走！"两个庄客把索头只一拽，绳子便散开了。鲁智深就曹正手里接过禅杖，抡动起来。杨志也挺起手中朴刀，众庄客各拿杆棒，一起发作。

邓龙惊得呆了，急待挣扎，早被鲁智深一禅杖打得头盖迸裂，和交椅都一起碎了。手下的小喽啰也被杨志搠翻了四五个。曹正高声叫道："都来投降！若不从者，与邓龙并处。"寺前寺后五六百小喽啰并几个小头目都吓傻了，只得都来归伏。自此，鲁智深与杨志同做了山寨之主，在二龙山安下身来。

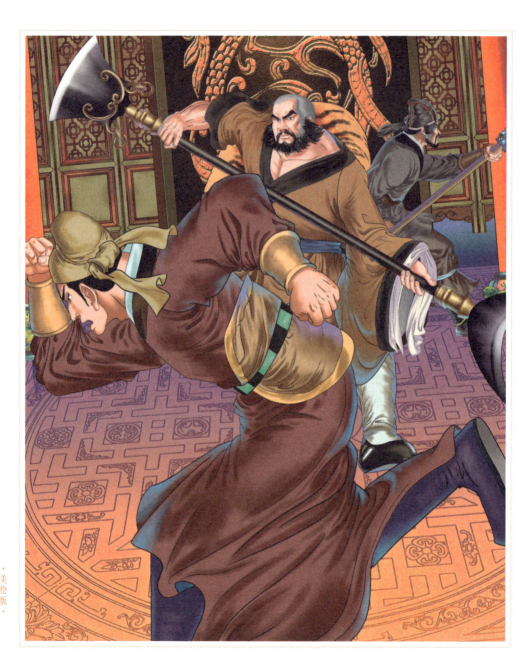

美髯公智稳插翅虎 宋公明私放晁天王

且说黄泥冈上失了生辰纲，那老都管并十几个军士到山东济州府报了案，又星夜赶回北京大名府，报与梁中书知道。梁中书听说杨志勾结强盗，劫走生辰纲，大为恼怒，又呈报东京蔡太师。蔡太师发下公文，限济州府尹十日内捉拿贼人和逃犯杨志。府尹被逼无奈，又勒逼手下缉捕使臣何涛去查获此案，并在何涛脸上刺下"迭配……州"的字样，若何涛办不成时，就拿他从重治罪。

何涛领了命令，苦不堪言，几天来没有一点头绪，整日回到家里愁眉苦脸。这时，正逢何涛弟弟何清前来看望，何清得知此事，笑道："哥哥到危难之际，却有兄弟来救。"何涛听他说话有些门路，忙陪着笑脸问道："你可知道什么？"何清道："前日兄弟赌输了，到北门外十五里处一个客店给写文书，见有七个贩枣子的客商推着小车到店里歇息。其余的人我不认识，为首的那个是东溪村晁保正，我却认得。后来又见闲汉白胜挑了两个桶从店前经过。再后来就听说黄泥冈上有一伙贩枣子的客商用蒙汗药麻翻了人，劫了生辰纲。如此推来，那劫生辰纲的不是晁盖是谁？如今只需抓住白胜，一

问便知详细。"

何涛听了大喜，随即带兄弟到州衙向府尹报告。府尹一一问明来历，立即派几个公差同何涛、何清连夜到北门外捉拿白胜。何涛等人从白胜家里搜出一包金银，将白胜押到州衙大堂。白胜起初抵赖，死不肯认，结果被打得皮开肉绽，鲜血迸流。府尹喝道："本官已知道为首的是郓城县东溪村的晁保正了，你如何抵赖得过？你只要招出那六人是谁，便不打你了。"白胜又捱了一阵打，实在熬不住，只得招认："为首的是晁保正，他同六人来让我挑酒，其实不认得那六人。"

府尹命将白胜押入死牢，发下公文，差何涛带二十多个公差到郓城县，让郓城县令捉拿晁保正等人。何涛带人星夜赶到郓城县，怕走漏了消息，他让众人先在一个客店里藏下，自己带两三个随从到郓城县衙来。当时正是巳牌[1]时分，县令已退了早衙，衙门前静悄悄的。何涛走到对面一个茶坊里坐下，问茶博士："不知今日县里当值的押司[2]是谁？"茶博士用手一指道："您要找的人来了。"何涛回头一看，只见县里走出一个吏员来。

此人生得面黑身矮，有三旬年纪，却是唇方口正，志气轩昂。他是郓城县宋家村人，姓宋名江，表字公明，排行第三，因长得黑，又极为孝义，人都叫他孝义黑三郎。宋江正是县里的押司，刀笔精通，吏道纯熟。他平生也爱结交江湖好汉，凡是来投靠他的，皆给以资助，最爱与人方便，为人排忧解难。山东、河北一带无不知他大名，称他山东呼保义，又称他及时雨。

何涛见宋江从县里走出来，便当街迎上去，叫道："押司留步，请到此间喝茶。"宋江见是一个公人，慌忙答礼。两人来到茶坊坐下，彼此通了

①巳牌：即巳时，旧时计时法，指上午九点到十一点。
②押司：州府或县衙里负责整理案卷或书写文书的小吏。

姓名，何涛拜倒道："久闻大名，只是无缘相见。"宋江慌忙扶起。两人重新坐定，何涛说明来意。宋江一听是晁盖劫了生辰纲，大吃一惊，心下寻思道："晁盖是我的好兄弟。他犯了这等弥天大罪，我不救他，若被捕去了，岂不丢了性命？"他心里发慌，嘴里却应道："晁盖那厮，奸顽成性，县里人没有一个不怪他。这回做出这番事来，好叫他生受。"何涛道："万望押司成全。"宋江便道："此事非同小可，不可泄露了消息。现在知县刚罢了早衙，正在歇息。一会儿知县坐堂时，我即来请您。"

宋江稳住了何涛，找个借口出了茶坊，吩咐随从在茶坊前伺候："若是知县坐衙，你去茶坊安抚那公人，让他略等一等。"随后，他自己上马，直往东溪村赶去。

且说晁盖正和吴用、公孙胜、刘唐在后园喝酒，此时阮氏兄弟已经得了钱财，回石碣村去了。听说宋江来到，晁盖忙把他迎进侧边小房里。宋江急切道："哥哥是心腹兄弟，我舍着这条命来救你。如今黄泥冈事发了，白胜已被拿进济州大牢里，供出你等七人。济州府派一个叫何涛的带着若干人来捉捕你们。天幸被我撞上，特地飞马来给你报信。哥哥若不快走，更待何时？"

晁盖听了，吃了一惊道："贤弟大恩难报！"宋江道："哥哥不要多说，只管安排走路就是了。"晁盖道："七个人，三个是阮氏兄弟，已经回石碣村去了，还有三个在我这里，贤弟先去见他们一面。"宋江来到后园，晁盖指着吴用、公孙胜和刘唐三人一一做了简单介绍。宋江略施一礼，回身便走，嘱咐道："哥哥保重，急速快走，兄弟回去了。"说完，他出了庄门，飞身上马，赶回县里了。

宋江走后，吴用问晁盖："刚才那位慌慌忙忙地去了，到底是什么人？"晁盖道："亏杀这个兄弟，担着性命来报与我们。他就是本县的押司宋江，也是我的心腹兄弟。"随即，他便将何涛等人将来捕捉他们之事说了，吴用道："此等大恩，实是难报。"

晁盖又问吴用："现在形势危急，我们该怎么办？"吴用道："'三十六计，走为上计。'如今我们只要收拾六七担东西，投奔到石碣村三阮家里去。"晁盖道："阮氏兄弟不过是打鱼人家，如何安得下我们这么多人？"吴用道："兄长好不精细。石碣村附近便是梁山泊，如今山寨里十分兴旺，官军不敢正眼瞧他，我们若被赶得紧，一发去入了伙，岂不是好？"晁盖点头同意。

计议商定了，晁盖即刻吩咐庄客收拾行李，让吴用和刘唐带领几个庄客先挑了五六担金银赶去石碣村，自己和公孙胜留在庄上押后。

话说宋江赶回县里，见了何涛，领他去见知县。知县看了文书，即刻派两个都头夜间赶往东溪村捉人。这两个都头一个是朱仝，一个是雷横。雷横前已说过，朱仝却又是另一个好汉。他身高八尺以上，有一部虎须髯，似关云长模样，人称美髯公。两人带着众士兵、差役来到东溪村上。朱仝本与晁盖要好，便哄雷横去打前门，自己带人来到晁家庄后门。

此时晁盖还未收拾完毕，朱仝只在黑影里大叫，并不进去。他让人点亮火把，大呼小叫，是有意催晁盖快走。晁盖在庄里听到，让庄客四处放火，然后与公孙胜带着数十个庄客从后门杀出来。晁盖一边冲，一边挥舞着朴刀大喊："当吾者死，避吾者生！"朱仝只虚晃一下，闪出一条路，让晁盖过

去，才叫士兵们从后门扑进庄里，还高喊："前面赶捉贼人。"雷横早带人赶到前门，听后面喊叫捉人，便在火光下东观西望，作寻人状。原来雷横也有心放晁盖，只是与朱仝互不知底细。

再说晁盖出了庄门，让公孙胜带庄客们先走，自己押后。朱仝撇了士兵，独自来赶晁盖。晁盖一边走，一边道："朱都头，你只管追我做什么？我对你不曾有歹处。"朱仝见后面没人，才道："保正不要误会，你没见我闪开路，让你过去？我怕雷横执迷，不做人情，故意让他去打前门，我好在后面放你。保正此去，只可去梁山泊上安身。"晁盖道："深感救命大恩，他日相谢！"随后，他快马加鞭，一路去了。

朱仝又喊雷横去东边小路上追人，自己假装失脚，跌在地上，后面有士兵赶来，把他扶起。雷横在前门忙了半天，又到东小路上追了一阵，不见晁盖，知道晁盖被朱仝放走了，也就作罢。众士兵见两个都头尚不济事，只去虚赶了一回，也都回来。

而晁盖早赶上公孙胜，半路上有三阮接应，众人都安顿在石碣村里。

第十五回

豹子头水寨大火并 梁山泊义士尊晁盖

　　朱仝、雷横等人忙活了一夜，不曾拿到一人。郓城县令见走了晁盖，又派人捉来几个未走的庄客，当场拷问。庄客挨打不过，招认出晁盖等人已逃往石碣村。县令将供状交给何涛，何涛回去禀报济州府尹，府尹又拷问了白胜，得知七人的确切姓名，遂派何涛去石碣村拿人。

　　此时，晁盖与吴用等人正在阮小五家商议投奔梁山泊一事，忽听几个打鱼的来报，何涛带领大队人马赶来了。阮小二道："不用担心，我自来对付他们。"公孙胜也道："且看贫道本事。"

　　再说何涛等人来到石碣村，拿了附近几个渔户，冲进阮小二家里，却见空无一人，又都坐船往湖里阮小五的打鱼庄上来。众人行了五六里水路，忽见芦花荡里划出一条船，船头上立着一个人，手里拿着枪，唱着歌，有认得的道："这个是阮小七。"何涛喝叫拿人，阮小七听了笑道："泼贼！"他把枪往水里一点，那船就掉过头来，飞也似的向小港里窜走。

　　众官兵急忙划船去赶，赶来赶去赶不上，一会儿便不见了阮小七的踪影，那水道却越来越狭窄了。何涛忙叫人把船停住，只见四周白茫茫一片芦

苇，不见一条旱路。何涛命人划两条小船，各带三两个公差前去探路。他们去了多时，不见回来，何涛心里着恼，又派了两条小船出去。又过了一个多时辰，仍不见回报，何涛焦躁道："这些公差真不晓事，如何不打发一只船回来报信？"

眼看天要黑了，何涛心里着急，自己拣一条小船，选几个公差，向芦苇港里划去。此时日已西沉，大约行了五六里水路，何涛等人看到侧边岸上一个人提着锄头走过来。何涛问道："那汉子，你是什么人？可曾见过两只船过来吗？"那人应道："我是这里的村民，这里叫断头沟，前面没路了。"何涛一听，忙叫靠岸，并让两个公差下船上岸去。两公差刚上得岸来，那岸边的汉子却走过来，冷不丁提起锄头，一锄一个，把他们都打下水去。

何涛吃了一惊，正想跳上岸去，水底却又钻出一个人来，扯住何涛两只脚，"扑通"一声将何涛拽进水里。船上剩下的几个公差正待要走，都被提锄头的汉子打死了。水底下那人将何涛倒拖上岸来，拿绳子捆了。此人是阮小七，拿锄头的便是阮小二。

兄弟两人指着何涛骂道："老爷兄弟三个，从来只爱杀人放火。你这厮竟如此大胆，倒来捉老爷！"何涛此时唯有跪地求饶，小二将

他捆成个粽子，扔进船舱里，与小七各驾小船出来，与晁盖等人会合。

这边水道口的众兵还在等候何涛消息，忽然一阵怪风刮来，将这些人都刮进烂泥地里。晁盖与阮氏三兄弟趁势带几个渔户杀出，将众官兵杀了个干净。你道怪风何来？原来是公孙胜施的法术。公孙胜素有呼风唤雨的本事，到此刻方显身手。杀了众官兵，阮小二又将何涛提出来，小七削了他两只耳朵，留他回去报信。

晁盖等人胜了这一仗，收拾好行李，都到石碣村下的李家道口投奔朱贵。朱贵见了晁盖等人，听他们讲了夺生辰纲、杀官兵的事，十分高兴，忙写信将众好汉姓名及要入伙的事报与山寨头领知道。

第二天，朱贵便带众人上了梁山。王伦带一班头领出关迎接，晁盖等上前施礼，王伦回礼道："小可久闻晁天王大名，如雷贯耳。今日光临小寨，蓬荜生辉。"晁盖道："晁某一介小民，甚是粗鲁，甘愿在头领帐下做一名小卒，万望莫弃。"王伦道："且在小寨歇息，从长计议。"

众人来到大寨聚义厅上，分宾主落座，王伦命人摆下丰盛筵席。席间，晁盖将自己这干人等劫取生辰纲、杀了众多官兵、阮氏兄弟如何豪杰等事都一一说了。王伦听罢，大为骇然了半天，心里踌躇沉吟，只在面上虚应晁盖等人。席散后，王伦送晁盖等到山下客馆内安歇，自回去不提。

且说晁盖未看出王伦脸色，只顾心里欢喜。吴用在旁冷笑道："兄长性直，王伦哪里肯收留我们？兄长说杀了许多官兵时，他就变了脸色，心中十分不然。杜迁、宋万两个不晓得待客之道。只有林冲那人，见王伦模样，面有不平之气，有顾盼我等之心。"晁盖道："如此该怎么办？"吴用道：

"待我说些言语，让他们本寨火并。"

第二天一早，林冲来访。吴用先对众人说："这人来探，中俺计了。"待林冲进来，七人慌忙迎接，吴用上前称谢道："多蒙头领恩赐，感激不尽。"林冲道："小可失敬。小可在东京时，待朋友礼节不曾有误。昨日虽得见众位尊颜，但不遂平生之愿，故今日特来赔话。"晁盖再次道谢。

吴用提起当年林冲在东京遭高俅陷害之事，又问道："不知何人举荐教头上山？"林冲道："提起高俅，恨不得吃尔之肉。小可流落无地，是柴进柴大官人举荐上山来的。"吴用又道："柴大官人是名扬四海的人，有他的书信，教头又武艺高强，该坐第一把交椅才是。"林冲道："小可在此去留无门，不为位次低微，只为王伦嫉贤妒能，难以相聚。昨日他闻众兄长杀死官兵一事，便心下不然，有不肯相留之意。"

吴用道："既是如此，我等只好投往别处了。"林冲道："众位不要见外。小可正是怕众豪杰离去，所以特来提前说知。今日看那厮如何相待，若是有理，便都作罢，若是无理，尽在林冲身上。"晁盖道："头领如此错爱，俺兄弟皆感厚恩。"林冲道："所谓好汉惜好汉，请众豪杰放心。"说完，他别了众人，上山去了。

当日没过多久，便有小喽啰奉王伦之命，来请众人上山一聚。晁盖问吴用："这一回倒会怎样？"吴用笑道："兄长放心，此一回倒有份做山寨之主。今日林教头必然火并王伦，我们各藏好兵器，上山就是了。"

晁盖等人上山后，王伦请众人到山间水亭子上喝酒。席间，晁盖几次提起入伙之事，王伦只是用闲话支开。吴用不时眼望林冲，见林冲把眼瞅在王

伦身上。酒至中午，王伦让小喽啰拿出五锭大银来，推说山寨粮少房稀，请晁盖等人下山。林冲双眉倒立，大喝道："前番我上山来，你也是推说粮少房稀。今日晁兄等豪杰上山寨来，你又是这般说辞，是何道理？"吴用上来煽风点火，道："头领息怒，自是我们来的不是，莫坏了你山寨情分，我等下山就是了。"林冲道："他是个笑里藏刀、言清行浊之人。我今日饶不过他。"王伦喝道："你这畜生，又没有喝醉，要以下犯上吗？"林冲大怒："你个落第穷秀才，既无文学，又无大量，怎做得山寨之主？"

晁盖等人起身要下山，林冲一脚踢倒桌子，从衣襟里抽出一把明晃晃的大刀来。小喽啰们都吓得目瞪口呆。林冲拿住王伦，骂道："你这嫉贤妒能的泼贼，无大量大才，不杀了你，要你何用？"杜迁、宋万待要上来解劝，却被阮氏兄弟拉着，动弹不得。王伦见势头不好，寻路要走，却被晁盖、刘唐拦住。林冲又一把抓住王伦，骂了一通，只心窝里一刀，就将王伦搠倒在亭子上。可怜王伦做了数年寨主，就这样死在林冲手里。

晁盖见杀了王伦，与吴用等人都抽出兵器。杜迁、宋万、朱贵三人吓得

水浒传
·美绘版·

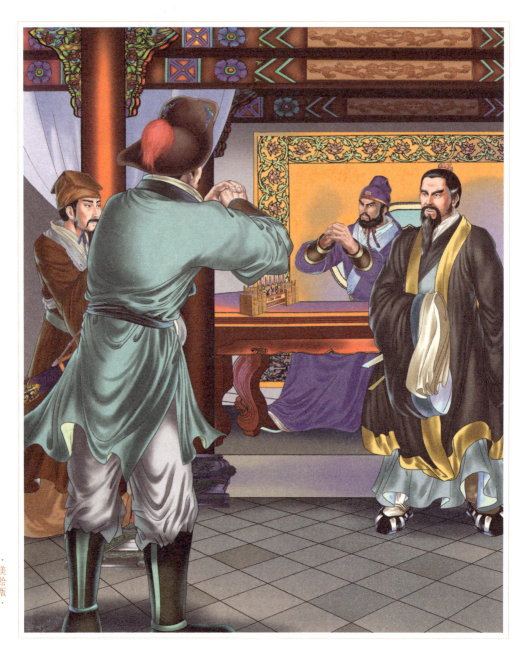

都跪下道："愿为哥哥执鞭坠蹬，做牛做马。"晁盖慌忙扶起三人。

吴用就血泊里拉过头把交椅，按林冲坐下道："今日扶林教头做山寨之主，如有不服者，以王伦为例。"林冲叫道："先生此言差矣！我今日只为豪杰义气，杀了王伦这贼，并无心谋求此位。今有晁兄，仗义疏财，智勇双全，天下无不闻名，我们以他为山寨之主，可好吗？"众人听了，皆道："头领之言极是。"

晁盖却极力推辞，林冲大声道："事已至此，请勿推却。若有不从者，以王伦为例。"然后，林冲又叫小喽啰们大摆筵席，让山上众多小头目都聚集到聚义大厅。众人扶晁盖在正中第一把交椅上坐定，林冲先上前参拜了，并请吴用坐第二位。吴用推辞了一回，也就坐了。林冲又请公孙胜坐第三位，晁盖等又推辞，无奈林冲坚持，公孙胜也只得坐了。林冲再要往下推让时，晁盖等坚决不肯，俱道："头领若再这样推让，我等只得告退。"林冲只好又坐了第四位。然后晁盖说道："下面须请杜、宋两位头领来坐。"杜迁、宋万二人见王伦被杀，自身又本事低微，干脆做个人情，苦苦请刘唐坐了第五位，阮氏三兄弟排第六、第七、第八。然后杜迁排了第九、宋万第十、朱贵第十一。

至此，梁山泊上共十一位好汉，山前山后共七八百人。晁盖吩咐安置阮家老小，将劫取的生辰纲与自家里的金银财帛拿出来，分给众小喽啰。众人在山寨上一连摆了几日筵席，此等聚义，正是意气相投，各自欢喜。

第十六回

郓城县月夜走刘唐 宋三郎怒杀阎婆惜

晁盖自做了梁山泊寨主，与吴用等人整顿刀马，修整山寨，击败了济州府派来攻打山寨的一千多人马。自此，梁山泊上日渐兴旺，金银充足。庆功会上，晁盖对吴用等人道："我们兄弟能逃得性命，得有今日，皆出自宋押司和朱都头相救，应派人送些金银去，以报大恩。再有白胜现在济州大牢里，我们也该把他救出来。"吴用点头称是，便去安排。

暂不说白胜后来被救上梁山，且说宋江自为晁盖等人通风报信后，又听说了他们对抗官兵、上梁山落草为寇等事，心中常为此挂念。一日，天色将晚，宋江从县里出来，到对面茶坊里喝茶，只见一个大汉头戴斗笠，身挎腰刀，背个大包，坐在茶坊里扭着脸直向县里张望。宋江心中生疑，见那大汉走出茶坊，也就跟了出去。这人不是别人，正是赤发鬼刘唐。刘唐看了看宋江，觉得眼熟，又问了旁边铺子的小二，确定是宋江，才大踏步走过来。他将宋江拉到一个酒楼里，找个僻静房间坐了，方倒地而拜，道出自己姓名。宋江这才认出是他，慌忙扶起道："贤弟好大胆，要是被公差发现，岂不是没命了？"刘唐道："晁家哥哥得蒙恩人相救，如今做了梁山头领。

众兄弟记挂兄长大恩，无可报答，特使刘唐送黄金百两并一封书信，相谢押司。"宋江看了书信，只取了一条金子与书信一起放进招文袋里，让刘唐将其余的包好，然后叫酒保上酒上菜，请刘唐吃。

刘唐吃了酒，看看天晚，打开包裹，要拿出金子来，宋江拦住道："你们初到山寨，正缺钱用。我家里颇有些积蓄，若缺少时，再到山寨去取。贤弟赶快回去，莫在此耽搁，若被公差发现，不是闹着玩的。"刘唐再三苦苦请宋江把金子收下，宋江却是执意不肯受，他就店里的笔墨，给晁盖写了一封回信，叫刘唐收好。刘唐是个直性子，见宋江如此推却，也就将金子包好，重新背在身上。宋江将刘唐送到楼下的大路上，执手而别。刘唐又倒地拜了四拜，迈开步，连夜赶回梁山泊去了。

送走刘唐，宋江转身往回走，刚走二三十步，忽听背后有人叫道："押司，到哪里去了？老身寻你好苦！"宋江回头一看，原来是做媒的王婆。王婆还领了一个婆子，对宋江说她姓阎，刚死了丈夫，无钱下葬。宋江见状，就给了阎婆些银两。

不久，那阎婆为丈夫料理完后事，前来感谢宋江，她见宋江没有妻室，便执意要将女儿婆惜许配给宋江。宋江起初不同意，但媒人王婆一张巧嘴说得天花乱坠，宋江心动，也就答应了。这阎婆惜正值芳龄十八，生得风流俊俏，颇有几分姿色。宋江将她母女安置在县城西巷内的一所楼里。初时宋江天天到婆惜那里去，两人感情还好。但因宋江不爱女色，后来就渐渐去得少了。婆惜对宋江不满，便勾搭上与宋江共事的押司张文远，两人打得火热，将宋江撇在一边。宋江也听到些风声，因不是正经娶的妻室，并未十分放在

心上，只是更不愿到婆惜那里去了。

　　忽一日天晚，阎婆来到郓城县衙找宋江，叫道："押司多日不见，看老身薄面，今日同我去一趟吧。"原来，她见宋江多日不去，不好得罪了这位衣食父母，故特地来寻宋江。宋江推托道："今日县里公事忙，走不开，改天吧。"阎婆却不吃他打发，拉住宋江衣袖不放，死缠活缠，把宋江拉进西巷的楼里。

　　阎婆惜见是宋江来了，躺在床上不动。此时她心里只恋着张文远，懒得搭理宋江，不再似先前那样撒娇卖乖。阎婆拉女儿起来说话，婆惜甩开阎婆的手，发话道："你没事添什么乱？我又没做歹事，叫我陪他说什么话？"宋江听了，心里已有几分不自在。

　　那阎婆见女儿使性，便去弄一桌酒菜来调和气氛。宋江被阎婆连劝了几杯酒，走也不是，留也不是。婆惜也被她娘缠不过，勉强起来喝了一杯。阎婆见两个有些好了，又劝宋江喝了几杯，便收拾了酒桌，自去楼下休息了。宋江自觉尴尬，坐在凳子上不动。那婆惜心里只想着张文远，更不来说话。约到二更天气，婆惜不脱衣服，自躺到床上睡了。宋江心里气闷，酒劲却上来，打熬不住，也只得脱了外面衣服，将压衣刀和招文袋顺手搭在床边栏杆上，上床歇息。宋江一夜未曾安睡，不到五更，他便起来，口里骂道："你这贱人，真是无礼！"婆惜也不曾睡着，回骂了一句。宋江忍气下楼。

　　来到街上，宋江在早市上喝了一碗醒酒汤，顿觉头脑清醒了许多。他正想摸招文袋取钱时，却才想起刚才走得匆忙，将招文袋忘在了阎婆惜的床栏杆上。这一惊非同小可，袋里有条金子倒不算什么，只是还有晁盖的那封书

水浒传 ·美绘版·

〇八八

信，若被阎婆惜看到，定会闹出事来。宋江急急忙忙，又赶回阎婆惜那里。

且说婆惜见宋江走了，也爬起来，要重新铺被睡下。床前的灯却是十分明亮，正照在床栏杆上，婆惜见上面搭了一条紫罗鸾带，正是昨晚宋江搭在上面的，婆惜笑道："这厮忘了鸾带在这里，我拿来给文远系。"她拽过鸾带，也提起了压衣刀和招文袋。婆惜觉那招文袋有些重，用手一抖，抖出一条金子和一封书信来。婆惜将那书信看了，大喜道："我正想和文远做夫妻，单你碍眼，你却与梁山泊强贼勾结，看老娘慢慢消遣你。"

阎婆惜正自在楼上欢喜，听得外面楼梯响，是宋江的声音。她慌忙把鸾带、刀子、招文袋一起卷了，藏在被子里，躺在床上装睡。宋江撞到房里，到栏杆上去寻招文袋，已不见了。他知道是阎婆惜拿了，只好忍了昨夜的气，用手摇婆惜道："你看在往日的情面上，还我招文袋吧。"那婆惜扭转身道："你什么时候交在我手里，却来向我要？"宋江道："我昨晚放在栏杆上，这里又没有别人来，肯定是你收了。"

婆惜柳眉倒竖，圆睁杏眼，说道："老娘拿是拿了，就是不还你。你到官府去告我，好断我做贼。"宋江忍气，再三求告。阎婆惜道："你答应我三件事，我便还你。第一，把原先典我的文书给我，任我改嫁。第二，我现在身上穿的、家里用的，都一概送我，不许来讨。第三，那晁盖送你的一百两金子，都拿来给我，我便饶了你这一场天大的官司。"宋江道："前两件都可依你，只是那一百两金子，我不曾要，没办法给你。"阎婆惜不信，宋江道："你若不信，等我变卖了家产，给你一百两金子如何？你先把招文袋还我。"婆惜只是冷笑，说要到官厅上去告。

水浒传
·美绘版·

〇八九

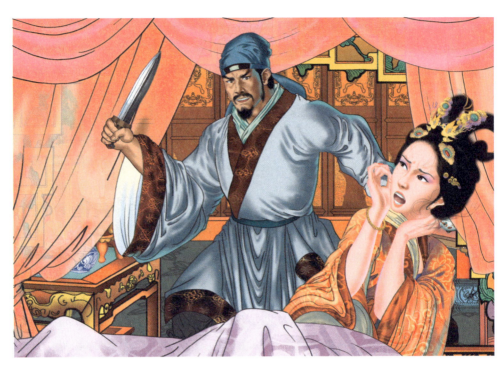

　　宋江忍无可忍，上前来扯被子，婆惜紧紧把东西抱在怀里不放。宋江
使劲一拽，却拽出那把压衣刀来。宋江将刀子拿在手里，婆惜一见，喊道：
"黑三郎杀人了。"只这一声，倒提醒了宋江。宋江正一肚子气没处撒，不
等她叫第二声，早手起刀落，向阎婆惜的脖子上砍去，顿时鲜血飞出。宋江
又砍一刀，那头就落在枕头上。

　　宋江杀了阎婆惜，将那书信烧了，抽身要走。阎婆听到动静，闯上楼
来，见女儿死了，拉住宋江去告官。宋江脱不开身，恰被闲汉唐牛儿碰上。
唐牛儿受过宋江许多好处，见阎婆扯着宋江不放，上去打了阎婆一巴掌，阎
婆松手，宋江这才脱身而走，直往远处奔去了。

水浒传·美绘版·

第十七回

横海郡柴进留宾 景阳冈武松打虎

话说宋江杀了阎婆惜，阎婆为给女儿伸冤，大闹郓城县，状告宋江。幸亏知县与朱全等人与宋江交好，都念他是个好人，暗里帮忙，宋江才得以脱身，与兄弟宋清逃往沧州横海郡柴进庄上避难。

宋江与柴进曾互通过几次书信，相互仰慕，只是未曾谋面，这次宋江来到柴进庄上，柴进热情接待。宋江将杀死阎婆惜之事一一说了，柴进听了道："兄长放心。即使是杀了朝廷命官，劫了府库财物，柴进也敢留在庄上，兄长只管住在这里就是。"他随即吩咐庄客摆下酒宴，招待宋江兄弟二人。

宴席上，柴进再三请宋江饮酒，宋江称谢不已，互诉相惜之情。酒至傍晚，宋江喝得有几分醉意，走出屋来躲酒。他走到东廊下，一个脚步不稳，踩在一把火锹柄上，这下却惹起一个人来。原来东廊下一个大汉正靠着火锹烤火，宋江一脚将火锹柄踏着，那火锹里的炭火全掀到大汉脸上。那大汉吃了一惊，跳起来揪住宋江，喝道："你是什么人？敢来消遣我？"说着，他挥拳要打。庄客赶忙过来拦阻，柴进也闻声出来，对那大汉道："你不认得这位遮奢①的人物是谁？他就是郓城县宋押司。"那大汉听了，过来倒头便

①遮奢：出色，了不起，常见于早期白话。

拜，说道：“小弟有眼不识泰山，万望恕罪。”宋江慌忙将他扶起。

原来这大汉姓武名松，清河县人氏，排行第二，人称武二郎。他因与人斗殴，躲在柴进庄上有一年多了。武松性刚，喝醉了酒常爱打人。庄客都不喜他，在柴进面前说三道四，柴进也就慢慢疏远了武松，只不赶他走而已。近日武松得了疟疾，身上发寒，才在廊下烤火。武松早闻宋江大名，心中仰慕已久，所以今日一听是宋江，过来倒头而拜。柴进为二人做了介绍。宋江扶起武松，见他身躯凛凛，相貌堂堂，心中喜爱，就认武松做了兄弟。

自此，武松陪宋江在柴进庄上闲住了数日。后来武松思乡，又打听得前事已无关碍，便要回家看望哥哥。柴进赠了些银两送行，宋江又亲自送武松出庄，送出六七里路，武松洒泪而别。

且说武松一路行走，心里寻思：“以前只听说及时雨宋江如何仗义，如今见了果然名不虚传。今生能结识这兄弟也是值了。”一日，武松来到阳谷县，此地已离清河县不远了。当日晌午时分，武松走得肚里饥渴，望到前面一个酒店，只见酒旗上写着“三碗不过冈”五个大字。他走进店里坐下，叫店家拿酒来。店主人给武松倒了一碗酒，武松喝了道：“这酒真是好酒力。”他又让店家倒酒，并要了熟牛肉下酒吃。武松一连喝了三碗，店家却不肯来倒酒了，武松敲着桌子道："我又不少你酒钱，为何不卖给我喝？"店家道："小店的酒性烈，喝了三碗就会醉倒，过不了前面的山冈去，因此叫'三碗不过冈'。凡客官到此，卖酒不超过三碗。"武松笑道："我已经喝了三碗，怎么没倒？休要啰唆，只管倒酒来。"店家道："我这酒叫'透瓶香'，又叫'出门倒'，刚入口时觉得醇浓好吃，一会儿就会倒了。"武松急道："你休要胡说，即使蒙汗药在里面，我也有鼻子。"店家见他发急，只得又给他倒了三碗。武松一边喝酒，一边吃肉，越吃越香，哪里肯住？一连喝了十五碗。店家道："你这样一条大汉，倘若喝醉了，怎么扶得你住？"武松道："要你扶不是好汉。"

武松吃饱喝足后，付了酒钱，提了哨棒要走，店家赶出来拦住道："你且不要走，前面景阳冈上有只吊睛白额大虎，专在晚间伤人，已经吃了二三十个大汉。官府已发下榜文，让来往客人只在巳、午^②、未^③三个时辰结伴过冈。现在已是未初时分，你莫要前去送了性命，等明日和别人一起结伴过冈吧。"

武松听了笑道："我是清河县人氏，这景阳冈少说也走过一二十遭，什么时候见过有老虎？你不要拿这种话来吓我。"店家道："我是好意救你，不信你进来看看，这里有官府的榜文。"武松道："你这样殷勤，莫不是骗我在你家歇了，半夜要谋财害命？就是真的有老虎，老爷也不怕。"店家见武松不识好歹，也就作罢，摇着头进店去了。武松自提了哨棒往景阳冈而来。

②午：即午时，旧时计时法，指上午十一点到下午一点。
③未：即未时，旧时计时法，指下午一点到三点。

约走了四五里路，已是申牌时分，太阳渐渐沉西了，武松乘着酒兴，只管往山冈子上走来。又走了半里多路，武松望见一个破败的山神庙，庙门上贴着一张印信榜文。他上前观看，只见上面写着"景阳冈上，新有一只大虫，伤害人命……"等语。武松看完，才知道真的有老虎，正待要回去，又怕被那店家耻笑，心里想了一回，寻思道："怕什么！且上去看看，又能怎样？"于是武松借着酒劲继续往上走，他把斗笠掀在背上，提着哨棒，一步步走上冈子来。

此时正是十月天气，日短夜长，武松回头看看日头已经落下去了，自言自语道："哪里有什么老虎？一定是人们自己害怕，不敢上冈。"武松又走了一阵，酒力发作，只觉浑身燥热，便将胸前衣襟敞开，踉踉跄跄地直奔过乱树林来。见前面有一块光溜溜的大青石，武松将哨棒放在一边，翻身躺上去，想歇息一会儿。

正在此时，突然林里刮起一阵狂风，那风呼啸着卷起一地落叶，风过处，只听得树林背后"扑"的一声响，跳出一只吊睛白额大虎来。武松一见，大叫了一声，一个激灵从青石上翻下来，将哨棒提在手里，闪在青石后面。

那虎又饥又渴，见了武松，把两只前爪略按一按，提身往上一蹿，直从半空中扑下来。说时迟，那时快，武松见老虎扑来，只一闪，就闪在老虎背后。那虎见没有扑着，也不转身，将前爪搭在地上，把腰胯一掀，整个后半身就朝武松掀过来。武松却又一躲，又躲在一边。这回老虎有些急了，大吼一声，好似半空中起了一个霹雳，震得山冈乱动。吼声未尽，那虎就将铁棒似的一条虎尾，倒竖起来，朝武松一剪。武松身体灵便，却又躲开。

那大虎见又剪不着，急了，再吼一声，兜了个身，又向武松扑过来。原来一般老虎抓人，只是一扑、一掀、一剪，这三般拿不着，气性就先自消了一半，威风减了许多。武松见老虎又翻身回来，双手抡起哨棒，使尽平生力气，从半空中劈将下来。只听"咔嚓"一声巨响，旁边那树连枝带叶被打下来。武松定睛一看，原来打得急了，不曾打到老虎，正打在旁边的树上，那哨棒被折成两截，只剩一半在手里。

老虎见武松力猛，咆哮大怒，翻个身又向武松扑过来。武松向后一跳，退了十来步远，那虎的两只前爪恰好搭在武松面前。武松将半截哨棒一丢，两只手就势将老虎的顶花皮揪住，一把按下来。那虎要挣扎，无奈武松气力大，却挣脱不出。武松按住老虎，抬起脚朝老虎的面门上、眼睛里没命地乱踢。那虎被打得疼，拼命地咆哮，身子底下扒起两堆黄泥，刨出一个大土坑。武松就势将老虎的嘴直按到黄泥坑里，左手揪住老虎的顶花皮，腾出右手，提起铁锤般的拳头，使尽力气，只顾乱打。打到六七十拳，那老虎的眼里、嘴里、鼻子里、耳朵里都迸出鲜血来。不到一顿饭工夫，那老虎便动弹不得，嘴里只有出的气，没了进的气。

武松松开手，到松林里寻了那半截哨棒，拿在手里，怕老虎不死，又用棒打了一阵，直到把老虎打死。武松坐在青石上歇了一会儿，见天完全黑了，怕再有老虎来，便把斗笠戴好，挣扎着转过乱树林，一步步捱下冈来。

走了不到半里多路，只见枯草丛中又钻出两只老虎来，武松叫道："啊呀！我今番性命不保了！"那两只虎却在黑影中直立起来。武松定睛一看，原来不是虎，而是两个穿了虎皮的人。那两人见了武松，吃了一惊道："你那人吃了熊心豹子胆！竟然敢一个人昏黑摸夜地走过冈子来，到底是人是鬼？”武松反问道：“你们是什么人？”那两人道：“我们是本地猎户，只因最近景阳冈上来了一只大虫，伤了不少人性命。知县让我等捕捉，那孽畜势大，无人敢近，至今不曾捕得。我等正在此埋伏，却见你从山冈子上下来，你是哪里人，见到老虎没有？”武松听了，遂将自己刚才打死老虎一事跟他们说了。两个猎户起初不信，后来见武松说得真了，才招呼十几个乡夫过来，一起跟着武松走上山冈。众人见老虎果真死了，个个欢喜，不用吩咐，自有几个人上前将老虎绑好，抬下山冈来。到了岭下，有人报与里正^④知道，里正与一些大户人家纷纷聚拢来，相谢武松。

到了天明，早有人报给知县，众人抬了老虎，又抬了武松，直往阳谷县衙而来。那阳谷县的百姓，听说一个壮士打死了老虎，都拥到街上来看，一时轰动了整个县城。

阳谷县令见了武松和那只锦毛大虎，心中赞赏武松英勇过人，问了武松姓氏及打虎的经过，便道：“你虽是清河县人氏，但离我县不远，我参你在本县做个都头如何？”武松听了大喜，连忙跪下拜谢。于是，当日武松便做了阳谷县步兵都头，众人都上来与他道喜，武松心里也自欢喜万分。

④里正：旧时乡村里管理村中事务的小官吏，相当于村长。

第十八回

老王婆贪贿说风情 潘金莲药鸩武大郎

话说武松做了阳谷县都头，得知县赏识，闻名乡里。喝了几日喜酒，武松心中想念哥哥，便寻思着回清河县看望兄长。

一日，武松在街上闲逛，忽听背后有人叫道："武都头，你今日发迹了，为何不来看我？"武松回过头来，见了那人倒身便拜。原来此人不是别人，正是武松日夜想念的嫡亲哥哥武大郎。武松道："一年不见，哥哥为何也在这里？"武大郎道："你走了这么久，也不来封书信，我着实想你。如今我娶了个老婆，清河县人都来欺负我，那里容不下身，只得搬到这里来住。"这武大郎与武松虽是一母所生，相貌却是大相径庭。武松身高八尺，相貌堂堂；武大郎却是身不满五尺，相貌丑陋，头脑有些呆滞，被清河县人称为三寸丁谷树皮。他娶的老婆原是县里一个大户人家的使女，名叫潘金莲。潘金莲颇有姿色，因得罪了主子，才被嫁给武大郎。武大郎娶了潘金莲后，县里一些浮浪子弟经常来与她勾勾搭搭。武大郎为人懦弱，见清河县住不下，只好搬到阳谷县来住。

武大郎以卖炊饼为生，今天正在街上叫卖，不想碰到武松。武大郎道：

"兄弟，前日听说有个打虎英雄，在县里做了都头，我猜到是你，今日果然在这里碰见。我也不做生意了，你且跟我回家去。"武松从命，分外欢喜。

武大郎带着武松走到紫石街一家茶坊隔壁，叫道："娘子开门。"只听里面答应一声，一个美貌妇人掀起帘子，走了出来，正是潘金莲。武大郎道："我兄弟在这里，快过来相见。"说着，他便拉武松进去。武松上前，口呼嫂嫂，与潘金莲行礼。武大郎道："娘子，你不知道，原来景阳冈上打死老虎的英雄正是我这兄弟。"潘金莲还礼，笑道："我也闻有个打虎英雄，原来却是叔叔。"说着，她连忙把武松请上楼，又把武松上下打量一番，心里却想道："这两人一母同胞，却是这般不同，我若嫁得这一个，也不枉活了这一生。"她叫武大郎准备酒菜，三人坐下同吃。潘金莲道："叔叔在县里住，无人服侍，不若搬到家里来，我和你哥哥看着放心，也不致被邻人笑话。"武大郎也道："娘子说的是。兄弟，你就搬家里来，也为哥哥争口气。"武松见哥嫂殷勤相待，当晚便叫一个士兵把行李搬了来，就此住下。自此，潘金莲对武松十分体贴照顾，每日烧汤送水，殷勤周到。武松是个直性人，只把潘金莲当亲嫂嫂看待。

　　话不繁叙，且说这一日，武松从县里当值回来，武大郎却是卖炊饼未归，潘金莲便先安排了酒菜，与武松喝酒。此间，潘金莲一再拿言语勾引武松。武松知觉，心里着恼。潘金莲却自斟一杯酒，喝了半口，递给武松道："你若有意，喝我这半杯。"武松按捺不住，劈手将酒杯夺了，泼在地上，把手一推道："我武二是个顶天立地的男子汉，不是不识人伦的猪狗，嫂嫂不要这样不知廉耻，否则我武二认得嫂嫂，拳头可不认得嫂嫂。"说完，他自回房里生闷气。武大郎回来，武松也不与哥哥说话，自己叫个士兵来，又搬了行李回县里住了。潘金莲勾搭武松不成，反跟武大郎说武松调戏她，骂了一通。武大郎不知就里，也不敢到县里去找兄弟。

　　十九日后，知县有私事让武松到东京走一趟。武松领了知县命令，来与哥嫂辞行，并警告潘金莲安守本分。潘金莲恼羞成怒，待武松走后，连骂了武大郎好几天。又过了几日，潘金莲出来关门时，不巧失手将竹竿打着了一个过路的官人。这人名叫西门庆，家里开着生药铺，近来发迹，人都唤他西门大官人。西门庆是个有名的浮浪子弟，专爱拈花惹草，他今日头上挨了一竹竿，待要发作，回头却见是一个妖娆的妇人，顿时脸上堆起笑来。这一见令他好生着迷，一连几天都到武大郎家隔壁的茶坊闲坐。

　　开茶坊的王婆是个口舌伶俐、爱贪便宜的婆子。她见西门庆整天在此闲逛，早看出他的心思，便道："大官人几日都到这来，一定是记挂着隔壁那个人吧。"西门庆一听，干脆央求王婆道："干娘若能做成此事，多少银子我都使得。"王婆道："大官人若肯使钱，我有一计，只要如此如此……"

西门庆听了眉开眼笑，许了她十两银子。

一天，王婆到武大郎家，请潘金莲给她做寿衣。潘金莲答应下来，第二日便到王婆家缝制衣服。缝了两天，王婆拿好酒好果子招待了两天。到了第三日，西门庆衣装齐楚地来到王婆家。王婆将他请到屋里，与潘金莲见礼，然后对潘金莲道："我这做寿衣的料子，都是这位官人布施的。"接着，她又极赞西门庆的好。那潘金莲见有生人来，也不起身，只是陪着说话。王婆看在眼里，又弄了一桌酒菜，请他俩吃。席间，王婆借故离开，西门庆便动手动脚，勾搭潘金莲。潘金莲本是个不甘寂寞的，早就看出几分，两人你情我愿，就此勾搭上了。此后，潘金莲每天等武大郎出去卖炊饼后，就到王婆家与西门庆幽会。

不到半月，街坊邻居都知道了此事，只瞒了武大郎一个。县里有个卖梨的郓哥，一日被王婆打了几个耳光，一气之下，找到武大郎，把西门庆在王婆家勾搭他老婆的事说了。武大郎非常气愤，与郓哥来到王婆的茶坊捉奸。郓哥先把王婆缠住，武大郎便往房里闯，不想却被西门庆一脚踢在心口上，口吐鲜血，病倒了。武大郎一连病了五天，无人理睬。潘金莲每日依旧浓妆艳抹地出去和西门庆幽会。武大郎气得发昏，对潘金莲道："你们做的好事，我都晓得了。我死不妨，只是我那兄弟回来，一定不会与你们干休。"潘金莲将此话对西门庆说了。西门庆也知道武松的厉害，心里发慌，不知如何办好。王婆冷笑道："你们若想做长久夫妻，我有办法。趁武大郎病重，将砒霜下在药里，结果了他，再一把火烧掉，岂不省事干净？"西门庆与潘金莲听了，都点头同意。

　　西门庆自去买了砒霜，交给潘金莲。潘金莲回家，假意要给武大郎吃药。武大郎以为真心救他，便道："你若医得我活，前事都勾销了。兄弟回来，我也不提起。"当日半夜，潘金莲将砒霜下在药碗里，让武大郎喝了。武大郎喝下药后，直喊肚痛，潘金莲将两床被子蒙头盖脸地捂到他身上。不多时，武大郎便七窍流血而死。

第十九回

何九叔送丧偷骨殖 武二郎怒杀潘金莲

　　且说潘金莲毒死武大郎后，自己手脚也软了。王婆从隔壁过来，帮她收拾了尸首。潘金莲假哭了半夜。第二天天明，街坊邻居们都来吊问，皆问道："大郎患什么病死了？"潘金莲哽咽道："因害心疼病，一日重似一日，不想昨夜三更去了。"众人都觉死得不明，只是不好刨根究底。

　　为防备别人看出破绽，西门庆又依照王婆的计策，来找专管烧埋尸首的何九叔，给了他十两银子。何九叔是精明之人，知道事有蹊跷，便道："小人无半点效力之处，如何敢收大官人银两？"西门庆道："别无他事，少刻收殓武大尸首，只请百事周全，一床锦被遮盖则了。"何九叔本想不收，又惧怕西门庆是个刁徒，权且把银子收下。他知道武大郎的兄弟武松厉害，若日后找上门来，自己难逃干系，于是思量出一条计策来。

　　待武大郎下葬时，何九叔避开众人眼目，偷拿了武大郎的两块骨头。他回到家里，将骨头放在水里一浸，骨头变成酥黑，他便知道武大郎是被毒死的无疑了。何九叔将骨头和那十两银子包在一起，写上日期，留作证据。

　　再说那潘金莲自武大郎死了之后，再也没有什么顾忌，整日和西门庆在

自家楼上取乐，整条街上远近人家无一不晓。不觉又过了一个多月，武松从东京回来，到县里交待完差事，便到紫石街来。众街坊邻居见了他，都暗暗心惊道："这个太岁回来，怎肯罢休？必然会弄出事来。"

武松来到哥哥家里，突然看到武大郎的灵位，大吃一惊，如同遭了晴天霹雳一般，叫道："莫不是我眼花了？"潘金莲在楼上听到武松的声音，连忙让西门庆从后门走了，自己穿上孝服，假哭下来。武松道："嫂嫂且休哭，我哥哥几时死的？得了什么病？"潘金莲一边哭，一边道："你哥哥自你走了二十多日，突然患了心疼病，医不好死了。"武松道："哥哥向来不曾有这样的病，如何就心疼死了？"隔壁王婆听到风声，也过来拿话替潘金莲遮掩。武松看她两个模样，心下生疑。

武松视兄如父，今见死去，怎不悲痛？他回到县里，换了素衣，又回来在哥哥灵前大哭了一场，哭得左右邻舍都心里凄惶。第二日，武松问明是何九叔管理烧埋的尸首，便径直来找何九叔查证。何九叔见武松来了，吓得手忙脚乱，急忙取了那银子和骨殖藏在身边出来。武松请他到巷口酒店喝酒，几杯酒下肚，武松"嗖"的一声

拔出一把尖刀，插在桌子上，瞪大眼睛说道："小子粗疏，你不用惊怕，且说我哥哥是如何死的，他的尸首是什么模样？"何九叔取出银两和骨殖，交给武松道："这些都是见证。我虽不知前因后果，但大郎是被毒死的，确是无疑。"随后，他将西门庆给他银子、自己又偷骨殖之事说了。武松心中悲愤，问道："奸夫是谁？"何九叔道："这事，卖梨的郓哥知道详细。"

武松请何九叔找来郓哥，郓哥一见武松，便知道是何事，只说："我一个老爹，六十多岁无人养赡，不能陪你打官司。"武松道声"好兄弟"，给了他五两银子。郓哥接了银子，便将自己如何被王婆打了耳光、又如何帮武大郎去捉奸、武大郎被西门庆踢了一脚的事都细细说给武松。

武松把一切都弄明白后，便带何九叔和郓哥来到县衙，要知县做主，为哥哥报仇。谁知知县早与西门庆有来往，西门庆听到风声，已送了他不少银子。这知县见武松来告，只道："你哥哥如今尸首都已没了，没有证据，你不可莽撞，要三思行事。"武松见知县不肯秉公办理，便把何九叔和郓哥留在县衙自己房里，他自带了几个士兵回到家来。

武松让潘金莲准备酒菜，招待邻居。他把王婆和住在附近的姚二郎、赵四郎以及卖酒的胡正卿等都请到家里坐下。这几个人都心里害怕，见前后门都有士兵把守，想走又不敢走。

三四杯酒后，武松从衣服里抽出那把尖刀来，睁着圆眼道："众位高邻在此，我冤有头债有主，只请各位做个见证。"说完，他一把揪过潘金莲，指着王婆骂道："你那老猪狗，我哥哥的性命都在你身上，快将如何害死他的从实招来。"王婆不答言。潘金莲还要狡辩，武松"咔嚓"一声把刀插在

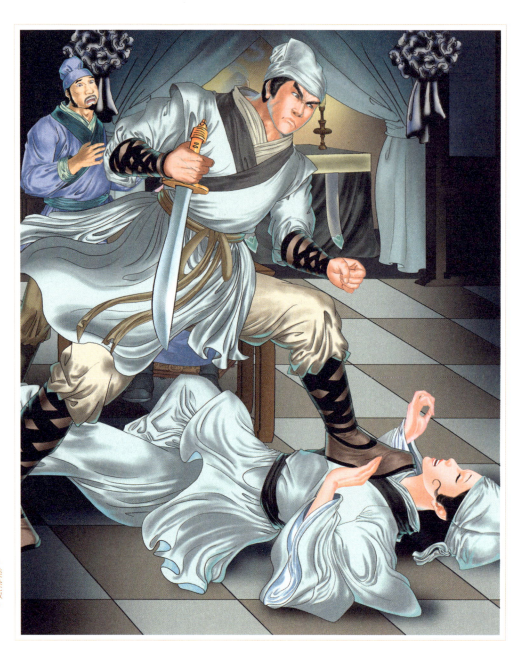

桌子上，左手揪住她头发，一脚踢翻桌子，把她提过来按倒在武大郎灵前，一脚踏住。他拔出刀来，指着王婆，要王婆实说。王婆仍是狡赖，道："又不干我事，叫我说什么？"武松道："你那老猪狗，我都已知道了，你赖到哪去？你不说，我先剐了这个淫妇！"众人都吓得胆战心惊。潘金莲此时已吓得魂都没了，叫道："叔叔饶我，你放我起来，我便说了。"武松一把把她提起来，潘金莲只得说了实情。武松让胡正卿一一记下。王婆赖不过，也只得招认了。武松又让众人都按了手印。

之后，武松将潘金莲提到武大郎灵前，喝叫王婆也跪了，说道："哥哥灵魂不远，兄弟为你报仇。"说完，他便一刀将潘金莲杀了。众人都吓得不敢动弹。武松又将潘金莲的头割了，带上去找西门庆。

西门庆此时正在狮子桥下的酒楼上喝酒。武松寻到这里，将那颗人头劈脸向西门庆打来。西门庆认得是武松，吃了一惊，叫一声，跳到椅子上。武松略一纵身，便跳到桌子上。西门庆见躲不过，飞起右脚朝武松踢来，将武松手里的刀踢出窗外，落到街上去了。西门庆见武松没了刀，胆壮起来，左一拳，右一脚，朝武松打来。武松早闪身躲过，就势钻过来，左手勾住西门庆的头，使劲一扳，右手提起西门庆左脚，叫声"下去"，便将西门庆头朝下从窗子里扔出来。

武松纵身一跳，也跳到当街上，拿了那把刀在手里。此时西门庆已被摔得半死，直挺挺地躺在地上。武松抢上前来，只一刀，就将他的头割了。然后，武松提了两颗人头回到家里，都供在哥哥灵前，为武大郎报了仇。

孟州道母夜叉卖人肉
十字坡武都头遇张青

　　武松杀了潘金莲和西门庆后，便到县衙自首。此事轰动了整个阳谷县。知县升堂，勘问了众人，得知西门庆与潘金莲奸情是真，念武松是个好汉，有心开脱他，便叫文史将判词改得轻了，呈报到本府东平府去。府尹接到案子，得知事情底细，也怜惜武松是条汉子，上下通告，最终判武松脊杖四十，刺配孟州牢城，判了王婆剐刑。

　　武松坐了两个月牢房，看剐了王婆，便戴上行枷，随两个公差一路向孟州行走。这时已到六月炎热天气，一日中午，三人走过一座山岭，肚中饥渴，远远望见前面有一个酒店。这时，一个樵夫挑着担子走过来，武松叫道："汉子，请问这地名叫什么？"樵夫道："这岭是孟州道。岭前面大树林边，就是有名的十字坡。"

　　武松问过后，便和两个公差一直奔到十字坡边，早看到那个酒店。一个妇人坐在酒店窗边，头上乱插着珠翠，鬓边戴一朵野花，打扮得花里胡哨，目露凶光。武松见她不是善辈，便起了戒心。那妇人见三人来，起身迎道："客官，歇了脚再走。本店有好酒好肉，还有好大的馒头！"

　　三人进店坐下，两个公差对武松甚好，道："这里没人，我们先给你摘了这枷，也好快活吃两碗酒！"说着，两人便将大枷替武松去了。那妇人笑道："客官要打多少酒？"武松道："不用问，只管烫来。有肉也切三五斤，一起算钱给你。"那妇人又道："有大馅馒头，要吗？"武松点头，叫端二三十个来。

　　那妇人笑嘻嘻地去厨房准备，一会儿便扛了一大桶酒，切了两盘子肉来，又取一笼馒头，放在桌上。两个公差拿起来就吃，武松却掰开一个道："酒家，你这馒头是人肉的，还是狗肉的？"那妇人笑道："客官不要取笑。哪里有人肉狗肉，小店里都是牛肉的。"武松道："我常闻江湖上人说：'大树十字坡，客人谁敢那里过？肥的切作馒头馅，瘦的却把去填河。'"那妇人道："客官哪儿听的这话？是你自己捏造出来的吧。"武松又道："你丈夫怎么不见，娘子一个人在家岂不冷落？"那妇人听了暗道："这贼配军倒来调戏老娘，看我怎么对付你。"但她脸上堆出笑来，说道："客官休要取笑。再吃几碗酒，就在我这里安歇了吧。"武松听她这话，知道她不怀好意了，便叫道："大娘子，你家这酒淡而无味，有好的拿些来。"妇人一听，正中下怀，随即又拿出一壶酒，烫得热了，请武松三人吃。两个公差不管不顾，端起碗来喝了。武松却又要肉吃，趁那妇人转身的空隙将酒泼了，故意咂嘴道："好酒！"

那妇人也不曾去切肉，转了个身便回来，见武松三人都喝了酒，拍手叫道："倒也，倒也。"两个公差只觉天旋地转，翻身倒地。武松也假装倒下。那妇人叫了两个汉子出来，将两个公差扛了进去，她又提了武松的包裹与公差的缠袋，欢喜道："今日得这三头行货，倒有好两日馒头卖，又得这些东西。"那两个汉子又来抬武松，却似有千斤重，哪里扛得动？妇人骂两人没用，自己亲自来提。武松就势双手将她一抱，一翻身压在地上，那妇人杀猪般叫起来。两个汉子正待向前，被武松大喝一声，都惊得呆了，不敢动弹。那妇人只叫"饶命"。

这时，门外一个人跑进来叫道："好汉息怒，且饶恕了，小人自有话说。"武松跳起来，用左脚将那妇人踩住，见那进来的汉子生得三拳骨叉脸，年近三十五六。那人拱手道："愿闻好汉名姓。"武松报了姓名，那人听了倒头便拜，道："久闻好汉大名。不想今日冲撞，望请恕罪。"武松见

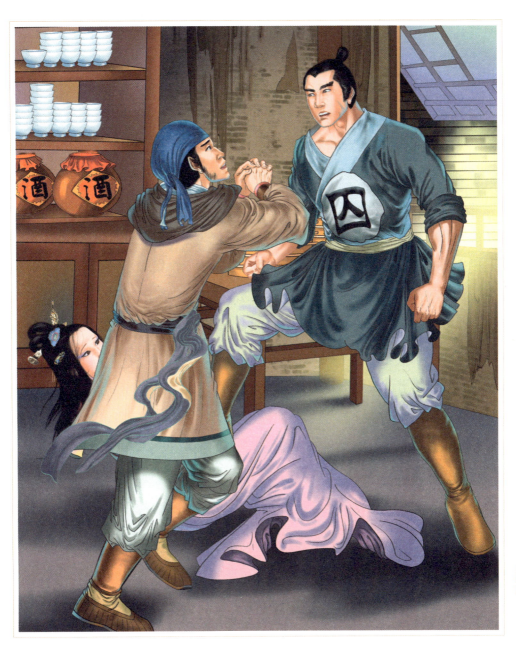

他如此小心，便将那妇人放了，询问姓名。那人道："小人张青，绰号菜园子。这是我的娘子，人都叫她母夜叉孙二娘。"武松听了拱手道："刚才冲撞，阿嫂休怪。"张青又道："小人夫妻在此开店，专打劫来往客商。但有三等人不打劫：一是云游僧道，二是行院妓女，三是流配囚徒。我时常如此吩咐娘子，谁想她却不听我言语，今日冲撞了都头。"那孙二娘道："本是未想下手，只因伯伯包裹沉重，又说些调戏言语，故此一时起意。"武松笑道："我看阿嫂瞧我包裹瞧得紧，先疑忌了，才说些疯话，漏你下手。"张青也笑起来，请武松到后堂坐下。

武松又道："且请兄长把那两个公差放了。"张青道："不知都头犯了什么罪，要流配到哪里？"武松便将杀潘金莲与西门庆、流配孟州的事说了一遍。张青道："既如此，不若将两个公差杀了，都头先在这里住几日，若想落草时，我举荐你去二龙山，那里有花和尚鲁智深与青面兽杨志占山为王。鲁智深曾来过小店，与小人颇有些交情。"武松道："兄长好意，小弟心领。只是我平生只打天下硬汉，这两个公差一路上服侍我，不曾有半点坏心。我若害了他们，天理也不容。"张青见武松如此说，也就叫人把两公差从凳上扶起来。孙二娘调了解药，灌下去。不到半个时辰，两个公差醒来，看了武松道："我们如何醉在这里？这家好酒，喝不多就醉了，记着这家，回来还买他的吃。"说得武松等人都笑起来。

张青吩咐摆下酒菜，款待武松与两个公差，又一连留武松住了三日。武松感张青厚意，拜张青为兄。临走前，张青置酒相送，又赠了银两，武松都转送给两个公差，然后拜别张青夫妇，三人一起朝孟州城里走去。

第二十一回

施恩义夺快活林 武松醉打蒋门神

不到一日，武松三人便来到孟州城里。见了州尹，两个公差押了回文，自回去不提。且说武松来到孟州牢营里，差拨向他要人情钱，武松本是有银子，但见他粗声恶气，便道："你倒来发话要人情，老爷只有一双拳头相送。看你能把我怎样，难道还能把我发回阳谷县去不成？"那差拨大怒去了。同房的囚犯都上来劝他不要逞强。

不一会儿，三四个差役来唤武松。武松喝道："老爷在这里，又不曾走了，大呼小叫干什么？"武松来到点视厅上，管营叫除去行枷，道："你那囚徒，新到配军，须吃一百杀威棒。"武松道："你们要打便打，我若闪一棒叫一声，都不是好汉。"两边众人都笑起来。军汉举棍正要打时，管营身边一个二十四五岁的年轻人，头上缠着白手帕，一条胳膊用白绢吊住，上来对管营耳语了几句。管营立刻问道："你那新到囚徒武松，路上可曾害病？"武松道："不曾害病，路也走得，饭也吃得。"两边行杖的军汉低声道："你快说有病，这是相公要饶了你。"武松却道："不曾害，不曾害，打了倒干净！我不要留下这一顿寄库棒，成了勾肠债，几

·美绘版·

水浒传

一一三

时得了？"两边人又都笑起来。管营也笑道："这汉子想是害热病，热糊涂了，把他押到牢房去吧。"

武松回到牢房，心里有些纳闷。众囚犯听说了，都说定是晚上要来结果了武松。正说话间，一个军汉托一个盒子进来，问道："哪个是新来的武都头？"武松答应一声，那人道："管营叫送点心来。"武松打开盒子，见是一大壶酒，还有肉有面。武松心里更是纳闷，但又想道："先不管他，吃了再说。"于是，他将酒肉都吃了。

到了晚上，先前那个军汉又托了一个盒子进来。他打开盒子，又是一顿好酒好菜。武松见了，暗暗想道："定是吃了这顿酒食，便来结果我。我先吃了，就是死也做个饱死鬼。"那军汉等武松吃完，收拾碗碟出去了。不多时，那军汉又带一个汉子进来，伺候武松洗浴，并把床铺好，让武松安歇。武松是丈二和尚摸不着头脑，便也倒头睡下。

第二天，又有人来伺候武松洗脸，并给武松换了一个上好的干净房间。武松在房里坐到中午，先前的军汉又送酒饭来，有四盘菜蔬，还有鸡肉、蒸卷等。到晚上，军汉又请武松洗浴、乘凉歇息。

如此这般过了数日。武松见每日都给他好酒好肉吃，并不曾害他，心里着实不知是怎么一回事。一天，那军汉又送酒饭来，武松忍不住问道："是谁让你拿酒食来请我？"那人回答是小管营。

这小管营是管营的儿子，名叫施恩，人送绰号金眼彪。当日在点视厅上救了武松，让武松免打的就是他。施恩在东门外一片林子里开了许多客店赌坊，名唤快活林，每月可得二三百两银子，不想前不久被一个叫蒋忠的夺了店铺。那蒋忠是新到任的张团练带来的亲信，身高九尺，有一身武艺，江湖上人称蒋门神。那蒋门神不但抢了施恩的店铺，还将施恩打得两个月起不了床。

　　武松一听是小管营施恩请他，心里十分不解，说道："我与这小管营没有什么交情，他为何如此待我？"说完，他让军汉带他去见施恩。那军汉起初不肯，后来被武松逼得紧了，方把武松领到施恩的住处。施恩见了武松，倒头便拜，武松道："小人是治下的囚徒，又无半点差遣，何故如此大礼？"施恩道："小弟怀羞，不敢相见。本打算等上半载三个月，再来说话。不料兄长性急，只得出来见面。"随后，他将蒋门神夺快活林一段原委告诉武松，请武松为他出气。武松本来就爱抱打不平，听了施恩的话道："我平生只打不明道德的人，既是这般，我便和你去，将那厮和大虫一样打死，我自偿命。"

　　老管营得知武松肯帮忙，便让施恩拜武松为兄，两人结成了金兰兄弟。武松心里欢喜，当夜喝得大醉，回房歇息了。施恩父子本来怕武松喝醉了没有力气打架，而武松却偏偏是半醉时才有万钧神力。第三天一早，他让施恩答应他在去快活林的路上，凡遇到一个酒店便让他喝三碗酒。施恩见是如

此，便让家丁挑了上好的酒菜，一路往快活林而来。

一路上，每见一个酒店，武松就进去坐下喝上三碗酒再走。这一路有十几家酒肆，武松约莫喝了三十多碗酒。将到快活林时，已是中午时分，武松有五六分醉了，他让施恩并仆人等躲到一边，自己往林子而来。

武松将六分醉装成十分，前颠后仰，东倒西歪地往林子走。他走到林子背后，看到一个金刚大汉，穿一领白布衫，靠一把交椅，坐在绿槐树下乘凉。武松见那人相貌粗疏，怪眼圆睁，一身的横肉，想到便是蒋门神了。他佯装醉酒直走过去，来到一个酒店前，见酒望子上写着"河阳风月"四个大字，便知道是蒋门神的店了。

武松半睁一双醉眼，走进店里。酒保送上酒来，武松嫌酒不好，连换了几次。柜台后站着一个年轻貌美的妇人，是蒋门神新娶的小妾。武松问酒保道："你那主人家姓什么？"酒保答道："姓蒋。"武松道："为何不姓李？"那妇人听了，生气道："这厮在哪里喝醉了，到这里来撒野？"武松又道："让那柜台上的妇人下来陪我喝酒。"酒保喝道："休要胡说，那是主人家娘子。"武松道："即使是主人家娘子，陪我喝酒，又能怎样？"那妇人听了这话大怒，骂道："该死的杀才！"她正要奔出来，武松早将一桶酒泼在地上，抢到柜台前，不等那妇人动身，他一手便将她隔柜台提了过来，朝浑酒缸里一丢，只听"扑通"一声，那娇弱妖娆的美人便被丢进大酒缸里。

几个酒保见状，上来要打武松，武松手快，提起一个，便扔进酒缸里，再提起一个，也照旧扔进去。再有敢上来的，都被武松一拳一脚打

倒，躺在地上爬不动。有个伶俐的急忙跑出去报信。那蒋门神闻报大怒，踢倒交椅，便冲过来。武松此时已从店里出来，两人在大宽路上撞见，蒋门神见武松醉了，欺他酒醉，只顾赶上来打武松。哪知武松只是半醉，正是万般神勇。他伸两只拳头在蒋门神脸上虚晃一下，却忽然转身便走。蒋门神大怒，赶过来，武松早飞起一脚，正踢中他小腹上。蒋门神疼得双手按住肚子，蹲下去。武松飞转个身，早又抬起右脚，踢在蒋门神额头上，蒋门神往后便倒。武松赶上去，踏住胸脯，提起醋钵大小的拳头，照蒋门神脸上一顿暴打。

原来武松使的这招是他平生的真才实学，那先把拳头虚晃一下，转身走，先飞左脚，踢中了，转个身，再飞右脚，是有名的玉环步、鸳鸯脚，非同小可。那蒋门神只有一身蛮力，哪敌得过武松？这一顿好打，打得蒋门神在地上求饶。武松喝道："若要饶你性命，得依我三件事。"蒋门神叫道："好汉饶我，别说是三件，三百件我也依。"

武松道："第一，你要离了快活林，将店铺交给原主施恩；第二，你让快活林为头为脑的人都来与施恩陪话；第三，你今日交割了，便离了此地，莫要让我看见。否则我见一遍打一遍，见十遍打十遍。"蒋门神一一应允，从地上爬起来，已是脸青嘴肿，脖子歪在半边。

这时，施恩带着众家丁也到了。蒋门神给他赔了罪，很快收拾行李走了。施恩得武松出了这口气，更加敬重武松。武松自此在快活林住下，日日与施恩喝酒谈天，逍遥自在。

第二十二回

中秋夜张都监设计 鸳鸯楼武都头雪仇

且说武松在快活林醉打了蒋门神，名声大噪，远近无人不知武松的厉害。转眼过了一个多月，已近深秋天气。一日，武松正与施恩在店里闲坐，有两三个军汉来到店前，自称是兵马张都监派来的，请武松到都监府走一趟。张都监是施恩父亲的上官，武松又是囚徒，正属他调遣，施恩只好让武松去了。

武松来到都监府里，那张都监见了，十分欢喜道："我早闻你是个大丈夫、男子汉，敢与人同生死。我帐下正缺少这样一个人，你肯做我的亲随吗？"武松跪下谢道："小人只是个牢城囚徒，相公如此抬举，小人自当执鞭随镫。"张都监大喜，当下便留武松在都监府里住下。

自此，张都监每日早晚都传唤武松到后堂喝酒吃饭，让他穿房入户，如同亲人一般看待，自与别的亲随不同。武松在都监府里，人人奉承抬举，凡是有公事要求都监的，都来先与武松说，武松再与都监说了，无有不依。外人也有送武松金银财帛的，武松便把这些送的东西都锁在一个柳藤箱子里，放在自己房间。

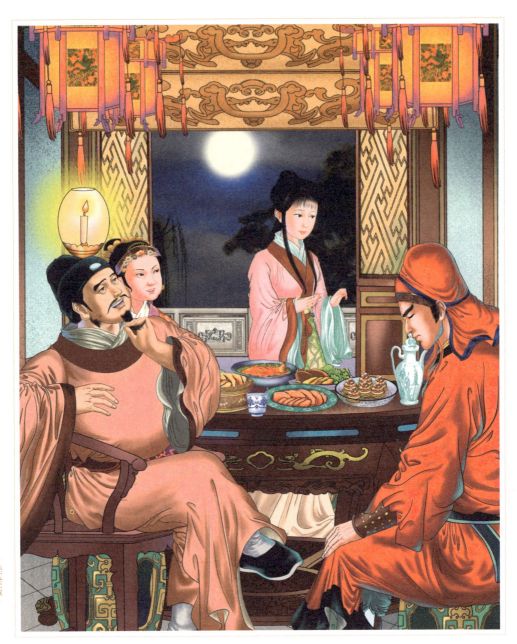

光阴荏苒，转眼到了八月。中秋之夜，明月高挂，玉露生凉，张都监在后堂深处的鸳鸯楼上摆下酒宴，让武松陪酒。武松见有夫人宅眷在楼上，饮了一杯，便想回避离去。张都监叫住道："都是自家人，不需回避。"武松道："小人是个囚徒，不敢和恩相同坐。"张都监笑道："义士差矣。此处没有外人，但坐无妨。"武松又三番五次谦让告辞，张都监却是无论如何也不肯放。武松无奈，只好远远地斜着身子坐下。喝了五六杯，张都监又叫拿大杯来饮，一连又劝了武松几杯。武松喝得半醉，忘了礼数，只顾痛饮。

　　当时明月皎皎，月光照进窗子来，张都监叫了一个贴身侍女进来，让她唱曲。那侍女名唤玉兰，生得脸如莲瓣，唇似樱桃，一双明眸楚楚动人。玉兰唱了一首苏东坡[①]的《水调歌头》，唱完，张都监又让她给武松劝酒。他指着玉兰对武松道："此女颇聪明伶俐，你若不嫌弃，就给你做个妻室。"武松起身拜道："小人怎敢要恩相宅眷为妻，折杀武松。"张都监笑道："我既出此言，你不要推阻，我必不负约。"

　　武松又一连饮了十几杯酒，觉得酒劲涌上来，怕失了礼节，便起身告辞。他回到自己房前，因酒喝得多，不便睡觉，就在月下使起棒来。约到三更时分，武松进到房里，正要入睡，忽听后堂有人喊"有贼"。武松听了心想："相公如此错爱我，他家有贼，我该去救护。"

　　武松提了一条哨棒，奔到后堂来。那个玉兰慌慌张张地走出来指道："一个贼奔到后花园里去了。"武松听了，提着哨棒大踏步赶进花园里去寻，找了一遭，什么也没发现。武松返身回来时，不提防黑影里撤出一条板凳来，把他绊倒。七八个军汉上来，口喊"捉贼"，就地将武松绑了。武松急道："我是

①苏东坡：即苏轼（1037—1101），字子瞻，号东坡居士，眉州眉山（今四川眉山）人，北宋大文学家。他的词开创豪放一派，打破音律的严格限制，直抒胸臆，其艺术成就达到词的顶峰地位。尤其是他的《水调歌头·明月几时有》一词，更是千古传诵的名篇，历代有人演唱。

武松，不是贼。"军汉们不容他分说，一步步把他打到厅上。

张都监正坐在厅中，见了武松，变了脸，大骂道："你这个贼配军！贼心贼肝，我倒要抬举你，刚才还叫你一起喝酒，你却为何做这种勾当？"武松大叫道："相公，不关我事。我本是来捉贼，为何倒把我当贼捉了？武松是个顶天立地的好汉，不做这种事。"张都监喝道："你这厮休要抵赖！且到他房里看看有无赃物。"众人把武松押着，来到他的房里，打开他那柳藤箱子，上面都是些衣服，底下却是金银器皿，约值一二百两银子。武松见了也目瞪口呆，只是叫屈。张都监大骂道："贼配军，如此无礼，赃物在你箱子里搜出来，还敢抵赖？你这厮外貌像人，内里却是一副贼心贼胆。"说完，他不容武松分辩，就让人把武松送到机密房里看押起来。

第二天，武松被押到府衙。知府坐堂，还不等武松开口，那知府便喝骂道："这厮是远来配军，如何不做贼？一定是见财起心，休听他胡说，只管用力给我打。"众牢头差役上来，拿起竹片，劈头盖脸地朝武松打下来。武松见不是势头，只得屈打成招，认了罪状，被押进死囚牢里。

原来，那张都监招武松进府，不过是个圈套。蒋门神被武松打了，怀恨在心，让张团练使银子央嘱张都监设了这个计策，连同知府与一般衙役也都是早就收买过的。武松在大牢里，有刑具严禁着，早明白过来，心里寻思道："张都监那厮，安排下这个圈套害我。我若能得命出去，定不与他善罢甘休。"

施恩听到武松被下狱的消息，慌忙拿出一二百两银子来上下打点。当案的叶孔目为人仗义，不肯害好人，他有心周全武松，拿施恩给的银子去游说知府。知府得了贿赂，也就将武松的文案改得轻了。施恩又上下使钱，几次

到牢房看望武松。

两个月后，因有当案叶孔目鼎力相助，知府又得了施恩与老管营不少银子，最终判武松脊杖二十，刺配恩州牢城。

武松忍着气，戴上行枷，由两个公差押着，往恩州而走。半路上，施恩出来相送，武松见他又包着头，缠着手臂，原来蒋门神又夺了快活林，又将施恩痛打一顿。施恩送一套棉衣与两只熟鹅并一些散碎银两给武松，叫武松提防那两个公差，武松点头会意。

且说武松一路走着，也不理那公差，自在枷上拽了施恩送的熟鹅来吃。约莫离城有八九里路，路边有两个汉子，提着朴刀，似专在那里等候。他俩见武松等人过来，便跟前跟后地一起走。武松见俩公差与那俩汉子四个人挤眉弄眼，心里早明白了几分。

又走了数里，武松等人来到一处鱼浦②，四面都是河水。五个人走到一条阔板桥上，武松抬头，见一座牌楼上写着"飞云浦"三个大字。武松站住脚，两个提朴刀的汉子靠过来，要害武松。武松早有防备，飞起一脚，叫声"下去"，便将其中一个踢进水里。另一个来不及躲，武松右脚又起，也将这个踢下水去。两个公差慌了，赶忙下桥要走，武松喝道："哪里去？"他把枷一扭，便折做两半。一个见了，吓得倒在地上。武松赶上去，将跑得那个打翻，捡起地上的朴刀把他搠死，又转过身来，将倒的那个也杀了。

两个被踢下水的爬上来要跑，武松赶上，先砍倒一个。另一个被武松劈手揪住，跪地求饶，说出蒋门神和张团练正在张都监家的鸳鸯楼上喝酒，专等这几人杀了武松回去报信。武松听了，将这个也杀了。杀了四人，武松并

②鱼浦：指渔场，水边捕鱼的地方。

不解恨，他思量了一回，便提刀径奔孟州城而来。

　　武松进得孟州城，已是一更天，家家都已关门闭户。武松来到张都监家后花园外，翻墙进去，先杀了一个马夫并两个丫环。然后，他趁着月光，一步步走入后堂来。

　　武松早认得路，径直来到鸳鸯楼下。此时，张都监、张团练与蒋门神三个正在楼上喝酒，家丁们都服侍得厌烦，躲到远处去了。武松轻脚走到楼梯上，只听蒋门神道："多亏相公与小人报了仇。"张都监道："若不是看在兄弟张团练面上，谁肯干这种事？只叫他们在飞云浦结果他，想必此时武松那厮已经死了。"张团练道："那四个对付他一个，有什么不能了的？"

　　武松听了，一把怒火直冲脑门，他右手持刀，左手撑开五指，直闯到楼上。楼上画烛高照，十分明亮，蒋门神一见武松进来，吓得魂都没了，急得要挣扎，早被武松一刀砍翻。张都监刚要伸脚，武松转过身来，一刀砍在他脖子上，张都监与蒋门神两个都倒在楼上挣命。张团练见状，知道走不脱，慌忙拿起一把椅子抢过来。武松接住，就势一推，张团练往后便倒，武松赶上去，一刀将他的头剁下来。蒋门神未死，刚挣扎起来，武松上去一脚将他踢倒，也把他头割了。武松又转过身来，割了张都监的头。杀了三人，武松便去死尸上割一片衣襟下来，蘸着血，在白粉墙上写下"杀人者，打虎武松也"几个大字。这时，楼下有两个亲随上来探望，武松将这两个也杀了。索性一不做二不休，武松提刀下楼，将正在楼下问话的张都监夫人也杀死，随后又杀了玉兰并两个丫环与张都监三四个儿女。

　　武松杀了众人，方才觉得雪了仇恨，他提了朴刀，连夜离开孟州城。

第二十三回

清风山宋江遇燕顺 小李广大闹清风寨

武松杀了张都监一十人等，很快有人报告孟州知府。知府大惊，立刻发下文书，捉拿武松。武松一夜奔走，又遇到张青夫妇。为防备官府捉拿，张青与孙二娘将武松打扮成一个行者①，让他去二龙山投靠鲁智深与杨志。武松装扮停当，辞别张青夫妇，一路向二龙山行走，却在白虎山孔家庄上遇到宋江。原来宋江在柴进庄上住了大半年，被这孔家庄的孔太公接来，又在这里住了多时。武松将自己这一年来的遭遇都告诉宋江，两人一起在孔家庄上住了多日，又一起离开。

武松到二龙山去入伙暂且不提。且说宋江打算去投奔一个旧友——清风寨知寨②花荣。他与武松在路上分别后，又独自行了五六日，来到一座山前。此山名叫清风山，山上林木茂密，宋江错过了客店，看看天晚，只好硬着头皮朝一条小路上慌忙行走。他走不多时，却不小心踏着一条绊脚索，树林里铜铃乱响，一群小喽啰冲出来，七手八脚将他绑了，押到山上。

宋江被绑到山寨大厅里的将军柱上，冻得手脚冰凉。约到三更时分，几个喽啰簇拥着一个大王出来。宋江看时，只见此人是赤发黄须，生得浓眉圆

---

①行者：指出家而未经剃度的佛教徒。
②知寨：古代官名，负责地方上的安防工作。

目，臂长腰阔。这人名唤燕顺，江湖上人称锦毛虎，在这清风山上占山为王。燕顺扫了宋江一眼，问道："这黑汉子是哪里来的？"喽啰们笑着回道："山下树林里绑来的，正好给大王做醒酒汤。"燕顺一挥手，道声"正好"，叫请二大王和三大王出来。

不一会儿，又有两个头领从后厅出来：一个五短身材，叫作矮脚虎王英；一个白净俊秀，人唤白面郎君郑天寿。燕顺见两个兄弟到了，喝叫小喽啰们动手。宋江被泼了一脸冷水，自叹道："可惜宋江死在这里。"燕顺听到"宋江"二字，吃了一惊，连忙喝叫住手，问道："什么宋江？你是哪里的宋江？"宋江答道："我是郓城县做押司的宋江。"燕顺听了，急忙走下来，拿刀割了绳索，将宋江扶到主位上，然后拉了王英和郑天寿两人，倒头便拜。宋江急忙也跪在地上，问道："三位义士这是为何？"燕顺道："小弟有眼不识泰山，差点害了哥哥性命。我众人早闻哥哥仗义疏财、济困扶弱的大名，只是无缘相见。不想今日在这里撞见，真是了了我等心愿。"宋江听了大喜，连忙将三人扶起来。

燕顺吩咐摆宴，四人喝酒谈天，同说倾慕之情。宋江在清风山上住了几日。一天，王英掳来一个妇人，要占那妇人为妻。那王英也倒是个好汉，只是好色。宋江劝住他，问那妇人是哪里来的。那妇人说是清风寨的知寨夫人，宋江一听以为是花荣的妻子。那妇人却道清风寨有一文一武两个知寨，她是文官刘高的家眷。宋江见是花荣同僚的夫人，便请王英放那妇人下山。燕顺见宋江请求，也不管王英乐不乐意，就打发那妇人下山了。宋江对王英道："兄弟莫恼，待来日拣个好的，我与你完娶便了。"他又在清风山住了几天，便告辞往清风寨而来。

清风寨的武知寨花荣一听是宋江到了，急忙奔出来，拉住宋江便拜。那花荣人称小李广，有一手百步穿杨的好箭法，生得是唇红齿白，俊美风流。宋江把花荣扶起来，两人有五六年没见，分外亲热。花荣命摆下酒宴，与宋江各诉相思之情。

宋江将自己在清风山遇到燕顺等人的事说了，又说起自己如何在山上救了刘知寨的夫人。花荣听了皱眉道："哥哥却是救错了。刘高那厮做了正知寨，既没本事又乱行法度，小弟每每受他的气，恨不得杀了那滥贼。哥哥救的那婆娘极是不贤，经常调唆她丈夫行不仁之事，正该让那贼人受些侮辱才好。"宋江听了，解劝了花荣一番。

宋江自来到清风寨，每日由花荣的亲随陪着出去闲逛玩耍。转眼过了一个多月，时到元宵佳节，清风寨上的百姓在大王庙前扎起一座小鳌山，上面悬花结彩，挂了几百盏灯。元宵当夜，花荣自去公厅上当差，宋江由几个亲随陪着出去看灯。街上处处花灯高挂，流光溢彩，宋江看得高兴，边走边看，直走到南寨来。

南寨一家大宅院门口围了一大群人，烛火辉煌，十分热闹。宋江挤进去一看，见是一伙舞鲍老③的。那舞的人扭得傻粗可爱，宋江看了，不禁哈哈大笑。院里那看的众人为首的却是刘高夫妻和几个仆妇。刘高妻子听到笑声，就灯光下一看，认出是宋江。这婆娘果然不良，指着宋江对她丈夫道："那个黑矮子，就是前日在清风山上抢我的贼头。"刘高一听，吃了一惊，立即叫手下军汉把宋江捉来。刘高喝道："你这厮是清风山的强贼，如何敢到这里来看灯？"宋江辩解道："小人是郓城县张三，与花知寨是故交，不是强贼。"刘高妻子从后面出来，指着宋江大骂，又唆使刘高叫军汉下力打宋江。不一会儿，宋江便被打得皮开肉绽，鲜血迸流。

再说陪宋江的那些亲随，见宋江被捉，急忙来报告花荣。花荣一听大惊，随即写了一封信给刘高送去，请他放人。刘高看了信后，非但不放，还将书信撕个粉碎。花荣得知，火冒三丈，立刻绰枪上马，带了四五十个军汉，直奔刘高寨里来。那些把门的军人见了，都知花荣厉害，无人敢挡，吓得四散走了。花荣来到厅前，下了马，高声叫道："请刘知寨出来说话。"刘高在里面听见，却吓得魂飞魄散，不敢出来相见。

花荣见刘高不出来，喝叫左右到两边耳房搜人。三五十个军汉一起去搜，很快便在廊下一间房里找到宋江。此时宋江两腿锁着铁索，身上有伤，已难以行动。花荣见了心痛，叫人先把宋江送回家里，自己绰枪上马，冲里面高声发话道："刘知寨，你即便是个正知寨，又能把花荣怎样？谁家没有个亲眷，你却将我一个表兄锁在家里，滥施刑罚，太欺人过甚！我明日再和你理论。"说完，他带了众人，回自己寨里去了。

③舞鲍老：民间的一种舞蹈游戏，舞者戴着假面具跳动，模仿傀儡的各种身段动作，取悦观众。此舞是北宋民间最具影响力的舞蹈之一，在全国各地非常流行。

刘高在里面听到花荣走了，这才敢出来，他立即召集一二百军士，也叫他们到花荣寨里夺人。这一二百人中，有两个新任的教头，虽有些刀枪武艺，但终比不上花荣。这些人心里不情不愿，磨磨蹭蹭地赶到花荣寨前来。

此时，天色未明，这一二百人都挤在门口，不敢进去。好容易等到天大亮了，却见两扇寨门大开，花荣正坐在里面大厅正中。花荣左手拿弓，右手拿箭，高声喝道："你军士们听着：要知道冤各有头，债各有主。刘高让你们来，休要为他卖命。你那两个新任的教头，还未见过花荣的武艺，今日先叫你众人看看花知寨的弓箭，再有不怕死的，只管进来。看我先射大门上左门神的骨朵头④。"原来这寨门上都贴着门神，花荣搭箭拽弓，喝声"着"，那箭便飞出去，正射在左边门神的骨朵头上。众人见了，都吃一大惊。花荣又取过第二支箭，大声叫道："你们众人看着，我这支箭要射右边门神头盔上的朱缨。"话未说完，只听"嗖"的一声，那箭不偏不斜，正射在缨头上。众人顾不上吃惊，花荣又取过第三支箭来，喝道："我这第三支箭要射你们队中穿白衣服的教头心窝。"那教头听了，"啊"的一声，转身就跑。其余的人大乱，发一声喊，一齐都走了。

花荣命关上寨门，回来看望宋江。宋江道："你这样把我抢来，又把那伙军汉吓走，刘高那厮必不和你善罢甘休。不如我先到清风山上躲一躲，他要来搜人，也抓不到你把柄。"花荣听了有理，便给宋江敷了膏药，待黄昏时分，让军汉送宋江出寨了。宋江自忍着伤痛，连夜向清风山走去。

④骨朵头：骨朵是古代的一种兵器，后也用为仪仗，用铁或坚木制成，顶端为蒜头状，状如花骨朵，故名。骨朵头即是指这种兵器的上端。

镇三山设计擒花荣 霹雳火夜走瓦砾场

且说刘高却是个有算计的人，他见抢不回宋江，想到宋江一定会到清风山上躲避，便让二十几个军汉到前路上等候。果然不出所料，宋江被抓个正着。刘高当夜写信，报告青州知府，说花荣勾结清风山强贼。那知府收到信后，大吃一惊，连忙派本州兵马都监黄信前去察看。那黄信自恃有些武艺，曾夸口说要捉尽青州境内清风山、二龙山、桃花山三山上的强贼，因此人称镇三山。

黄信连夜来到清风寨，见了刘高，与刘高商议道："那花荣武艺了得，只得智取。明早你安排一桌酒席，在公厅上等候，埋伏下三五十人。我到花荣那里，只说'知府闻你文武不和，特派我来说合'，将他赚到这里，你看我手势，就将他捉了。"刘高闻言大喜。

次日天明，刘高安排停当，黄信便来请花荣到公厅喝酒。花荣此时只以为宋江已上清风山去了，不知是计，应邀来到公厅。黄信与刘高依计行事，趁花荣没有防备，将他捉住，并把他和宋江一起押往青州府。

且说黄信和刘高将花荣、宋江装进囚车，带领一二百人，往青州府而

走。行不到三四十里，他们来到一片树林里。忽听"当当当"的二三十面大锣齐响，那些军汉一听，便慌了手脚。不一时，只见清风山三位头领燕顺、王英和郑天寿杀了出来。三人一起来战黄信，黄信敌不过，拍马就走。刘高吓得魂飞魄散，正待要逃，却被小喽啰们抓住。众军汉都四散逃了，三位好汉救了花荣和宋江，一齐回到清风山上。

原来燕顺三人因不见宋江回山寨来，差人打听，方知宋江与花荣都被刘高、黄信捉了，故此在树林里设下埋伏，救了二人。当日晚上，众人在聚义厅上相会，花荣与宋江谢了燕顺等人救命之恩。之后，宋江叫人把刘高绑来，骂道："你这厮，我与你无冤无仇，为何听那不贤妇人调唆来害我？"花荣道："哥哥问他做什么？休与他费话！"说罢，他拿刀来一刀将刘高杀了，为宋江解了心头之恨。

再说黄信逃回清风寨，把守寨子，连忙给知府送信。知府又派本州兵马秦统制①带兵来捉拿花荣等人。这秦统制名唤秦明，并州人氏，祖辈军官出身，使一条狼牙棒，有万夫不当之勇，因他性格急躁，声若雷霆，人都称他霹雳火。

秦明听说花荣反了，怒气冲冲地带了几百人马赶来攻打清风山。清风山上众好汉杀了刘高，正要去打清风寨，闻报说秦明领兵来了，燕顺等人面面相觑，不知所措。花荣道："不必惊慌，我自有办法。先须力敌，然后智取。只需如此如此……"宋江等人听了道："好计。"当下各去准备。

秦明领兵来到清风山下，擂鼓叫战。只听山上锣鼓震天响，花荣领一队人马冲下来。二人言语不合，便战在一处，正是棋逢对手，战了五十回合，

①统制：官名。北宋时，为加强中央集权，皇帝直接控制军队，将领不能专兵。凡遇战事则在各将领中选拔一人给予"都统制"的名义，以节制兵马。

不分胜负。花荣卖个破绽，拨马便走，秦明在后就追。花荣跑了一阵，勒住马头，回转身搭弓射箭，一箭射落秦明头盔上的红缨，好似给他报个信一般。秦明吃了一惊，不敢再追，拨马回去，花荣也自回山寨去了。

秦明回到自己营中，越想越怒，喝叫官兵一起攻山。众军士呐喊着赶上山来，转了两三个山头，只见上面檑木、砲石等一起从险处打下来，一下子打倒四五十人。秦明只得带人退下山来。

秦明是性急的人，哪里按捺得住？他又带领军马，绕到山下寻路上山。寻到中午，只听西山上锣响，见闪出一队红旗军来，秦明领人赶过去，却是锣也不响，人也不见了。再看那路，没有一条正路，不能上山去。秦明正待让人开路，却又听东山上锣响，也闪出一队红旗军来。秦明拍马飞奔过去，又不见一个人影，也听不到锣响。秦明又气又急，如此折腾了一个下午，众兵士都人困马乏。

秦明气得牙都要咬碎了，看看天晚，只得先回营寨，命军士们做饭休息。众官兵正要做饭，只见山上火把乱起，锣鼓乱鸣。秦明大怒，带领四五十军马跑上山来，未到半山腰，树林里乱箭射下来，军士们被射伤不少，秦明又只得回马下山。秦明等人刚到山下，正要做饭，山上有近百支火把一起点着，一支人马唿哨着下山来。秦明急忙带兵去赶时，那火把却都一齐灭了。

当夜虽有月光，却被阴云遮住，看不清楚。秦明怒气冲天，叫军士们点起火把，烧那树林。这时又听山上鼓笛声响，秦明纵马看时，只见十余支火把光中，花荣正陪着一个黑汉子喝酒。秦明那股暴躁怒气无处发泄，勒住

马，在山下大骂。花荣回言道："秦
统制，你不必焦躁。我知道你今日劳
困了，且回去休息，明日再跟我拼
个输赢。"秦明听了更怒，本想
寻路上山，又惧怕花荣弓箭，只
在山下骂个不停。

　　正叫骂间，秦明忽听本部
人马大乱，他回马一看，只见
山这边火炮、火箭一起烧下来，
有二三十个小喽啰在黑影里放箭。众军
士喊叫着一齐拥到一个侧坑里去躲。此时
已是三更时分，众人正躲箭时，上头却滚下大
水来，顿时将坑填满，一行人马在水里挣扎，大部分都被
淹死，少数爬上岸的，都被小喽啰拿挠钩搭住，捉上山去了。

　　秦明此时气得五脏俱焚，他见侧边有一条小路，便把马一拨，舞着狼牙
棒，抢上山来。走不到三四十步，只听"扑通"一声，秦明连人带马都掉进
陷坑里。小喽啰们上来，将秦明搭出来，剥了衣甲战袍，拿绳子绑了，押上
清风山。

　　原来这番圈套都是花荣与宋江定下的计策。他们利用秦明的火爆脾气，
先让小喽啰们或东或西出来，引诱得秦明等人人困马乏，再用弓箭把人马逼
到侧坑里，放水淹了，然后把秦明引到陷坑里，活捉了他。

且说秦明被押到清风山大厅上，花荣见了，连忙过来，亲自给秦明松绑，拜道："小喽啰不识尊卑，望乞恕罪。"秦明见花荣以礼相待，火气自消了大半，又见说那黑汉子竟是及时雨宋公明，心里又多了几分敬意。燕顺命人摆宴，招待秦明。

数杯过后，秦明请求告辞。燕顺道："统制领的五百军马都没了，如何还回得去？那知府肯定要加罪于你，不如就在小寨歇马，一起做个山寨头领。"秦明却摇头道："我秦明生是大宋人，死是大宋鬼，绝不背叛朝廷。"花荣等人见他意志坚决，也就作罢，只请他在寨内安歇一晚。秦明见众人如此礼待，当夜便在山寨歇息了。众人等他睡了，各自去行事不提。

第二天天明，花荣交还衣甲头盔，秦明披挂了，便上马下山，直奔青州

府而来。约走了十里多路，远远望见烟尘乱起，不见有一个人来往，秦明心里十分疑惑。他纵马赶到青州城外，只见原来的几百户人家都被烧为灰烬，一片瓦砾场上，横七竖八地倒着无数被杀死的男男女女。秦明大吃一惊，用力打那马一下，飞马跃过瓦砾场，来到青州城门外。

秦明见城上吊桥高高拽起，两边排列着军士旌旗。众士兵见是他来，都擂鼓大喊。青州知府在城墙上见了，骂他不仁不义，说他昨夜杀了众多百姓。秦明大声叫屈。那知府喝道："你休要狡辩。你那厮的马匹衣甲，众人都看得清清楚楚，你还敢抵赖？你休想哄开城门接一家老小，你的妻子已被杀了，首级就挂在这里。"

秦明一抬头，见了妻子的头颅，又痛又气，又说不清楚。城上雨点般射下箭来，秦明只得躲了。他回马到瓦砾场上，恨不得寻死算了，心里寻思了半晌，只得纵马再上清风山而来。他行不到十里路，只见宋江、花荣等人从林子里迎出来，把他接到清风山上。

到了厅上，宋江五人一起跪下给秦明赔礼。宋江先开口道："统制休怪！昨日为留统制在山上，夜里叫小喽啰们扮了统制的模样，在青州城下杀人放火，只为绝了统制的归路。今日特地请罪。"秦明听了，怒气填胸，本要与宋江等人翻脸，但又怕斗不过他们，只得压下这口气，道："你们兄弟虽是好意，但也太毒了些，害了我一家老小。"宋江连忙赔礼，又好意抚劝。秦明无路可走，也只得归顺。

后来，秦明又到清风寨上劝降了黄信。众人接了花荣家眷，杀了刘高之妻，一起聚在清风山上。

水浒传

·美绘版·

一三七

石将军村店寄书 小李广梁山射雁

话说宋江、花荣等七位好汉聚在清风山上，商议此地不宜久留，若官军大军打来，无法抵挡。宋江提议去山东梁山泊投靠晁盖等人，晁盖是他的结义弟兄，定会收留他们。众人听了皆赞成。于是大家收拾行李，烧了山寨，扮作官兵模样，分三批下山，往梁山泊而去。

宋江与花荣两个领了头批人马在前面行走，路上遇到两个壮士打架。他们一个穿红，一个穿白，都使方天画戟，斗在一处，甚是好看。斗到三十余合时，两人戟上的绒绦缠在一起，夺扯不开。花荣见了，拉弓搭箭，照两戟纠结处一箭射去，正好将绒绦射断，两支画戟分开。两边的众人都一齐喝彩。那两个壮士见状，纵马来到宋江、花荣马前，各自通了姓名。他俩一个叫小温侯吕方，一个叫赛仁贵郭盛。两人闻听是及时雨宋江和小李广花荣，都拜倒在地，也入了伙。

快到梁山泊时，宋江怕众人马一起前去，晁盖等人误会，便和燕顺先行去报信。两人带了几个喽啰行了一路，来到一个酒店里歇息。宋江见店里只有三副大座头，自己人多不够坐，其中一个大座头还被一个大汉先占了。

于是宋江给了店家几两银子，让他请那大汉挪一挪，好让自己的人坐下喝酒。那大汉身高八尺，淡黄骨叉脸，见店家来说让他换座头，焦躁道："这也该有个先来后到，什么客人让老爷换座头？老爷不换。"燕顺听了不乐，对宋江道："这人好生无礼！"宋江忙把他劝住。店家又赔小心，请他换地方，那汉大怒，拍着桌子道："你这厮不识好人！欺负老爷一个，即使是皇帝来，老爷也不换。你再出声，大脖子拳不认得你！"燕顺哪里忍耐得住，喝道："你那汉子，逞什么强？不换就不换，何故吓他？"那大汉绰起短棒来，就要与燕顺厮打。宋江连忙将二人劝住，报出自己姓名。

那大汉一听是宋江，立即拜倒。原来此人名叫石勇，绰号石将军，受宋江兄弟宋清所托来给宋江送书信，不想在这里碰到宋江。宋江将石勇扶起，接过石勇带来的书信，拆开一看，不由得放声大哭，直往墙上乱撞，自骂道："不孝逆子，老父身亡，不能尽人子之道，畜生何异？"

原来那信中写宋江父亲已死，叫他回去料理丧事。燕顺、石勇慌忙将宋江拉住，宋江已经哭得昏迷。他半晌苏醒过来，对燕顺道："我平生只有这个老父记挂，今已没了，我得星夜赶回去。不是我薄情寡义，如今只有让你们自己上梁山去了。"燕顺劝道："太公既已没了，即使回去，也见不到了。哥哥先引我们上山，然后小弟再陪哥哥归丧，也为时不晚。"宋江哪里还等得，他向店家要了纸笔，一边哭，一边给晁盖写了封书信，让燕顺等人带上山去。燕顺千留万留留不住，宋江写完书信，就独自一人飞也似的走了。

燕顺无奈，只得要了酒饭吃了，叫石勇骑了宋江的马，众人都到前面大客店等候。次日中午，花荣、秦明等人领着众喽啰都到齐了，燕顺、石勇将

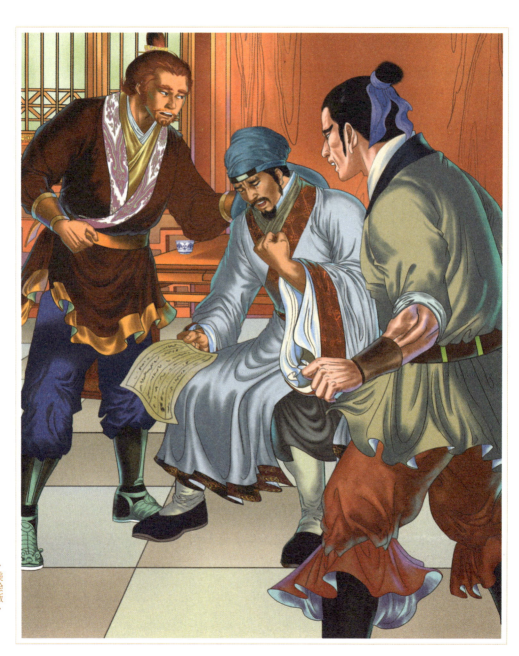

宋江回家奔丧的事说了，众人都埋怨燕顺道："你为何不留他一留！"石勇道："他见说父亲死了，恨不得自己也寻死，如何能留得住？他写了一封书信在此，叫我等只顾上山去。"众人看了，只好赶往梁山。

众好汉带领七八百人马来到梁山脚下，正要寻路上山，山上喽啰早探得消息，报知山寨头领。不一刻，林冲、刘唐带几十个喽啰，各从水路上划船过来，喝问道："你等是什么人？哪里来的官军？敢来收捕我们？"花荣上前答道："我等并非官军，而是特来相投大寨入伙的，有宋公明哥哥的书信在此。"林冲听了道："既有宋公明哥哥的书信，且请先到朱贵酒店里把书信看了，再来相会。"随后，林冲在船上青旗一招，芦苇丛中便有一只小船飞过来，有两三个渔人上岸，带领花荣等人前往朱贵酒店。林冲又把白旗一挥，自己便同刘唐那只船一齐去了。花荣等人见了，都赞叹这梁山乃是官军近不得的好地方。

且说渔人领花荣、秦明一行到了朱贵酒店，朱贵看了书信，先给山寨上报了信，然后杀牛宰羊，款待众人。第二日，吴用亲自下山，接众人上山，山上众头领以晁盖为首，都一一相见了。晁盖喝叫摆宴，席上，秦明、花荣称赞了宋公明许多好处，又说了杀刘高、打青州一事，众头领听了大喜。后来说到吕方、郭盛两个比试戟法，花荣一箭射断绒绦分开画戟一事。晁盖听了，却不相信，口里只含糊应了一声。

当日酒至半酣，众头领请新到好汉到山间观看山景。行至寨前第三关上，只听得空中大雁鸣叫。花荣心下寻思道："刚才晁盖那意思，不信我能射断绒绦。何不今日就逞些手段，叫他众人看了，也日后敬服我？"于是，

水浒传

·美绘版·

一四一

他拿眼一看，见随行人中有带弓箭的，便借了一副，说道："刚才花荣说射断画戟绒绦一事，众头领似有不信之意。今有一行雁远远飞来，花荣手中这支箭要射其中第三只雁的雁头，射不中时，众头领不要笑话。"

说罢，花荣搭上箭，拽满弓，看得真切，望空中只一箭射去，果然正中雁行内第三只。那雁直坠落到山坡下，早有军士跑去取来。晁盖和众头领看了，那支箭正好穿在雁头上，众皆骇然，都称赞花荣是"神臂将军"。吴用称赞道："不要说将军比李广，便是养由基^①也不及将军神手！真乃是山寨有幸！"自此，梁山泊上众人没有一个不钦佩花荣。

众头领再回厅上饮酒，到晚各自歇息。次日，山寨中再备筵席，议定坐次。花荣在林冲之下，坐了第五位交椅，秦明第六位，刘唐坐第七位，黄信坐第八位，三阮之下便是燕顺、王矮虎、吕方、郭盛、郑天寿、石勇、杜迁、宋万、朱贵、白胜。此时白胜已于数月之前，被吴用上下使钱，从济州大牢里救出来，山上共是二十一个头领。晁盖又吩咐摆下宴席庆贺，山寨中又添造房屋客舍、大船小艇，打造军器铠甲、弓弩箭矢等，准备抵敌官军。

①养由基：战国时楚国人，因为善射而备受人称赞。传说他百步之外射柳叶百发百中。

第二十六回

梁山泊吴用举戴宗 揭阳岭宋江逢李俊

　　且说宋江心急如焚，星夜奔回家里，却见老父安然无恙。原来宋太公想念儿子，又怕宋江落草为寇，故意让宋清写信骗他回来。宋江见父亲健在，也自欢喜。不想宋江归来的消息走漏，因杀阎婆惜一案尚未完结，当晚便有县里新任的两个都头带人前来捉拿宋江。此时朱仝、雷横已被差往别处，新任的这两个都头与宋江没有交情，又急着立功，定要拿住宋江不可。宋江怕连累父亲兄弟，只好到县衙自首。

　　满县人听说宋江被缉拿，念及他往日的好，皆到知县面前为他说情。知县心里也帮着宋江，不为难他。此时阎婆已经病故，无人来告。宋太公又上下用钱打点，最终济州知府减了宋江罪刑，只判宋江脊杖二十，刺配江州牢城。

　　当下有两个公差押送宋江前往江州。宋太公前来送行，千叮万嘱，不要宋江落草。宋江答应，又嘱咐兄弟照顾父亲，然后洒泪而别。宋江三人行了一日，当晚在一家客店歇息。宋江道："实不瞒你们：我们此去正从梁山泊经过，恐怕山寨上几个好汉多闻我名字，要下来夺我。我们明日起大早走，

拣个小路过去，莫惊了你们。"两个公差谢过，就此商定。

第二天一早，宋江便与两公差起早赶路，没想到在小路上仍被赤发鬼刘唐带了三五十人截住。原来梁山泊众好汉听说宋江被发配江州，便分四路拦截，一定要把宋江劫上山不可。刘唐举刀要来杀两个公差，宋江将他拦住，坚辞不肯上山。刘唐无奈，只得请吴用、花荣前来说话。吴用得知宋江之意，便笑道："兄长不留在山寨容易。只是晁头领想念兄长多时，请上山稍坐片刻，便送兄长登程。"

宋江来到梁山泊山寨，晁盖等人热情接待，各自诉说想念之情。晁盖道："自从郓城得你救了性命，兄弟们无日不想你大恩，只是无门可报。"随后，他喝叫摆宴。席间，晁盖又说些言语，想将宋江留在山寨。宋江却依父亲之言，坚决不肯。他只住了一夜，次日便要赶路。众人见他如此，也只得作罢。吴用道："江州牢城里有个押牢节级①，名唤戴宗，是我的至交好友。此人颇有道术，能日行八百里，人称神行太保。我已写了一封书信在这里，兄长带去，可到那里与他做个相识。"宋江接了书信，晁盖等人又送了一些银两，然后便送宋江下山。

两个公差见山寨这些好汉都敬重宋江，不敢有差池，一路上只小心服侍宋江。三人走了半个多月，来到一座高高的山岭脚下，一个公差说道："这下好了！过了这条揭阳岭，便是浔阳江，到江州都是水路，相距不远。"宋江见天色已晚，便加紧赶路，过了这座山岭，早望见岭脚下有一个酒店。宋江喜道："我们肚里正饥渴！原来这里有个酒店，先买碗酒吃再走。"于是，三人进了酒店，但半天不见一个人出来招呼，宋江叫道："怎么不见有

---

①节级：古时衙门里的一种低级武职，职位低于提辖。节级不属于军职，而是专门管理监狱的武吏，相当于牢房里的牢头，负责缉捕、监押犯人。

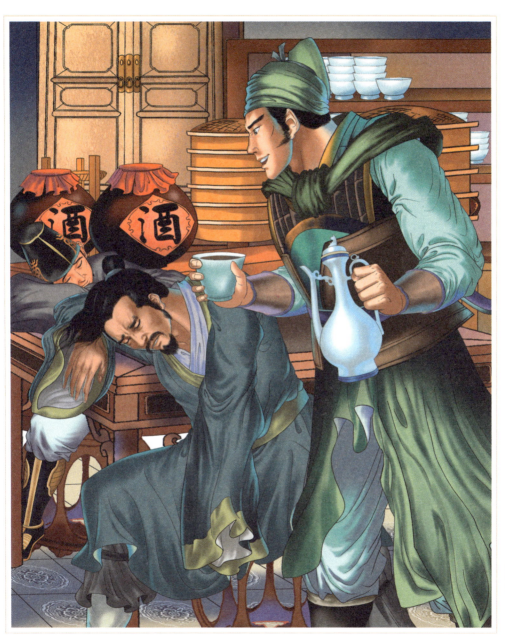

主人家？”只听里面应一声：“来也，来也！”话声未落，从侧面屋檐下走出一个大汉来，那大汉顶一领破头巾，穿一件布背心，脸上藏着凶相。宋江点了些酒菜，那人却道：“客官休怪！我这岭上要先交了钱才能吃酒。”宋江听了并未在意，随即打开包裹，拿出银子给了他。这人站在旁边偷眼看着，见宋江的包裹沉重，心中暗自欢喜。

不一时，那大汉便把酒端上来。宋江三人肚中正饥，不管好歹，都喝了一碗酒下去，只见两个公差瞪直双眼，口角流涎，倒了下去。宋江跳起来道：“你两个怎么吃了一碗就醉了？”话犹未了，自己也觉头昏眼花，扑倒在地。那大汉笑道：“好几日没买卖，今日却送这三头行货来给我。”说着，他三下两下，便将宋江三人拖到人肉作坊里的剥人凳上，然后打开宋江的包裹，见里面都是金银，满心欢喜。

正在此时，有三个人走进店里，其中一个这卖酒的汉子倒认得，慌忙道：“李大哥，你到哪里去？”那大汉应声道：“我们特地上岭来接一个人。”那人又问：“大哥要接谁？”“便是郓城县押司宋江，想必你也闻他的好名声。听说他犯了案发配江州，要打此地经过，我等特来会他一会。”那大汉说完，又问，“你近日买卖如何？”卖酒的汉子遂将刚才麻翻一个囚徒并两个公差的事说了。那大汉吃惊道：“莫非你麻倒的就是宋江宋公明哥哥？”说完，他慌忙进店里来看，却不认得，等看了公文，方确知是宋江。这大汉忙叫调了解药，给宋江灌下去。你道此人是谁？原来他是揭阳岭上的一条好汉，名唤混江龙李俊，颇识水性，以撑船为生。那卖酒的汉子名叫李立，专在此间打劫来往客商，人称催命判官。两人算得上是揭阳岭上一霸，

当地人都知他姓名，无人敢惹。李俊身边跟的两人是兄弟俩：一个名叫出洞蛟童威，一个名叫翻江蜃童猛。

且说不一时，宋江醒来，见众人立在身旁，都不认得。李俊、李立倒地而拜，宋江不明缘由，慌忙还礼，问道："两位好汉请起，不知高姓大名？"李俊忙将自家身世与三位兄弟的境况说了，又说了如何赶到岭上及时救了宋江的经过。宋江听了，拜谢不已。李立又把两个公差救醒，众人都到李俊家歇息。李俊置酒殷勤相待，拜宋江为义兄。住了两日，宋江辞行。李俊挽留不住，只得摆酒相送。

宋江三人又一路行走，离了揭阳岭，来到揭阳镇上。宋江在此又结识了使枪棒的薛永，却因此得罪了镇上一霸穆弘、穆春兄弟俩。穆弘带人追赶宋江，宋江并两个公差逃到江边，乘了一个艄公的小船，逃离虎口。没料到这撑船的艄公也是个打劫的，名唤船火儿张横。张横正待下手，正逢李俊赶到，又救了宋江。李俊带宋江来到揭阳镇穆家庄上，穆氏兄弟听说是宋江，慌忙拜倒称罪。穆弘又置酒席，款待宋江等众位好汉。宋江在此又住了几日，方才辞行。

经历这一波三折，死里逃生，两个公差自是暗自惊怕，宋江得以结识这众多好汉，却满心欢喜。三人离了穆家庄，乘船往江州而来。

第二十七回

及时雨会神行太保 黑旋风斗浪里白跳

宋江与两个公差一路来到江州牢城，照例见了管营与差拨。宋江上下使了钱财，得免了一顿杀威棒。管营安排他到抄事房①做个抄事，自是相当清闲。宋江好施银两，又为人和气，住了半个多月，从囚徒到差拨，没有一个不喜欢他。

过了十几日，一个押牢节级来此视察。宋江看那人时，只见他身材瘦长清秀，面阔唇方，两眼炯炯有神。那节级却骂宋江："你那新到囚徒！黑矮杀才！倚仗谁的势头，不送常例钱给我？"宋江道："人情人情，在人情愿。你如此逼取？好小人相！"那节级大怒，喝道："你这贼配军，敢如此无礼！左右与我打这厮一百讯棍。"那两边营里众人都和宋江要好，一听要打他，都一哄走了。只剩了那节级和宋江两人。

那节级见众人走了，更怒，拿起讯棍，自己要来打宋江。宋江道："你要打我，我得何罪？"那节级道："你这贼配军，轻咳嗽一声便是罪过，我打死你好比捏死一只苍蝇。"宋江冷笑道："我因不送常例钱便该死，结识梁山泊吴学究的，却该怎样？"那人听了这句，吃了一惊，慌忙丢了手中讯

①抄事房：明清小说中的方言用语，指县衙或牢营里整理文书的地方。

棍，拖住宋江问道："足下高姓？哪里得这话来？"宋江笑道："小可便是山东郓城县宋江。"那人听了，连忙作揖，说道："原来兄长是及时雨宋公明。"此人不是别人，正是吴用向宋江举荐的戴宗。宋江早听说有个姓戴的节级，就是戴宗，本想去拜见，但又不知道住处，所以故意不交常例钱，引他自己下来相见。

当下戴宗拜了宋江，引领宋江来到一个酒楼里坐下。戴宗又赔了罪，两人互诉相慕之情。宋江把因杀阎婆惜而被发配江州的来龙去脉说了，戴宗也讲了与吴用相交的经过。两个正说到高兴处，只听楼下喧闹起来。不一会儿，酒保上来道："铁牛李大哥在楼下要主人家借钱给他，正在厮闹，烦请院长②下去解劝解劝。"戴宗笑道："又是这厮在下面无礼。兄长少坐，我去叫了他上来。"戴宗便起身下去。

不多时，戴宗领了一个黑凛凛的大汉上来。宋江一看，先吃了一惊，见那人一身粗肉犹如黑熊一般。宋江问道："这位大哥是谁？"戴宗道："这是小弟身边的一个小牢子，姓李名逵，小名铁牛，还有一个诨名，唤作黑旋风。"这李逵本是沂州沂水县百丈村人，因失手打死了人，流落在江州，由戴宗收留，做了个押牢的牢子。他能使两把大板斧，颇会些拳棍，但酒性不好，常爱打人，人多惧怕他。在江州地面，只有戴宗制得了他。

且说李逵见了宋江，问戴宗道："院长哥哥，这个黑汉子是谁？"戴宗笑道："你看这厮这般粗鲁，全不识些体面。"李逵道："我问大哥，怎地又是粗鲁？"戴宗道："兄弟，你要说'这位官人是谁'才好，怎么张口就是'黑汉子'？我且告诉你，这位就是你常说要去拜见的义士宋公明

②院长：宋代对押牢节级的一种称呼。当时，南京一带的节级，人们习惯称"家长"；而江州一带的节级，人们习惯称为"院长"。文中指戴宗。

水浒传
·美绘版·

一四九

哥哥。"李逵听了，惊道："难道他就是山东及时雨黑宋江吗？哥哥莫要骗我，哄我拜他。"宋江答言："在下正是宋江。"李逵一听乐了，立即下拜道："我的爷，怎么不早说，也叫铁牛喜欢！"

宋江连忙把他扶起，见他爽直可爱，心里自有几分喜欢。

三人重新坐定，李逵换大碗喝了几碗酒。宋江问他为何和店主人吵闹，李逵道："我有一锭大银，抵押了十两小银使用了。我向这店主借十两银子，赎回大银来就还他。那厮却不肯借我，故此要揪住他打，却被大哥叫上来。"宋江一听，立即拿出十两银子来送递李逵，叫他去赎大银。戴宗正要拦时，李逵已经接银在手，他找了个借口，告辞出去了。戴宗道："这厮哪里有什么大银？定是出去赌了。若输了，哪有钱来还哥哥？"宋江笑道："些许银两，何足挂齿？我看他倒是个耿直的汉子！"

且说李逵得了银子，十分感念宋江的好，便想去赌赢了，请宋江喝酒。不想他到了赌场，转眼功夫就将十两银子输个精光。李逵心急，抢了赌场里人的银子就跑，还打倒了众人。正在闹时，幸好宋江与戴宗赶来，将他劝住，还了人家银子。

宋江与戴宗又带李逵到浔阳江边的一处酒亭上喝酒。宋江心里欢喜，问戴宗道："这里有好鲜鱼吗？若得些辣鱼汤醒酒最好。"不料，这酒家此时没有鲜鱼。李逵腾地站起来道："我给哥哥讨两条活鱼来吃。"说完，他不顾戴宗劝阻，便奔出去了。

李逵来到江边，见一字儿排开有八九十只渔船。他大声叫道："你们船上卖两条活鱼给我。"那船上有渔人应声道："鱼牙主人不来，我们不敢开舱放鱼。"李逵道："等什么主人！先拿两尾给我！"渔人还是不肯卖，李逵便抢上一条船去，他本要捞鱼，却不晓得船上的事，将一船活鱼都放跑了。众渔人拿竹篙来打他。李逵大怒，抢过竹篙，把一群人打得纷纷乱跑。

正打闹之间，小路上来了一个汉子，正是鱼牙主人。那人走过来喝道："什么大汉，敢在这里打人？"李逵见他六尺五六身材，有三十二三年纪，也不搭话，抢起竹篙便打。那人夺了李逵的竹篙，却敌不住李逵蛮力，被李逵揪住头发，按在地上，打了数拳。幸好宋江与戴宗久不见李逵回来，寻到江边，见他在这里打架，方将他劝住，那人才脱身离去。

戴宗将李逵数落一番，三人正待要走，那挨了打的汉子此时脱了上身衣服，驾一条船在江边，大骂李逵道："千刀万剐的黑杀才！老爷怕你的，不算好汉！走的，不是好男子！"李逵大怒，吼一声，也跳到船上。那人诱李逵上来，便将竹篙一点，把船飞也似的撑到江里。李逵虽也识些水性，却不甚高，当时便慌了手脚。那人撇了竹篙，抓住李逵的胳膊，说道："今番要和你见个输赢！"说罢，他两脚一蹬，那船便翻了。两人"扑通"一声都掉进水里，在水中厮打。

水浒传
·美绘版·

江岸上围观的众人都道："这黑大汉今番着了道儿，即使挣得性命，也吃一肚皮水。"宋江、戴宗急赶到江边来看。只见碧波里，一个浑身黑肉，一个遍体雪白，两个扭作一团，甚是好看。那人水性极好，按住李逵便灌，连灌了数十次，灌得李逵直翻白眼。原来此人名叫张顺，水下功夫无人能及，因有一身雪练似的白肉，人称浪里白跳。

宋江在江边眼见得李逵吃亏，十分着急，便叫戴宗央人去救。戴宗问那岸上众人："这白大汉是谁？"有人道："他便是本处卖鱼主人，叫作张顺。"宋江听了，猛然想起在揭阳镇上结识的张横。张横乃是张顺的哥哥，他还曾托宋江给张顺带一封书信来。宋江想到这里，忙对戴宗说了。戴宗高声朝江里喊道："张二哥不要动手，有令兄张横家信在此。这黑大汉是我们兄弟，先请饶了他，上来说话。"张顺在江心里听是戴宗喊他，又听说出自己哥哥的名字，便将李逵提出水面，托到岸上来。

众人一一相见了，宋江报了姓名，张顺自拜倒不迭，口中称道："久闻兄长大名，只无缘相会。"正是不打不相识，四人重新坐定，李逵道："你也灌得我够了。"张顺道："你也打得我好了。"李逵道："你路上休撞着我。"张顺道："我只在水里等你。"说得四人都笑了。

宋江一日结识三位好汉，十分高兴。张顺又与李逵一起到江边取了几尾上好金色鲤鱼，与宋江下酒。四人坐在江边亭上，畅快饮酒，各叙胸中之事，真是快意自在。

浔阳楼宋江吟反诗 梁山泊戴宗传假信

　　且说宋江在江州一日结识戴宗、李逵、张顺三位好汉，非常高兴，四人痛饮了一回。回到住处，宋江又将张顺送的鲜鱼吃了，不想贪嘴吃坏了肚子，病倒在房中。周围人都来看望他。过了六七日，宋江身体才痊愈。这天，他出门来找戴宗，没有找到，又去找李逵和张顺，那两个都居无定所，也未寻着。

　　宋江一人信步走到城外，只见那一派江景秀丽宜人。他一边行走，一边观赏，走着走着，便来到一座酒楼跟前。宋江抬头一看，见那雕檐外一面牌额上有苏东坡书写的"浔阳楼"三个大字。宋江看了，自语道："早听说江州有个浔阳楼，是个好去处，原来却在这里。今日虽然独自一人，也不可错过，且上去逛逛。"于是宋江踱上楼来，拣一个靠窗的阁子坐了，凭栏举目，见那楼雕檐映日，画栋飞云，碧阑干低接着轩窗，翠帘幕高悬在户牖，整个楼似倚着青天万叠云山，登楼上可观一江浩淼烟水。

　　宋江看罢，喝彩不已。酒保端上一桌菜肴美酒，宋江心中快意，自道："我宋江虽是个流放的囚徒，到了这里却也见了真山真水，也算不枉此

行。"他自斟自饮，一连几杯酒下肚，不觉有些沉醉，多少心事蓦然涌上心头。宋江自思道："我生在山东，长在郓城，学吏出身，结识了无数英雄好汉，不过只博了个虚名。如今年已三旬之上，功不成，名不就，却被刺了双颊，发配到这里，连家中老父兄弟，也不得相见。"想到这里，他不禁感恨伤怀，潸然泪下。

真是酒能助兴，也能引人愁肠百结，宋江伤感了一回，忽作了一首《西江月》，叫过酒保拿了笔墨纸砚来，在那白粉壁上挥毫写道："自幼曾攻经史，长成亦有权谋。恰如猛虎卧荒丘，潜伏爪牙忍受。不幸刺文双颊，那堪配在江州。他年若得报冤仇，血染浔阳江口。"宋江写罢，又连饮数杯，自觉畅快，不禁狂荡起来。他手舞足蹈，又拿起笔，在那《西江月》后面又写下四句诗："心在山东身在吴，飘蓬江海谩嗟吁。他时若遂凌云志，敢笑黄巢不丈夫！"写完诗，宋江又在后面大书五个字："郓城宋江作"。

宋江写罢，将笔扔在桌上，再饮数杯，觉得醉了，叫过酒保来算还了酒钱，便下楼而去。他回到住处，倒在床上，一觉就睡到五

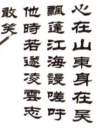

心在山東身在吳
飄蓬江海謾嗟吁
他時若遂凌雲志
敢笑

水浒传
·美绘版·

一五五

更，醒后早忘了浔阳楼上题诗一节。

　　且说江州对面有个小城，叫作无为军，城里有个闲通判^①，名叫黄文炳。此人虽读些经书，但却阿谀奉承，最是嫉贤妒能，比自己强的他就要加害，不如自己的他便任意耍弄。这黄文炳听说江州知府蔡九是蔡太师的儿子，便刻意巴结，时常到府里来拜见，指望蔡九给他引荐，做个大官。

　　这日，黄文炳又带了两个仆人，买了些礼物，去探望知府。不巧蔡九正在招待客人，黄文炳不敢进去，只好出来。他见天气炎热，便到浔阳楼上消遣。也该宋江受苦，撞上了这个丧星。黄文炳在楼上转了一圈，见壁上题诗甚多，他看了只是冷笑，后来看到宋江那首《西江月》，大惊道："这首不是反诗？谁写在此处？"又见后面写着"郓城宋江作"几个大字，他像得了宝似的，叫过酒保来，问了作诗之人的相貌，便借笔砚将宋江的两首诗词抄好带走。

　　第二天，黄文炳径直来到蔡九府中，拜见了蔡九。两人坐定，黄文炳询问京城蔡太师消息。蔡九道："前日家父来书吩咐：近日京城街头有小儿谣言四句：'耗国因家木，刀兵点水工。纵横三十六，播乱在山东。'想是有作乱之人，让我小心谨慎。我正为此心忧。"黄文炳听了，想了一回，笑道："此事绝非偶然，不想却在这里。"他随即拿出宋江的那两首诗词，呈给蔡九。蔡九看了道："这是个反诗，是什么人写下的？"黄文炳道："小生昨天到浔阳楼上闲逛，看到这两首诗写在壁上，后面写了'郓城宋江作'，想必是宋江那厮写的。"蔡九又问："不知这宋江是什么人？"黄文炳道："他上面分明写着'不幸刺文双颊'，定是个发配来的囚徒。我想

---

①通判：官职名，是"通判州事"或"知事通判"的省称。宋初，为了加强对地方官的监察和控制，防止知州职权过重，宋太祖创设"通判"一职。通判由皇帝直接委派，辅佐郡政，为知州副职，有直接向皇帝报告的权力。

那小儿谣言，正应在此人身上。第一句'耗国因家木'，耗散国家钱粮的人，必是'家'字头下加一个'木'字，正是'宋'字；第二句'刀兵点水工'，兴起刀兵的人，'水'边加个'工'字，正是'江'字。二者加起来正是'宋江'二字，且这宋江又写下反诗，不是他是谁？"蔡九听了点头。黄文炳又道："此事非同小可，不可走漏了消息。恩相可急派人前去捕获，下在牢里，再行商议。"蔡九觉得有理，立即唤人前去捉捕宋江。

当时正是戴宗当值，戴宗听说此事，大吃一惊。他让各差役到家里取器械，吩咐他们到城隍庙里会合，然后自己急忙用起神行法，来向宋江报信。此时宋江早将浔阳楼上题诗一事忘在脑后，经戴宗提起，才恍惚记起此事。他一听知府要派人来捉拿他，叫苦道："此番定是必死无疑了。"戴宗道："我教哥哥一着。等我和公差来捉你时，你只需如此如此便可。我自替你向知府辩说。"

戴宗吩咐完，不敢迟疑，急忙回到城隍庙中，聚集了众公差，一起又到牢营里来。戴宗假意喝道："哪个是新配来的宋江？"有人引领戴宗等人来到抄事房，只见宋江披头散发，倒在屎尿坑里乱滚，他见了戴宗等人道："你们是什么鸟人？"戴宗假意喝道："捉拿这厮。"宋江翻着白眼，乱打过来，口里叫道："我是玉皇大帝的女婿，老丈人叫我领十万天兵，由阎罗做先锋，和五道将军一起来杀你江州这伙鸟人！"众公差见状道："原来是个失心疯的汉子，我们拿他何用？"戴宗顺水推舟，便和众人来回复蔡九知府，说宋江原来是个患失心疯的病人。

蔡九正要问个缘故，黄文炳却坚持请蔡九将宋江捉来再说。戴宗无奈，只得带人将宋江提到江州府里。宋江见了蔡九，不但不跪，依然胡言乱语。蔡九正不知如何办好。黄文炳又出主意，让人重打宋江，看他是真疯假疯。宋江被打得皮开肉绽，挨打不过，只得招认道："喝醉酒，误写反诗。"蔡九下令，将宋江下到牢里，黄文炳又借机撺掇蔡九将此事报给蔡太师，顺便提一下他的功劳，好给他谋个富贵。于是蔡九写了书信，叫戴宗送到京师。

戴宗接过书信，不知道这信是要害宋江性命的。他吩咐李逵照顾宋江，自己便用起神行法，往京师而行。途经梁山泊时，戴宗来到朱贵店里歇息。朱贵不认识他，用药将他麻倒。朱贵从他的衣袋中搜到蔡九写给蔡太师的信，拆开一看，见上面写道："现拿到题反诗的宋江押在牢中，听候发落。"朱贵看罢，大吃一惊，又仔细看了戴宗的腰牌，方知他是吴用的好友戴宗。朱贵急忙将戴宗救醒，问知底细，戴宗遂将宋江酒醉吟反诗的原委说了。

朱贵与戴宗同上梁山泊，向晁盖等人说明了此事。晁盖听到宋江因题反诗被捕下狱，大惊失色，立即要调集人马下山去攻打江州，解救宋江。吴用急忙劝住道："哥哥不可造次。此地离江州路远，带人马前去，恐怕打草惊蛇，反害了宋公明性命。此事不可力敌，只可智取。"晁盖忙问用何计策，吴用道："我们只在这封书信上将计就计，写一封假回书，让戴宗带回去，只说'把犯人宋江秘密押赴东京，问明仔细，再处决示众，断绝谣言'。等他押送到此地时，我们下山去夺了，岂不是好？"众人一听，果然是好计策。晁盖道："好是好，只是无人会写蔡京笔迹。"吴用又道："这我已经想好了。如今天下盛行苏东坡、黄庭坚、米芾、蔡京四家字体。济州城秀

才萧让模仿蔡京笔迹极为逼真。还有个玉臂匠金大坚，雕一手好图书^②、印记。我们让戴宗前去骗这两人来一个写书，一个刻图书，然后再赚他们家人老小来上山，逼他们入伙，如此这般可好？"众人听了，齐声赞妙。

次日，戴宗便打扮成太保模样，前往济州城，依计将萧让和金大坚骗到梁山脚下，再由王英、杜迁等人带领喽啰们杀出来，将二人抢到山上。吴用向二人说知原委，请他们入伙，又早派人将两人家眷接了来。萧、金二人见状，只得安心在梁山上落草。萧让按照吴用说的，模仿蔡京笔迹，写了书信；金大坚刻了蔡京的图书，不一时便准备停当，假信造好。戴宗算好行程的日期，便带上书信，与众人作别，径直回江州府去了。

②图书：口语，指图章、印章。

第二十九回

梁山好汉劫法场 新老英雄小聚义

且说戴宗带了假信走了，梁山好汉们正在饮酒，吴用却突然叫了声苦，道："罢了，这封假书，倒送了戴宗和宋公明两人的性命。"众人不知何故，吴用道："一时瞻前不曾顾后，书信中有老大一个脱卯①。我们用的图书是"翰林蔡京"四字，却不曾想蔡九是蔡太师的儿子，哪有父亲给儿子写信，用自己名讳图书的？因此错了。"众人听了，也都大吃一惊。晁盖忙与众人商议如何解救宋江与戴宗，吴用想了想，又说出一条计策来。此事暂且不提。

再说戴宗带了假书信回到江州府，蔡九看了，见是父亲笔迹，并未怀疑，叫拿银子赏了戴宗。戴宗回到住处，买了些酒肉到牢里看望宋江，告诉他梁山好汉们定的计策。

过了一两日，蔡九正让人打造囚车，准备押解宋江进京，黄文炳却来求见。蔡九将他请到后堂，黄文炳陪着笑脸，请求观看蔡太师的回信，蔡九就将书信递给他。黄文炳从头至尾将信看了一遍，摇头道："这封书信不是真的。"他已看出吴用说的那个破绽，并将原因解释给蔡九听。蔡九半信半

①脱卯：榫头离开卯眼。比喻事物脱节或失误。

疑，让黄文炳躲在屏风后面，自唤戴宗进来问知底细。

蔡九问戴宗道："你是什么时候到的京师，又是何人接见的你？"戴宗心惊，知道事有不妥，只得含糊编了一通瞎话。蔡九听了大怒，喝道："一派胡言，这信到底是从哪里来的？你这贼骨头！不打如何肯招？左右给我用力打这厮！"戴宗被拖下去，打得皮开肉绽。捱打不过，戴宗只得招道："这封书信确实是假的。"蔡九又问从哪里得的这信，戴宗只道："小人路经梁山泊时，被一伙强人抢到山上，要杀小人。他们造了这封书信，强逼小人带回来。小人怕担罪责，所以瞒了恩相。"蔡九又拷问了一回，戴宗还是不肯招认与梁山泊强人勾结。蔡九只得将他押到大牢里。

黄文炳又献计，让蔡九立即斩了宋、戴二人，以免后患。次日，蔡九即吩咐当案的孔目道："快将宋江与戴宗的供状整理好，来日押赴刑场斩首示众。"当案的黄孔目与戴宗交好，苦于没办法救他，只拖延道："明日是国家忌日，后日是七月十五，皆不可行刑。直到五天后，方可施行。"如此这般，蔡九便依黄孔目之言，定到第六日为行刑日期。

且说到了这天早晨，十字路口上早有人打扫了法场。饭后，士兵和刀杖刽子手约有五百多人在大牢前伺候。已牌时分，狱官禀过知府，亲自做监斩官。宋江与戴宗被装在两个囚车里，押赴市曹。两人面面相觑，无言以对，街上拥挤着看的人成百上千。

到了法场，刽子手将宋江和戴宗从囚车中推出来，押到十字路口，按坐到地上，只等午时三刻行刑。这时，只见法场东边来了一伙弄蛇的乞丐，强要挨到法场里看，众士兵赶打不退。正相闹间，法场西边又来了一伙使枪

卖药的，也要硬挤上来，士兵挡也挡不住，喝道："你这伙人好不晓事，这是什么地方？也要强挨来看。"那伙使枪棒的道："即便天子杀人，还让人看。你这去处，杀两个人便闹动了世界，我们上来看一看，打什么紧？"监斩官在那边喝道："快赶出去，休要放过来。"

这边相闹未了，只见法场南边又有一伙挑担的脚夫冲挤过来，也要挨到法场里看，士兵挡住喝道："这里杀人，你挑到哪里去？"那伙人道："我们挑东西送到相公府中去。"士兵道："即便是相公府里的人，也要到别处行走，都退下去。"那伙人便放下担子，立在人群中看。这时，法场北边又有一伙客商推两辆车子过来，定要挤到法场边上来。士兵挡住，他们道："我们要赶路程，放我们过去。"士兵让他们改走别处，那伙客人笑道："我们是京师人，不认得你这里的路，只认得这条大路。"士兵们死挡住不放，那伙客人齐齐地挨定法场不动。

只见四下里吵嚷不休，围观的人皆往里面乱挤。蔡九在马上见禁治不了，心里有些发慌。不多时，法场中间一人报道："午时三刻。"监斩官拿起令牌命斩，刽子手正举刀在手，说时迟，那时快，只见那伙客商听到一个"斩"字，其中一人掏出一面小锣，"当当当"敲了三下，四下里一齐发作起来。

又早见一个彪形黑大汉，手里握着两把板斧，大吼一声，从半空中跳下来。他手起斧落，早砍翻了两个刽子手。众士兵急忙拿枪来挡，哪里抵挡得住？蔡九见势头不好，由众人簇拥着逃命去了。

再说东边那伙弄蛇的乞丐，抽出尖刀来，看着士兵便杀；西边那伙使枪

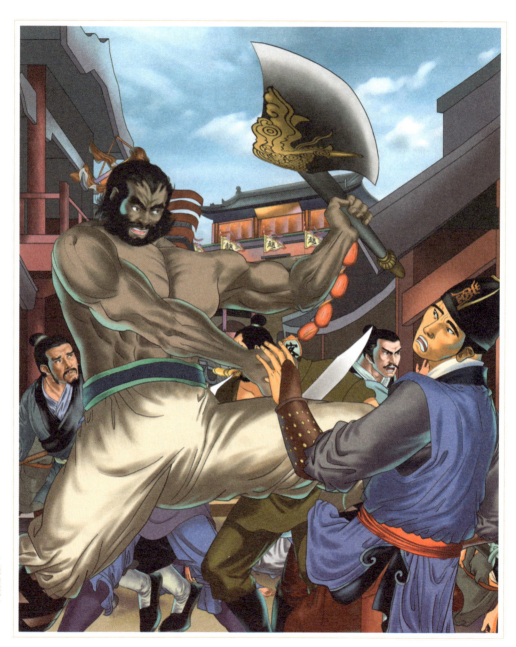

棒的，大发喊声，杀上来，杀倒一片士兵狱卒；南边那伙挑担的脚夫，抡起扁担，横七竖八地打倒了一片士兵和那看的众人；北边这伙客商更没闲着，有的掏出弓箭来射，有的拿出石子来打，也有的取出标枪来投，其中早有两个钻进法场，一个背了宋江，一个背了戴宗出来。霎时间，只见法场乱成一团，那士兵与看热闹的众人被打死、打伤的不计其数。

原来这些客商、脚夫、乞丐和使枪棒的正是晁盖、花荣、黄信、燕顺、刘唐等十七位好汉带领一百多小喽啰装扮的，他们从梁山秘密到江州，专为救宋江和戴宗而来。晁盖见人丛中那个黑大汉抡着两把板斧，只顾杀人，出力最多。晁盖不认得他，猛想起戴宗说过有个黑旋风李逵，便在后面叫道："前面那好汉，莫不是黑旋风？"那大汉正是李逵，李逵也不听唤，仍是一味砍人。晁盖叫小喽啰背起宋江、戴宗跟在李逵后面走。

众人杀出城来，直杀到江边，却无路可走，只见旁边有一座白龙神庙。李逵第一个冲进庙里，众人都跟着他，进庙中聚了，宋江这才与晁盖等人相见行礼。宋江哭道："哥哥，莫不是在梦中相会？"晁盖道："贤弟当初不肯上山，致有今日之苦。"宋江又叫过李逵与大家相见。花荣道："刚才我们只跟着李大哥走，如今前面大江拦住，没了去路，若城中官兵杀过来，如何迎敌？"阮小七道："远望隔江有数只船在那里，我们兄弟三个凫水过去，抢那船过来，载大家过江。"晁盖点头。

于是阮氏兄弟都脱衣下水，刚凫了半里水路，却见对面江上有三只船飞也似的摇过来，船上人都拿着兵器。众人都慌起来，宋江看时，为首那只船头上的不是别人，正是浪里白跳张顺。宋江大叫："兄弟救我。"张顺见是

宋江，急招呼另两只船摇到岸边。

　　原来张顺、张横兄弟与李俊听说宋江被捕，也带领李立、童威、童猛、穆弘、穆春、薛永并十几个庄客来劫法场，不想却在这里与梁山泊好汉们相遇。张顺等九人上岸来，与宋江相见了。宋江又一一引见，让他们与梁山好汉们都拜会了。众人皆大喜，共是二十九位好汉在这白龙庙里聚会。

　　正说话间，小喽啰来报，说大队官兵军马杀奔白龙庙而来。李逵一听，大吼一声，提两把板斧，先冲出庙门。众好汉一起杀出去，将那官兵杀得尸横遍野、血染江红。众人一直杀到江州城下，城上慌忙将城门关了。这些好汉见关了城门，方才罢休，又一起回到白龙庙，乘船到穆弘、穆春庄上歇息。

宋江智取无为军 张顺活捉黄文炳

且说晁盖、宋江等人来到穆家庄上，穆太公叫人杀猪宰羊，管待众位。席间，宋江起身道："今日若无众好汉相救，宋江和戴院长皆死于非命。可恨黄文炳那厮，几番搜肠刮肚要害我们，此仇不报，如何忍得？还请众兄弟再去打无为军，杀了黄文炳，为宋江消了这心头之恨。"花荣道："如此，先需找个人到城中探听虚实，识得路径，方好下手。"病大虫薛永听了，便自告奋勇，前去打探。

两日后，薛永带了一个人来见宋江。此人姓侯，名健，是薛永的徒弟，惯会飞针走线，做得一手好裁缝，人称通臂猿。侯健现在黄文炳家做衣服，此时他拜了宋江，将黄文炳家人口多少、路径如何都一一细说与众人。

宋江得了确切消息，便对众人道："黄文炳那贼可恶，却与无为军百姓无关，众兄弟进城时，不可侵扰百姓。我今有一计，可进得无为军城去。"众人都听指教。宋江接着道："先准备八九十个沙袋、几十束干草，再准备几只大船、几只小船。张顺、李俊兄弟驾小船在前面探哨，众兄弟坐大船在后面行进。先着侯建、薛永到黄文炳家埋伏，再叫白胜、石勇、杜迁等在城

门附近策应。若城中无动静，我等便从城墙上进去，杀了黄文炳一家。等事成后放火为号，城门边的兄弟便杀守门军士，我等便好出城。"

此番计策已定，宋江便分拨人马，众人各行其事。且说无为军城上，自从宋江等人闹了江州，虽有戒备，却并不森严。当夜，宋江等人到了城下，叠起沙袋，顺利爬上城墙，进了无为军城，径直来到黄文炳家门前。侯建、薛永暗地里接应，宋江附耳低言："你等去将他家菜园子门打开，叫军士们放些芦苇、干草进去，然后点着，如此这般，这般……"

侯建、薛永领命，便去开了菜园门，放起火来。然后侯建闪出来，敲黄文炳家大门，叫道："隔壁失火了，快请开门！"里面有人听到，望见隔壁火起，慌忙把门打开。这时，暗地里埋伏的晁盖、宋江等人齐声呐喊，一起杀进门去。众好汉各自动手，不多时，便将黄文炳一家老小四五十口杀了个干净，却唯独不见黄文炳一人。众好汉劫了他家私财，都奔上城来。

杜迁、石勇见火起，便杀了守门军士。这时早有一班邻舍，拿了水桶、梯子前来救火。石勇大喝道："你那百姓听着：我等梁山泊好汉来杀黄文炳一家，为宋江、戴宗报仇，与你百姓无关，休出来多管闲事！"那众邻舍听了，都吓得一哄走了。薛永又拿了火把，把黄文炳家前前后后都点着，那大火烧起来，映红了半边天空。

众好汉都杀出城来，抬了财物上船，往穆家庄赶去。那无为军里的官兵听说是梁山泊好汉，也不敢出来追赶。宋江等人很快回到穆家庄，只为拿不到黄文炳，各人心中自怏怏不乐。

且说此时黄文炳正在蔡九府中商议对策，听说无为军着火，他急忙告辞

回家。黄文炳乘船行到江中，只见对岸火势猛烈，映得江面都红了。他见大火在自家方向，心中更慌。这时，一只小船摇来，直向黄文炳的官船撞过来。仆人大声喝叫："什么船，敢如此直撞？"那

船上人道："到江州报失火的船。"黄文炳钻出

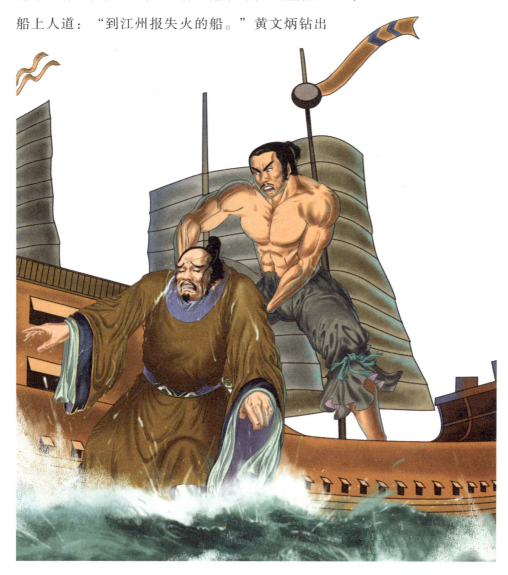

船舱，问道："哪里失火？"那边人答道："黄通判家被梁山泊好汉杀了全家，如今正烧着哩。"黄文炳一听，连连叫苦。那边船上人听到，一挠钩搭住他的船，跳过来。黄文炳是个乖觉的人，瞧出势头不对，慌忙奔到船后，往江里纵身便跳。这时不知江面上何时又多了一只小船，水底下早钻过一个人来，拦腰将黄文炳抱住，劈头揪起，扯上船来。船上那大汉过来，拿绳子把黄文炳绑了。这两人不是别人，船上的正是李俊，水下的便是张顺。

两人捉了黄文炳，拿到穆家庄上来。众人见了大喜。宋江亲手将黄文炳绑到柳树上，大骂道："你这厮！我与你无冤无仇，为何三番五次害我？你在乡中横行霸道，听说无为军百姓都叫你黄蜂刺，今日我就拔了你这根刺！哪位兄弟替我下手？"李逵跳起来道："我为哥哥割了这厮。"晁盖立即叫人拿来尖刀，递与李逵。李逵慢慢割了黄文炳，不在话下。

宋江又跪在地上，向李俊、张顺等人道："如今闹动了两处州郡，杀了众多官兵，宋江不得不上梁山投托晁盖哥哥。众位兄弟如有相从者，请收拾行李同去；如有不愿者，也随遵命。只恐事发，反遭负累！"众人都知无有回旋之地，只好依了宋江，同上梁山入伙。

宋江大喜，即刻分拨成五路人马，分别离开穆家庄，赶往梁山泊。穆氏兄弟也收拾了家当，带了家小并众庄客，随宋江等人同行。晁盖、宋江在前行路，行至黄门山，又遇到四个好汉前来投托入伙。这四人一个叫摩云金翅欧鹏，一个叫神算子蒋敬，一个叫铁笛仙马麟，还有一个叫九尾龟陶宗旺。四人在黄门山占山为王，皆慕宋江大名，故来相投。宋江心中欢喜，自不必说，众人相拜了，继续赶往梁山泊而来。

第三十一回

假李逵剪径劫单人 黑旋风沂岭杀四虎

话说梁山好汉救了宋江、戴宗，途中又收了欧鹏、陶宗旺四人，一行人又回到梁山泊上。宋江坐了第二把交椅，吴用第三，公孙胜第四，其余人不论功劳大小，旧头领坐在左边，新头领坐在右边。当晚众好汉开怀畅饮。

过了几日，宋江的老父和兄弟宋清也被接到山上来住，晁盖摆宴庆贺。席间，公孙胜触动心怀，便请辞下山，回家探望母亲。送走公孙胜后，李逵却突然放声大哭起来。宋江连忙问道："兄弟，你为何烦恼？"李逵哭道："你们这个也去取爹，那个也去看娘，偏铁牛是从土掘坑里钻出来的吗？"晁盖问道："那你要怎样？"李逵道："我只有一个老娘在家里。我也要把娘接来，让她在这里快活度日。"晁盖点头称是。宋江听了，却怕他莽撞生事，不让他去。

李逵焦躁道："哥哥，你也太不公平。你把爹接到山上来快活，却让我娘在家中受苦，真是气破了铁牛的肚子！"宋江道："兄弟不要急躁。你要去接老娘，得依我三件事，才放你去。"李逵问道："哥哥，你说是哪三件事？"宋江道："第一，一路上不许喝酒；第二，悄悄接了老

娘便直接回来；第三，你使的那两把板斧不可带去，路上小心在意，早去早回。"李逵听了道："这三件事，有什么依不得？哥哥放心，我今日便走，一定早些回来。"

当下李逵扎束停当，带些银两，便辞别了宋江等人，奔下山去了。李逵走后，宋江又叫过朱贵来，让他暗暗跟在李逵后面，以防李逵路上有失，好有个接应。朱贵领了吩咐，也下山去了。原来朱贵也是沂水县人，与李逵是同乡，所以宋江让他跟去。

且说李逵离了梁山泊，直奔到沂水县界，一路上倒是真的不曾喝酒。朱贵晚下山一日，倒比李逵早一些到了沂水县。他在县城西门外碰到李逵，将李逵拖到弟弟朱富的酒店里。朱贵管待了李逵一顿酒饭，让他从大路上回家接老娘，早去早回。李逵不听，偏拣小路去了。

第二日，天色微明，李逵来到一片大树林边，突然从树后跳出一条大汉，那汉子喝道："聪明的留下买路钱，免得夺了包裹。"李逵见那人穿一领粗布袄，手里拿着两把板斧，脸上涂了黑墨，大声喝道："你这厮是什么人？敢在这里剪径！"那汉道："说出姓名来，吓碎你的胆，老爷叫作黑旋风李逵。你留下买路钱，便饶你性命。"

李逵听了大笑道："你这厮是什么人？哪里来的？也学老爷名目，在这里胡行！"说着，他挺起朴刀，一刀搠在那汉子大腿上，将他搠翻在地。李逵一脚踏住他胸脯，喝道："认得老爷吗？老爷才是江湖上的好汉黑旋风李逵，你这厮辱没了老爷姓名，先吃我一斧。"说着，他夺过斧子来要砍那汉子。那汉子慌忙叫道："爷爷杀我一个，便是杀我两个。"李逵听了住手，

问是何故。那汉子道："小人名叫李鬼，本不敢剪径，只因家中有个九十岁的老母无人赡养，才在这里夺些单身客人的包裹。爷爷若杀了小人，家中老母必然饿死。"

李逵虽是杀人不眨眼，却极为孝顺，听了这话寻思道："我是特地来接老娘的。若杀了这个养娘的人，不合天理。罢了，放了他吧。"于是李逵放李鬼起来，给了他十两银子，让他回去改恶从善，赡养老母。李鬼接了银子，千恩万谢地去了。

李逵待李鬼走了，又在山间小路上走了一阵。行到中午，忽见远处山坳里露出两间草屋，李逵正肚里饥饿，便急忙奔过去，只见一个妇人插一簇野花，涂一脸胭脂红粉从草屋后面走出来。李逵上前道："嫂子，我是过路客人，肚里饥渴，寻不着酒店，我给你一贯钱，请你给我做些酒饭吃。"那妇人见李逵生得这般模样，不敢说没有，答道："酒是没有，饭可以给客人做些。"李逵听了道："也罢。只做些饭来也行。"那妇人自到厨房做饭。

李逵在前屋里坐了一会儿，转到屋后山边净手，忽然瞥见刚才那个剪径的汉子李鬼歪歪斜斜地从山后走来。李逵忙转到屋后躲了。那妇人正开后门，要上山弄些野菜，见了李鬼道："你从哪里闪了腿来？"李鬼应道："你不知道，我险些和你见不着面了。我早上在树林边剪径，却撞上真李逵，被那厮搠了一刀在腿上。"

那妇人听了道："不要高声。刚才家里来了一个黑大汉，要我做饭给他吃，莫不正是那李逵？如今他在门前坐着，你去看一看是不是他。若是那厮，你去寻些麻药来，放在菜里，将那厮麻翻了。我们对付了他，谋他些金银，搬到县里做些买卖，岂不比在这里剪径强？"李鬼点头称是。

这两人在这里说话，不曾想被李逵全部听了去。李逵是个急性子，哪里还忍耐得住？自语道："这厮无礼！我饶了他性命，还给了他银子，他倒来害我。正是杀人可恕，情理难容。"说着，他一转身跳到后门边。李鬼正要出门，被李逵一把揪住。那妇人见了，慌忙向前门跑去。李逵捉住李鬼，按翻在地，不等他出声，身边抽出腰刀，一刀将他杀了。

李逵拿刀奔到前门寻那妇人时，那妇人已跑得不见踪影了。他又到厨房里看，见那米饭正好都做熟了，便自己盛在碗里，吃了许多。吃饱后，李逵放了把火，将那草屋烧了，继续赶路。

李逵来到自己家里，见老娘眼睛已经瞎了，他骗娘说自己做了大官，特地来接她去住，背起娘就走。当时天色已经晚了，李逵赶了一路，来到沂岭下，娘儿两个一步步走上岭来。娘在背上道："我儿，娘渴了，你给我讨口水来喝。"李逵道："等翻过这道岭，找到人家，我再给娘讨水喝。"可是老娘渴得厉害，又不知道到了哪里，仍是要水喝。李逵无奈，只好把娘放在松树边一块大青石上，说道："娘，你在这耐心坐一坐，我去找水。"说完，他将朴刀插在一侧，沿山路走去。

李逵转过几个山脚，找到一处涧水，待寻了一个香炉，舀了水，便沿旧路走来。等他磕磕绊绊地回到松树边，石头上却不见了老娘，只有那把朴刀插在那里。李逵心里着慌，丢了香炉，定住眼四下里仔细观看，仍不见娘的踪影。他在四周转悠一圈，见草地上有一团血迹，心里更慌，循着那血迹，直寻到一处大洞口边。李逵见两只小老虎正在那里舔一条人腿，心下想道：

"那鸟大虫拖的那条人腿，不是我娘的是谁的？我从梁山泊回来，特地来接娘上山，千辛万苦背到这里，却被你吃了！"心里想着，李逵怒火顿起，连嘴边胡须都倒竖起来。他挺起朴刀，朝那两只小虎搠去。两只小虎张牙舞爪地钻过来，李逵举刀，先搠死了一个，另一只吓得钻进洞里。李逵赶进去，将这一只也搠死了。

李逵伏在老虎洞里向外张望，又见一只母老虎向洞口窝边走来。李逵心里道："正是你这孽畜吃了我娘。"随即放下朴刀，将腰刀抽出来。那母老虎没有发现李逵，走到洞口，拿尾向窝里一剪，后半身便坐过来。李逵看得仔细，把刀朝老虎尾底尽力一戳，正中那老虎的肛门。李逵使得劲大，那把刀直戳到老虎肚子里去了。

那母老虎疼得大吼一声，带着刀，向洞边蹿去。李逵提了朴刀，从洞里赶出来，见那老虎负疼，直蹿下山岩去了。李逵还要再赶，忽见树边卷起一阵狂风，星光月辉之下，又跳出一只吊睛白额大虎来。那虎大吼一声，见了李逵，猛地扑过来。李逵不慌不忙，将身一躲，趁着那虎扑来的势头，手起一刀，正中老虎的咽喉。这一刀下去，老虎不再扑展，退后五六步，只听一声巨响，那虎如倒半壁山般，倒在岩下死了。

　　李逵一气杀了四只老虎，又到虎窝边寻了一回，见没有了大虫，方才觉得困乏了，他寻到一个山庙里，睡到天亮。第二天一早，李逵收拾了亲娘的两腿及剩的骨殖，拿布衫裹了，埋在庙后，大哭了一场。

　　李逵哭罢，收拾包裹，慢慢走下岭来。岭下六七个捕虎的猎户见李逵一人从岭上走来，大吃一惊。他们得知李逵把岭上老虎都杀了，大喜过望，连忙把李逵请到岭下一个大户家里，殷勤招待，感谢他为当地除了一害。

　　李逵杀虎的事轰动乡里，因各地官府早发下榜文，捉拿李逵、戴宗等人，很快就有人认出他就是闹江州、杀人无数的黑旋风。当地里正与几个大户共同商定了计策，合力将李逵捉住。沂水县县令得到消息，急忙派一个都头李云带领士兵来押解李逵到县里。

　　此时朱贵就住在兄弟朱富家里，他听说李逵被捉，非常着急。朱富却道："哥哥休慌！那李云是我师父，对我最好。他如今押解李逵，定会路过这里。我们准备好酒菜，将麻药下在里面，让他等吃了，便好行事。"朱贵点头。于是两人将一切准备停当，到一个僻静山口等候。待李云带领众官兵押解李逵到了这里，朱富便迎上去，好说歹说叫李云等人都吃了酒肉，将其全部麻倒，然后救了李逵，杀了众官兵。

　　朱富念师徒情谊，不肯害李云。李云醒来，要跟李逵拼命。朱富将他劝住，让他同上梁山入伙。李云也自知无法回去向知县交待，思量了半天，只好同李逵及朱贵两兄弟上了梁山，做了好汉。

第三十二回

杨雄醉骂潘巧云 石秀智杀裴如海

李逵、朱贵带兄弟朱富并李云上了梁山，拜见了众位头领，在山上安身，暂且不提。且说晁盖一日念起公孙胜下山探母，许久不归，便让戴宗下山打听他的消息。

戴宗来到蓟州，结识了锦豹子杨林，两人性情相投，一路行走，共同寻访公孙胜。一日，戴、杨二人在蓟州城街上，见一群人敲锣打鼓，簇拥着一个人过来。只见那人生得两眉入鬓，凤眼朝天，气度不凡。此人姓杨名雄，河南人氏，在蓟州做两院押狱，并充作市曹行刑刽子。因他有一身好武艺，又面色微黄，人都称他病关索。

且说这杨雄正从市曹处决人犯回来，众相识都为他披红贺喜，送他回家。一伙人行到路口，有七八个泼皮撞出来挡住去路，要抢杨雄的花红缎匹。杨雄被几个人围住，拖脚拽手，施展不开武艺。正在他动手不得时，一个挑柴的大汉放下担子，上前来解劝。为首的那泼皮喝道："你这饿冻不死的乞丐，敢来多管？"那大汉大怒，将那泼皮劈手一提，一跤丢翻在地上。其余几个帮闲正要动手，都被那大汉一拳一脚，打得东倒西歪。众泼皮见势

头不好，爬起来就跑了，杨雄从后面追过去。

戴宗和杨林在旁边看了喝彩，上前来邀住那大汉，一起到酒馆喝酒。原来这大汉名叫石秀，金陵人氏，一生好打抱不平，人称拼命三郎。石秀随叔父出乡贩马，不想叔父半路亡故，自己消折了本钱，流落到蓟州城靠卖柴度日。三人互通了姓名，意气相投，说起上梁山落草之事。

正说话间，杨雄领一群公差来找石秀。戴宗与杨林见都是衙门里的人，便趁乱走了。杨雄上来拜谢石秀，两人这才互道了姓名，彼此互相敬重喜爱，结拜为兄弟。杨雄年长为兄，石秀为弟。杨雄听说石秀无家无业，便叫石秀到自己家里去住。

石秀来到杨雄家里，一一拜见了杨雄的妻子潘巧云及丈人潘公。过了几日，潘公约石秀共同开了个屠宰作坊，一家人都十分欢喜。自此，杨雄每日到衙里听差，石秀便和潘公在家做买卖。

不觉过了两个多月，时值残冬，一日，潘巧云要为她的前夫做道场，暂停了作坊买卖。原来这潘巧云之前嫁过本府一个王押司，因那押司不幸去世，才又嫁给杨雄为妻。如今正是那押司去世两周年，所以潘巧云要请些僧人来为他做功德，超度亡灵。

且说这一日，附近报恩寺的道人来杨雄家里铺设坛场，摆放佛像、供器、香花、灯烛等一应器物。杨雄照常到衙里当差，让石秀在家里照应。杨雄走后不久，一个眉清目秀的和尚来到杨雄家里，提了些礼物，见了潘公便叫"干爹"，十分热情。那潘巧云从楼上听到声响，淡妆轻抹地下来，见了和尚，堆出十分笑容，口称"师兄"。石秀见两人颜色，明白了几分，便在

门外布帘里张望。这和尚本是报恩寺的僧人，名叫裴如海，人唤海和尚，曾拜潘公为干爹，是个专爱勾引良家妇女的角色。

此时，只听潘巧云与那和尚客套了一番，又道："师兄，我那亡夫的事不用太过计较，只是多为我母亲念几卷经便好。"和尚道："贤妹放心。凡是吩咐如海的事，小僧自去办来。"这时，丫环捧出茶来，潘巧云先端起一盏茶，拿手帕在茶盅上抹了抹，才递给和尚。那和尚笑眯眯地接了，两只贼眼只顾盯着潘巧云看。潘巧云也只笑嘻嘻地看着那和尚。这两人只顾在这里眉来眼去，不提防石秀在帘里都瞧见。石秀暗自想道："我把她当亲嫂嫂看待，原来这婆娘却不是个良人。莫叫撞在石秀手里，否则定替杨雄哥哥出头。"

到了晚间，报恩寺的僧人都来到道场，海和尚和另一个年纪相仿的和尚做阇黎①，摇动铃杆，发牒请佛，众僧人开始念经。潘巧云穿一身素装出来拈香礼佛，众僧人见了她，个个心猿意马，神魂颠倒，海和尚更是与她不住地眉目传情。这一切，石秀都看在眼里，气在心头。

第二天，潘巧云便以为母亲还愿为名，和潘公上了报恩寺，海和尚借机和她勾搭在一起。两人商定凡杨雄夜间不在家时，潘巧云就让丫环迎儿在院里烧香为号，海和尚再事先收买个头陀在杨雄家巷口敲木鱼叫佛，通知他前来幽会。如此这般，两人顺利勾搭成奸。

石秀是个聪明的人，他见夜里时常有头陀叫佛，便觉得蹊跷，很快发现了海和尚夜间来与潘巧云幽会的行踪。他心中不平，便将此事告诉了杨雄。杨雄听后大怒，要找潘巧云算账，石秀劝住他，让他晚间捉得奸情再说。杨雄忍住气，和石秀喝了一回酒。

①阇黎：佛教用语，是阿阇黎的简称，指高僧，意为众人的典范。后也泛指僧人。

　　到晚上，杨雄喝得大醉，回家后见了潘巧云，想起石秀所说之事，怒从心头起，便骂道："你这贱人！早晚我要结果了你。"潘巧云吃了一惊，不敢回话。杨雄又骂道："你这贼贱人，腌臜泼妇！那厮竟敢老虎嘴里讨口水，我不会轻易放过你！"那潘巧云是个心头伶俐的人，听了这话，更不敢喘气，服侍杨雄睡下。

　　第二天一早，杨雄酒醒，见潘巧云坐在床边，眼泪汪汪地叹气。杨雄问是何故，潘巧云哭道："当初我嫁给王押司，谁想他半路抛下我去了。今日嫁得你这样豪杰好汉，却不与我做主。自从你认了那个石秀到咱家来，他就

时常趁你不在时，动手动脚地用言语调戏我。"原来夜间杨雄醉酒骂她，她已明白杨雄听到了风声，故此装出一副委屈的样子，将脏水泼到石秀身上。

这一招果然管用，杨雄听了大怒，只道是石秀故意栽赃别人，遂让潘公拆了肉铺，要将石秀赶出去。石秀看出情势，便离了杨雄家，自己到外边租一间房住下。他寻思道："杨雄与我结义，他不明就里，我不能让他白送了性命。"

这天，石秀探听好杨雄当夜又去衙里当值，便睡到四更，挎了把解腕尖刀，悄悄来到杨雄家巷口。他藏在黑影里，见一个头陀在那里探头探脑，便赶上去，一把将他扯过来，将刀抵在他脖子上。那头陀吓得不敢挣扎，只求饶命，石秀问道："海和尚如今在哪里？"头陀道："正在杨雄家里睡觉，等五更我敲木鱼叫佛，唤他出来。"石秀听了，一刀将那头陀杀了，剥了他外面衣服，自己穿上，大敲起木鱼来。那海和尚在杨雄家床上听到，果然从后门里出来。石秀等他走到巷口，上去一把将他放翻在地，喝道："不许高声，否则杀了你。"那海和尚认出是石秀，哪里还敢挣扎？石秀把他全身衣服都剥了，然后悄悄抽出刀来，三四下便将他搠死了。之后，石秀卷了两人衣服，趁天还没亮，悄悄回自己住处去了。

第三十三回

翠屏山杨雄杀妻 祝家店时迁偷鸡

话说石秀杀了裴如海和那头陀，第二天一早，便有人发现尸首，报告给府里，满蓟州城都轰动了。杨雄在府里听到消息，想定是石秀杀的那和尚和头陀，方明白自己错怪了兄弟。

于是，杨雄来找石秀，两人在州桥边碰到，石秀将杨雄拉到自己的住处，拿出海和尚和头陀的衣服来给他看。杨雄看了火起，怒道："今夜碎割了这贱人，出这口恶气！"石秀笑道："哥哥是公门中人，怎会不知法度？你又没捉得奸，如何杀得人？倘或小弟胡说时，岂不错杀了人？"杨雄问道："那如何是好？"石秀道："东门外有一座翠屏山，那里僻静无人。哥哥明日将嫂嫂骗到山上，便可问个明白。"杨雄点头。

当下杨雄辞别石秀，回到家里并不声张。次日天明，他对潘巧云说要到岳庙烧香，让她一同前去，借此将潘巧云和丫环迎儿骗上翠屏山。过了半山腰，杨雄三人继续往上走，来到一座古墓旁，石秀早在那里等候。潘巧云见了石秀，吃了一惊。石秀向潘巧云行了个礼，将海和尚和那头陀的衣服拿出来。潘巧云见了，红了脸，无言以对。杨雄揪过迎儿来，喝叫道："你这小

贼人，快将和尚如何入房里行奸，如实招来，否则先割了你！"迎儿害怕，叫道："官人，不关我事，不要杀我！"遂将夜间如何烧香为号、如何让头陀敲木鱼叫佛引海和尚到家里与潘巧云幽会的经过说了。

杨雄大怒，又揪过潘巧云来道："你这贱人！丫头都已招了，你还不快说实情！"潘巧云无法狡辩，也只得从实说了，又道："是我的不是了。你且看往日夫妻情分上，饶我这一次吧。"杨雄怒火难平，叫石秀拔了潘巧云的簪环首饰，然后亲自割了两条裙带，将她绑在树上。迎儿见势头不好，起身要跑，杨雄手起一刀，先将她杀了，然后指着潘巧云骂道："你这贼贱人，瞒我做出丑事，又坏我兄弟情分，我且看看你的心肝是怎样长的。"骂完，他一刀搠进潘巧云的心窝，取出心肝五脏来。

石秀见杀了二人，说道："哥哥，此地不宜久留，闻听梁山泊招纳天下好汉，我们到那里去入伙吧？"杨雄点头称是。两人打拴了包裹，正待要走，忽见松树后走出一个人来，那人道："清平世界，朗朗乾坤，你们把人杀了，却投奔梁山泊去入伙，我已经在这里听了多时了。"两人听了，吃了一惊，抬眼看时，那人却过来向杨雄拜倒。杨雄一看，认得此人。这人姓时名迁，诨名鼓上蚤，高唐州人氏，流落在此，专爱做些飞檐走壁的勾当，曾在蓟州府里吃过官司，是杨雄救了他。

杨雄见是时迁，问道："你怎么在这里？"时迁道："我到这山上，想寻古墓掘些东西。却见哥哥在此行事，不敢出来冲撞。刚才听两位哥哥说要去梁山入伙，小弟故此才出来，想跟你们一起去。"石秀道："既是好汉，他那里也不多你一个，就一起去吧。"三人便一起下山来。

且说杨雄上翠屏山时，还有两个轿夫留在半山腰，那两个轿夫等了许久不见人下来，便上山去看，见了两个尸首，急忙报知官府。知府将前日海和尚与头陀的死与这起血案连在一起，便明白了是怎么回事，于是发下榜文，捉拿杨雄、石秀二人。

此时，杨雄、石秀并时迁三人已经离了蓟州府，他们夜住晓行，不久来到郓州地界。当日黄昏时分，三人行到一座山前，见前面靠溪处有一家客店，便走进去。店小二正要关门，见他三人撞进来，便安排他们在客房里安歇。三人坐定，要酒肉来吃。那小二说肉已经卖完了，只剩下一瓮酒。三人只好坐下来喝酒，并请小二一起来喝。杨雄掏出一支珠钗，先算还了酒钱。

石秀见店中屋檐下，插着十几把好朴刀，便问道："这里为何有这些军器？"小二道："都是主人留下的。"石秀又问他主人是谁，那小二笑道："江湖上走的人，多知道这里的名字。前面那座山，唤作独龙山，山前的冈子叫作独龙冈，我主人家便在那上面住。这方圆三十里都叫作祝家庄。庄主太公祝朝奉有三个儿子，称祝氏三杰。这庄前庄后六七百户人家，各家都分有两把朴刀。我这里叫祝家店，主人家常有人来，故此放朴刀在这里，以防备梁山泊贼人。"石秀听他说了这一大通话，又请他喝酒。那小二先前已喝了几杯，推辞歇息去了。

　　杨雄、石秀又喝了一回酒，只听时迁问道："哥哥要吃肉吗？"杨雄道："店小二说没有肉了，你又哪里弄肉来？"时迁嘻嘻笑着，去灶上提出一只煮熟的公鸡来。杨雄问道："哪里弄来的这鸡？"时迁道："刚才小弟去后面净手，见这只鸡在笼里，便悄悄拿去溪边杀了，在灶上拔了鸡毛，煮熟了给哥哥下酒吃。"杨雄道："你这厮还是这般贼手贼脚。"石秀笑道："还不改本行。"三人笑着，把鸡撕开吃了。

　　那店小二略睡了一会儿，放心不下，又爬起来前后照管，他见厨房里有鸡毛和鸡骨头，再到笼里一看，不见了鸡，连忙出来道："客人，你们好没有道理，为何偷吃了我店里报晓的公鸡？"时迁道："见鬼了。我们在路上买得这只鸡来吃，何曾见你的鸡？"小二道："我店里的鸡，好好的不见了，不是你偷了是谁？"石秀道："不要争，值多少钱，我们赔你便罢。"小二道："我的鸡是报晓的公鸡，店里少不得它。你赔我十两银子也不济事，还我鸡来。"石秀听了，怒火顿起，喝道："你诈唬什么？老爷不赔你，你能怎样？"小二笑道："客人，不要在这里讨野火①吃，我这里不比别的店里，拿你到庄上，便作梁山贼寇处置。"石秀听了，大骂："我们便是梁山好汉，看你怎么拿了我去？"杨雄也怒道："好意赔你钱，你倒要拿我们。我们倒要看看，你怎样拿法？"

　　小二叫了一声："有贼！"只见忽地从店里蹿出四五个大汉来，直奔杨雄和石秀。石秀见状，舞动手脚，一拳一个，都打翻在地。店小二正待要叫，被时迁一巴掌打肿了脸，作声不得。那几个大汉都从地上爬起来，从后

①讨野火：早期白话，指找打、找苦吃的意思。

门走了。杨雄道："他们一定是去报信了。我们赶快走罢。"三人当下扎束停当，挎了腰刀，各去枪架上拣一把好朴刀，起身要走。石秀道："左右都是如此，不可放过他。"说罢，他便去灶前寻了把草，点个火，将那酒店草房都烧着了。三人这才往大路走了。

约走了两个更次，杨雄等人见前后火把通明，不计其数，约有一二百人，喊天动地地赶过来。石秀道："不要慌，我们拣小路走。"杨雄道："且住！他们一个来，杀一个；两个来，杀一双。"话犹未了，四下里的庄客赶上来，将三人围在当中。杨雄挺起朴刀，砍翻了五六个。石秀也赶上去，戳倒了六七个。其余庄客见杀伤了众人，都奔走逃命。杨雄三人赶一步，走一步。正走之间，只听喊声又起，枯草丛中伸出两把挠钩来，正把时迁钩住，拖到草窝里去了。石秀正待转身去救时迁，身后又伸出两把挠钩，要钩石秀，幸好杨雄眼快，一刀将挠钩拨开，拿朴刀向草窝里乱戳，潜伏在草中的人才走了。

杨雄、石秀两人见时迁被捉，不敢深入重地，顾不上救他，寻路往东而走。这边众庄客将时迁绑了，送到祝家庄去了。

第三十四回

扑天雕双修生死书 宋公明一打祝家庄

且说杨雄、石秀走到天明，进一家酒店歇脚。两人要了酒食，正待要吃，只见一个大汉走进来。杨雄见了，却认得他，叫道："小郎，你为何在这里？"那人回过头了，见是杨雄，倒头便拜。此人名叫杜兴，因生得粗莽，人称鬼脸儿。杜兴以前在蓟州府吃过官司，也是多亏杨雄救了他。杨雄将杜兴扶起来，给石秀做了引见。杜兴问道："恩人如何到了这里？"杨雄附耳低言，将自己翠屏山上杀了人，要投奔梁山入伙，路上时迁在祝家店偷鸡被捉的事都说了。杜兴说道："恩人不要慌，我可叫祝家庄上放时迁还你。"

三人一起坐下，杜兴道："此间独龙冈上有三个村庄：中间是祝家庄，西边是扈家庄，东边是李家庄。这三庄共结生死之交，同防梁山好汉。东边李家庄庄主正是小弟的主人，名唤扑天雕李应。小弟可引二位到庄上，请李大官人写一封书信送到祝家庄，搭救时迁。"杨雄听了大喜，他也早听过李应的名号，便和石秀随杜兴来到李家庄上。

杜兴先去通报了。不久，李应来到厅前，接见杨雄和石秀二人。这李

水浒传

·美绘版·

应也是个豪杰人物，能使一条浑铁点钢枪，背藏五口飞刀，神出鬼没，故人称扑天雕。李应见杨雄、石秀二人都是好汉，便命摆宴款待。杨雄、石秀两个拜道："万乞大官人致书祝家庄，救了时迁性命，我等生死不忘。"李应立即叫门馆先生写了封书信，填了自己的姓名，盖了印记，派人送到祝家庄去。那家丁去了多时，方才回来，只说那祝家三子不肯放人。李应吃了一惊，以为是庄客言语不好，又亲自写一封信，叫杜兴送去。

杜兴又去了很久，到天晚时才回来，只见他气得脸庞发紫，半天说不上话来。李应问他缘故，他道祝家三子不但不放人，还将李应的书信撕了，百般辱骂李应。李应听罢，火冒三丈，叫道："快备我马来！"然后，他去房里披挂整齐，到庄前召集三百多庄客，杀向祝家庄。杨雄和石秀也随后赶来。

李应来到祝家庄前，叫道："祝家三子，怎敢诽谤老爷？"祝家第三子祝彪骑一匹火炭马从庄里冲出来。李应道："你家但有事情，来我庄取人，无有不应。今日我两次修书，讨一个平常百姓，你如何撕了我的书信，还辱我姓名？"那祝彪道："那时迁是梁山贼寇，怎能给你？你赶快去了，否则连你一起当梁山贼人捉了！"李应大怒，挺手中枪，向祝彪杀来。两人斗了十七八个回合，祝彪不敌，拨马便走。李应纵马赶上去，祝彪将枪横在马上，腰里取过弓箭，背翻身一箭射过去，正中李应的臂膀。李应滚下马来，祝彪正要上前来拿人，杨雄、石秀赶上来将他截住，将李应救了回去。回到李家庄上，杨雄、石秀见救不出时迁，又连累李应受了伤，只得恳请告辞。李应拿出银子送两人出庄。

杨雄、石秀取路往梁山泊而来。二人来到梁山脚下，经石勇引上山寨，拜见了晁盖、宋江等头领。两人恳请入伙，大家都十分高兴。随后，两人又说起时迁在祝家店偷鸡被捉之事，请各位好汉搭救。宋江起身道："祝家那厮无礼，要和俺山寨作对。宋江不才，愿领一支人马下山，洗荡那祝家庄。一为山寨报仇，二来免被小辈耻笑，三可多得些粮食供山寨使用，四可就此请李应上山入伙。"众人听了，都道有理。

此时山寨上除公孙胜探母未归外，戴宗已带杨林归山，还有一些新入伙的好汉，有孟康、邓飞、裴宣等人。新旧众头领一起商议攻打祝家庄之事，由晁盖镇守山寨，留下吴用、刘唐、阮氏兄弟等人护寨。其余头领分成两拨：第一拨，由宋江、花荣等人带领三千喽啰、三百马军率先下山；第二拨，由林冲、秦明等人也带领三千喽啰、三百马军随后接应；再让宋万、郑天寿两人负责供应粮草。

一切分配完毕，宋江与众头领便带领人马先奔祝家庄而来。到了独龙山前，众军扎下营寨。宋江先派石秀和杨林前去打探路径，两人领命，一个扮作卖柴的樵夫，一个扮作解魇^①的法师混进祝家庄去。

且说石秀挑一担柴走了有二十里路，见前面路径曲折繁杂，弯环相似，又有丛密的树木，辨不出一条好路。他放下担子，左右看看，不知走哪一条路好。不一会儿，杨林从后面跟来，两人商议只拣大路走。

石秀又背了柴担寻大路先走，他来到一村人家，见村里各酒店门口都插着刀枪，每人都穿一件黄背心，上写一个"祝"字。石秀向一个老汉作揖问道："爷爷，请问此地是什么风俗，为何都把刀枪插在外面？"那老汉见石秀是个外地人，又相貌忠诚，便道："你是哪里来的客人？不要在此耽搁，只可快走。"石秀又问道："这是为何？"老汉道："如今梁山好汉正领兵来攻打俺这祝家庄，庄里都准备着迎敌。这里的路皆是盘陀路，容易进来，却不容易出去。初来这里不认路的，都要被当作梁山贼寇捉了去。"石秀一听，拜在地上，哭着道："这如何是好？我将这担柴送与爷爷，请爷爷可怜小人，指条路让我出去吧。"

那老汉是个向善之人，他把石秀领到自己家里，道："你从村子里走去，见了白杨树就转弯，不管路宽路狭，都是活路。若没有白杨树，便是死路。死路上不但走不出去，地下还埋着竹签、铁蒺藜^②等暗器，踏上了定会被捉了去。"石秀连忙拜谢，问那老汉贵姓。老汉说自己是祝家庄上的单户，复姓钟离。

①解魇：魇，指魇魔或梦魇。解魇，即是向鬼神祈祷消除魇魔或梦魇。
②铁蒺藜：中国古代一种军用的铁质尖刺状的撒布障碍物，一般有四根尖刺。在古代战争中，将铁蒺藜散布在地，用以阻碍敌军行动。

两人正说着，石秀听到外面说捉了一个细作③，他吃了一惊，出来一看，却是杨林被七八个汉子押着走过来。石秀见了暗暗叫苦。钟离老汉见天晚了，就留石秀在家里住下。石秀又拜谢了，见四五匹军马来门前吩咐道："你那百姓们，今夜只看红灯为号，齐心捉拿梁山反贼。"石秀听了，心里有了主意，便先在钟离老汉家里睡了。

　　且说宋江等人在村口屯驻兵马，许久不见杨林、石秀二人回来。宋江心中急躁，担心二人有失，便带着大队人马趁夜直杀到独龙冈上。众人来到庄前，见庄门紧闭，不见一点灯火，庄上亦不见人马响动。宋江勒住马，心中疑惑，猛省到犯了急躁进兵的大忌，立刻叫人撤退。正在此时，只听得祝家庄上一个号炮响起，直飞到半空中，那独龙冈上千百支火把一齐点着，门楼上弓弩箭矢雨点般飞射过来。

　　宋江急令回军，来路却已有埋伏，还未寻得出路，独龙冈上又一个号炮响起，四下里喊声震天动地，惊得宋江目瞪口呆。宋江正不知如何是好，石秀及时赶来，对宋江道："哥哥不要惊慌。只叫众军见白杨树转弯，便是活路。"众人按石秀所说，见白杨树便转，却见前后围兵越来越多。宋江疑忌，石秀道："他们以红灯为号。"花荣见树影里果有一盏红灯晃来晃去，道："有何难哉！看我射那灯！"他随即搭弓射箭，纵马向前，望着影里只一箭射去，就将那红灯射下来。

　　四面伏军见没有了红灯，顿时乱了起来。宋江叫石秀带路，众人才杀出去。这时林冲、秦明领着第二路人马赶来接应，众军都在祝家庄村口驻扎下来。

---

③细作：这里指暗探、间谍。

扈三娘单捉王矮虎 宋公明二打祝家庄

话说宋江等人在祝家庄村口扎下寨来，当时正好天明，有人来报黄信夜里被挠钩搭住，被捉进祝家庄去了。宋江听了，心中更添一层忧闷。

杨雄道："此间三个村庄结盟，东村李应李大官人前日被祝彪射了一箭，在家里养伤，哥哥何不去与他商议一下？"宋江道："此时倒忘了他。"他随即命人备下礼物，带上杨雄、石秀等人来到东村李家庄上。

杜兴见是宋江等人来了，慌忙报与李应。李应本是富贵良民，尚不愿与梁山等人扯上关系，便托病不出，只让杜兴出来应酬。宋江无奈，只得回来与众人商议再打祝家庄，救杨林、黄信两个出来。宋江将现有人马分成三路，自己亲自做先锋，来打头阵。

梁山军马再次来到祝家庄前，只见庄门上挂了两面大旗，上写着："填平水泊擒晁盖，踏破梁山捉宋江。"宋江看了，心中大怒，发誓定要打下这祝家庄不可。他留一拨人马攻打前门，自己带了前部人马转过独龙冈来看那祝家庄，只见庄后都是铜墙铁壁，把守得非常严整。

正在这时，山坡下冲出一彪人马来，当头一员女将，抢着两口日月双

刀。只见此女穿着连环铠甲，生得海棠般美貌。这人正是西村扈家庄上的女儿扈三娘，武艺十分了得，人唤一丈青，已许给祝家第三子祝彪为妻，此番前来是为祝家庄助战。宋江道："闻听扈家庄有员女将，好生了得，想必就是此人。哪位兄弟敢与她迎敌？"矮脚虎王英是个好色之徒，一听是个女将，便首先跳出来，喊一声，纵马挺枪，出来迎战。那扈三娘拍马舞刀，飞奔过来，两个刀枪战在一起。只十多个回合，王英就渐渐招架不住。原来王英见扈三娘貌美，只想把她捉过来，不想扈三娘如此厉害，不一时，他便手颤脚麻，乱了枪法。扈三娘看出王英不怀好意，心下生怒，拿刀直上直下地砍过来。王英哪里敌得住，正待转身要走，扈三娘纵马赶上，右手将刀挂了，一把便将他活捉了去。

这边欧鹏见王英被捉，拍马挺枪来战扈三娘。欧鹏虽枪法精熟，也占不得扈三娘半点便宜。邓飞见了，也挥着铁链冲过来。祝家庄上怕扈三娘有失，打开庄门，祝龙带人马杀出来。宋江这边马麟急忙出战，迎住祝龙。邓飞忙过来护住宋江，不离左右。这几人厮杀在一起，宋江见马麟斗不过祝龙，欧鹏也战扈三娘不下，心中着慌。这时，秦明带兵马赶来，宋江大叫："秦统制，你可替马麟。"秦明此时因黄信被捉，心里正没好气，挺枪来战祝龙。马麟便去夺王英。扈三娘一见马麟来夺人，撇了欧鹏，来截住马麟。

这边祝龙不是秦明对手，渐渐败下阵来。祝家庄枪棒教师栾廷玉带铁锤杀出来助战，欧鹏赶过去迎他。不料那栾廷玉十分厉害，也不交马，只带住马往斜刺里便走，欧鹏来赶时，他一飞锤打过去，便将欧鹏打下马来。邓飞见了，急让小喽啰救人，自己拍马来战栾廷玉。

这时，祝龙敌不住秦明，拨马便走。栾廷玉撇了邓飞，来战秦明。两人斗了二十个回合，不分胜负。栾廷玉卖个破绽，拍马向荒草中跑去。秦明不知是计，纵马追赶，赶没几步，连人带马都被绊马索绊翻在地，草中埋伏的众人上来把秦明捉了。邓飞急忙来救秦明，两边却有几把挠钩一起搭过来，在马上将邓飞也捉了去。

宋江见状，连声叫苦，只救得欧鹏上马。马麟急忙撇了扈三娘，来保护宋江往南而走。背后栾廷玉、祝龙、扈三娘都拍马赶来。正在危急时刻，穆弘、杨雄、石秀、花荣等人及时赶到，众人一起厮杀，方救了宋江。

宋江见天色已晚，便命收兵。他怕众兄弟们迷路，一个人拍马到处寻看。正行之间，只见扈三娘飞马赶来，宋江赶忙拨马便走。眼看宋江就要被扈三娘赶上，恰好李逵舞着两把板斧，从山坡上大喊着冲下来。扈三娘见状，拨马往树林边而去。这时，林冲却带一彪人马从树林边转出来。林冲在马上叫道："那婆娘走哪里去？"然后拍马过来，与扈三娘战在一起。扈三娘不是林冲的对手，战不到十个回合，便被林冲活捉了。

宋江看了，直是喝彩。林冲让军士把扈三娘绑了，自己纵马过来问候宋江。宋江让李逵到村中接应众好汉，自己与林冲等人撤回村口营寨。到晚间，众头领不曾讨得便宜，也陆续回到大营。祝家庄上自把捉到的杨林、黄信、王英、秦明等人拿囚车装了，只等拿到宋江，一起解送东京不提。

且说宋江收拢了大队人马，让人将扈三娘连夜送上梁山，交给父亲宋太公收管。他当夜在营寨中歇息，因两次攻打祝家庄失利，心中十分苦闷，不曾睡眠，在帐中坐了一夜。

第三十六回

吴学究智用连环计 宋公明三打祝家庄

话说宋江正为两攻祝家庄不下而发愁时，小喽啰报说吴用并三阮、吕方、郭盛带领五百人马下山而来。宋江闻听，急忙出营，将众人迎进帐中。

吴用见过宋江，问道："晁头领听说哥哥进兵不利，特命小弟并五个头领前来助战。不知近日胜败如何？"宋江叹口气，将两次兵败，杨林、秦明、黄信等人被捉的事说了。吴用听了笑道："哥哥不用发愁。这个祝家庄该着要败，旦夕可破。前日登州兵马提辖孙立携带孙新、邹渊、邹润、乐和等八人来投靠山寨，众人听说哥哥攻祝家庄不利，特献一条计策，要为山寨立功。如今计谋已定，小弟特来禀告兄长，他几人随后便来参拜。"宋江听了大喜，忙叫安排筵席相待。

不一时，孙立便带领弟弟孙新、弟媳顾大嫂、妻弟乐和，并一对兄弟解珍、解宝和一对叔侄邹渊、邹润，共八人来参拜宋江。吴用一一做了介绍，众人叙礼罢，同桌共饮不提。吴用又暗传号令，让孙立等人五日内如此如此。众人领了计策，一行人带着车仗人马投奔祝家庄而去。

原来，在宋江攻打祝家庄的同时，梁山泊山寨仍在招纳四方豪杰。登州

猎户解珍、解宝兄弟因射杀一只老虎，与当地大户发生争执，被诬陷下狱。他们的姑表姐顾大嫂和姐夫孙新，联合孙立、乐和、邹渊、邹润等人一起劫牢，将他们救出，然后众人一同投奔梁山泊，入了伙。这孙立原为登州兵马提辖，在登州远近闻名，端的是条好汉，能使一管长枪，又兼他腕上悬一条虎眼竹节钢鞭，人送绰号病尉迟。孙立与祝家庄上的教师栾廷玉是同门师兄弟，他到梁山泊后，向晁盖等人献上一计，要假投栾廷玉，然后与梁山好汉里应外合攻下祝家庄，以为进身之报。故此，吴用带他们赶到宋江营寨。

且说孙立将自己的旗号改为"登州兵马提辖孙立"，带领众人来到祝家庄。栾廷玉见了，急忙将众人迎进庄内，引领他们与庄主祝朝奉及祝家三子相见了。祝家人见孙立是栾廷玉的师弟，又带了家小，并未怀疑，留孙立等人在庄里住下。

过了两日，宋江又带兵马来攻打祝家庄。祝彪纵马出战，与花荣战在一起。两人战了数合，未分胜负。

第四日，宋江等人又来，祝家三子各出马迎战，都未取得半点便宜。孙立也立在阵前观看，他见时机成熟，遂对孙新说："取我的鞭来，看我捉

这帮贼寇！”不一刻，孙立就披挂整齐，纵马突出阵前叫战。这边梁山好汉见孙立出马，拼命三郎石秀拍马过来，与孙立斗在一处。两人战了五十回合，不分胜负。这时，孙立卖个破绽，让石秀的枪刺过来，自己闪身躲过，然后轻舒猿臂，就将石秀从马上捉过来，直挟到庄前扔下，喝叫："绑了。"祝家三子见状，把宋江军马一搅，都赶散了。

众人回到庄内，皆佩服孙立神勇，孙立便问道："共捉了几个贼人？"祝朝奉回答先前捉了时迁、杨林、黄信、秦明、邓飞、王英，加上石秀共是七个。孙立道："先不要杀他们，快做七辆囚车装了，给他们好酒好饭，饿坏了不好看。等捉到宋江一起押往东京，也说这个祝家庄豪杰。"祝家等人听了，都点头称是。

其实，石秀武艺不低于孙立，他故意让孙立捉了，是让祝家人相信孙立。孙立暗暗让邹渊、邹润、乐和去后房将出入门户都看仔细。乐和瞅个机会，将里应外合的计策告诉了杨林等人。顾大嫂与孙立妻子也悄悄将内院门户摸清楚。

到了第五日，庄兵来报宋江分四路兵马前来攻打。孙立道："不用慌，早做准备即可。先安排下挠钩套索，须拿活的。"祝朝奉亲自率三个儿子到门楼观看，只见林冲、花荣、杨雄、李逵等人各领五百兵马，擂响战鼓，从四面向祝家庄围过来。栾廷玉与祝家三子各领人马出去迎敌。

此时，邹渊、邹润已藏了大斧，守在监门左侧。解珍、解宝藏了暗器守在后门。孙新、乐和守在前门。顾大嫂派人先保护孙立妻子，自己拿了双刀在堂前伺候。待祝家三子并栾廷玉都杀出庄后，孙立带了自家十几个军兵

水浒传
·美绘版·
二〇一

水浒传
·美绘版·
二〇一二

立在吊桥上。一切准备停当，门里孙新将自家的旗号插在门楼上，乐和提着枪唱着歌出来。邹渊、邹润听到歌声，打了几声唿哨，抢起大斧将守监门的庄兵数十人都砍翻，放出杨林、石秀、黄信、秦明等七人。这几人又各取器械，一起杀起来。顾大嫂提刀将内院妇人尽皆杀了。祝朝奉见势头不好，正要投井自杀，早被石秀看到，一刀割了首级。后门解珍、解宝便在马草堆里放起火来，庄院里顿时黑焰冲天。

外面林冲、花荣等人见祝家庄上火起，一齐向前冲杀。祝虎见庄里着火，先自拨马奔回来。孙立守在吊桥上，拦住道："你那厮往哪里去？"祝虎见状不好，知道中计，又奔宋江阵前来。这里吕方、郭盛迎住，齐举两戟，将祝虎连人带马一起搠翻在地。众军上来，把祝虎剁成肉泥。后面庄兵四散奔走，孙立、孙新将宋江迎进庄内。

再说东路祝龙战林冲不过，拨马往庄后飞跑，到得吊桥边，却见解珍、解宝正把庄客的尸首一个个往火堆里扔。他见势不妙，慌忙往北而走，猛然撞上李逵。李逵奔上去，将他砍翻在地。

祝彪得知庄内出事，不敢回庄，直接投奔到扈家庄上。而扈太公儿子扈成因妹妹扈三娘被宋江等人捉了，不敢再与梁山为敌，反将祝彪捉住，准备送与宋江。扈成在押解祝彪途中正碰上李逵，李逵不管三七二十一，先将祝彪头砍了，又来砍扈成。扈成见局面不好，急忙落荒而逃，投奔延安府去了。李逵杀得手顺，又奔到扈家庄上，将扈太公一门老幼都杀了，然后命小喽啰抢了财物，来向宋江报功。

此时宋江已坐到祝家庄大厅内，众头领都来献功。大家共捉获俘虏

四五百人，夺得好马五百多匹。宋江见了大喜，后听说李逵将扈家庄一门都杀了，非常生气，要治李逵乱杀无辜之罪，只念李逵有杀祝龙、祝彪的功劳，宋江才让他将功补过。这时，吴用带领一行人来与宋江贺喜。众人打点停当，一齐上马，奏着凯歌，班师回山。

且说李家庄上李应听说梁山好汉攻破了祝家庄，心中忧喜参半。这日，忽有庄客来报说本州知府带人来到庄上。李应慌忙出门迎接。那知府见了李应，不问情理，便说李应私通梁山贼寇，强行将李应和杜兴都绑了押走。

一行人行了不到三十多里，宋江、林冲、花荣等人从树林里冲出来，拦住去路。林冲大喝一声："梁山泊好汉在此。"那知府见了，撇了李应、杜兴就跑。几个好汉带人去追，只是未曾赶上，回来道："若赶上那鸟知府，把他也拿来杀了。"宋江即刻让人给李应、杜兴松了绑，然后对李应说道："且请大官人到梁山上躲一时，如何？"李应道："这使不得。即使你们杀了知府也不关我事。"宋江笑道："官府里怎容你分辩？我们去了，必然连累了你。大官人先到山寨歇息几日，打听得没事，再回来不迟。"

当下不管李应同不同意，众人便将李应、杜兴夹在大队人马中间，一起奔回梁山泊。晁盖下山迎接，与宋江等人接风。李应与众头领重新相见了，便推辞道："小可既已与众头领见面了，但不知家中老小如何，烦请让小人下山。"吴用听了笑道："大官人宝眷已取到山寨，贵庄已烧为白地，还要回到哪里去？"李应不信，却见自家庄客并妻小一队队上山而来。李应迎住相问缘故，他妻子道："自你被知府捉了去，随后有两个巡检①，带四个都头并三四百士兵前来抄了所有家私，让我们都上了车子，然后放火烧了庄

---

①巡检：官职名。"巡检"一职始于宋代，主要设置于沿边或关隘要地，或兼管数州数县，或管一州一县，均以武官任之，以镇压人民反抗为专职，受所属州县指挥。

院，把我们都带到这里来。"

李应听了，心中叫苦。晁盖、宋江这时都过来赔罪道："我等兄弟久闻大官人豪杰，因此使出这条计来，万望大官人原谅。"原来为请李应上山，吴用让萧让、戴宗、杨林等人假扮了知府和巡检。到了此时，李应也不得不顺从，只好入伙落草为寇。宋江急忙让小喽啰杀猪宰羊，备办酒席，庆贺李应、孙立、孙新并女头领顾大嫂、扈三娘等十二位新头领上山。

次日，宋江又安排酒席，叫出王英来道："兄弟，当初我在清风山时，曾许下你一门亲事。今日我父亲有个女儿，招你为婿。"王英一听，自是乐不可支。你道这女儿是谁？原来却是扈三娘。扈三娘自从被押解到梁山泊后，便由宋江父亲照管。后来，扈三娘认宋太公为义父，故此成为宋太公的女儿。宋江请出父亲，引扈三娘来到宴席前，与她赔话道："我这兄弟王英虽有武艺，但不及贤妹。我当初许下他一门亲事，一向未曾办理。今日贤妹既已认我父为义父，就请与王英结为夫妇吧。"扈三娘心里本不乐意，但见宋江义气深重，自己又落在人家手里，只得点头答应。

晁盖等人大喜，当下重整宴席，为王英、扈三娘举办婚礼。二人在宴前与众人都拜谢了，正式结为夫妇。众头领尽皆欢畅，把酒为二人庆贺。

第三十七回

李逵打死殷天锡 柴进陷狱高唐州

　　梁山好汉攻打下祝家庄，山寨上更加兴旺，四方豪杰皆来入伙。后来曾在郓城县有恩于晁盖、宋江的都头雷横因失手打死了女戏子白秀英，被知县定为死罪，幸有朱仝将他放了，他也投奔了梁山泊。朱仝因私放雷横，被刺配沧州。沧州知府见他是个好汉，留他在厅前伺候。知府有个四岁的公子，十分喜欢朱仝。一日，朱仝抱公子出去看河灯，撞上雷横、吴用等人，他们是特意来请他入伙的，朱仝不愿意，李逵悄悄把公子杀了，逼朱仝上山。朱仝见了，要与李逵拼命，并说有李逵在，决不上山。吴用无奈，便让李逵先留在沧州柴进庄上，自请朱仝上梁山。

　　朱仝随吴用、雷横上了梁山，晁盖、宋江等人迎接，自与他赔话。宋江又早派人把朱仝的家眷接来，朱仝才安心留在山上。那沧州知府当日见朱仝与小公子许久不回，派人四下寻找，在树林里找到小公子尸体。知府又痛又怒，发下海捕文书，捉拿朱仝，此事暂且不提。

　　且说李逵在柴进庄上住了一个来月，忽一日，有人急急匆匆给柴进送来一封信。柴进拆开看了，大惊，李逵忙问是何事，柴进道："我有个叔叔柴

皇城，在高唐州居住，现被知府高廉的妻弟殷天锡霸占花园，气倒在床，性命难保，特唤我前去。"李逵听了也要去，于是，柴进让人收拾了行李，带了十几个庄客，并李逵一起往高唐州而来。

柴进来到高唐州叔叔家里，见叔叔病重，放声大哭。柴皇城的夫人把他劝住，诉说了原委。原来此地新任知府高廉是高太尉的叔伯兄弟，倚仗他哥哥的权势，更兼精通法术，无所不为。他有个妻弟名叫殷天锡，又倚仗他，专在此地横行害人。殷天锡听说柴皇城家后宅花园盖得好，便带人来看了，要强行霸占，赶柴皇城一家出去。柴皇城与他讲理，反被那厮殴打一顿，因此气病在床。柴进听了这些道："婶婶放心。先请大夫治好叔叔的病，我派人回沧州取丹书铁券来，再与他理会。"

又过一会儿，柴皇城的病情加重，他把柴进唤到床前，含泪道："我今日被殷天锡怄死，望贤侄往京师告状，九泉之下也感贤侄亲意。保重！"说完，便撒手而去。柴进大哭。李逵在外面听到哭声，也得知了内情，气得摩拳擦掌，却一时不敢造次。

到了第三日，那殷天锡骑着匹马，带领二三十个闲汉，来到柴皇城家宅前。柴进闻报，穿了一身孝服，出来应对。殷天锡见了他，问道："你是什么人？"柴进道："小可是柴皇城的亲侄柴进。"殷天锡又道："前日我叫他家搬出宅去，为何不听？"柴进强忍怒火，道："我叔叔一直卧病在床，不敢移动。前日病故了，待断七后再搬出去。"殷天锡怒道："放屁！我只限你三日搬走。三日不搬，先把你这厮抓到官府，吃我一百讯棍。"柴进道："休要这样相欺！俺家也有先朝的丹书铁券，谁敢不敬？"殷天锡

喝道："你拿出来看看。"柴进道："等让人取来，拿给你看。"殷天锡大怒道："这厮胡说！便有丹书铁券，我也不怕，左右给我打这厮。"

众闲汉正要过来打柴进，早被李逵在门后看见，他早已听了多时，此时忍无可忍，拽开门，大吼一声，直奔到马边，一把将殷天锡从马上揪下来，一拳打翻在地。众闲汉要过来打李逵，不等他们动手，李逵一拳一脚，早打翻了六七个。其余的见势不好，一哄都跑了。李逵又转过身来，就地上提起殷天锡，拳头脚尖一起上，没头没脑地打下去。柴进要上来拦他，哪里劝得住？李逵只顾打得痛快，那殷天锡不过是个纨绔子弟，哪经得住他这番拳脚？不一会儿工夫，殷天锡便被李逵打死了。

柴进见李逵打死殷天锡，忙让李逵到后堂商议。柴进道："一会儿定有公差拿你，你不能再留在这儿了，赶快回梁山泊去。"李逵道："我走了，不是连累了大官人？"柴进道："我自有丹书铁券护身。"李逵听了，只好拿了双斧，回梁山泊去了。

不多时，早有二百多公差前来拿人，将柴皇城家团团围住，未捉到李

迤，便将柴进绑到官府。那知府高廉听说他的小舅子被人打死了，正恨得咬牙切齿。柴进被带到厅前，高廉喝道："你怎敢打死殷天锡？"柴进道："小人是大周柴世宗嫡派子孙，家有先朝太祖的丹书铁券，诸人不许欺侮，现在沧州居住。小人叔叔被殷天锡打伤，前日病故。那殷天锡今日又来夺园子，定要赶我叔叔全家老小出去。柴进上前分说，他却叫众人来打柴进。庄客李大一时前来救护，才失手打死了他。"高廉又喝问："李大现在哪里？"柴进回道："心慌逃走了。"

高廉报仇心切，怒道："他是个庄客，没有你的言语，怎敢下手打人？你这厮纵庄客行凶，又放他逃走，却来欺瞒官府。左右给我用力打这厮。"一班衙役上来，不容分说，将柴进拖下去，一顿棍棒打得皮开肉绽，鲜血迸流。柴进挨打不过，只得招认纵庄客行凶之罪。高廉让人把柴进押进了大牢，殷夫人要为兄弟报仇，又让高廉抄了柴皇城的家，把柴家一家老小都监禁起来。柴进自在牢里受苦不提。

且说李逵赶回梁山泊，与众头领相见。朱仝见了李逵，又要拼命。宋江慌忙拦住，让李逵道歉，朱仝方作罢，两人和解。之后，李逵才将打死殷天锡的

事说了。宋江听了，吃惊道："你自走了，定要连累柴大官人吃官司。"吴用道："兄长先不要惊慌。等戴宗回山，便有分晓。"李逵问道："戴宗哥哥哪里去了？"吴用道："我怕你惹事，特叫他去唤你回来。他到那里见不到你，必到高唐州寻你。"

不一会儿，果见戴宗回来了。宋江急忙迎接，戴宗道："我到柴大官人庄上，已知他们到高唐州去了。我又直奔到那里，满街人都说一个黑大汉打死了殷天锡，柴大官人被牵连下狱，早晚性命不保。"晁盖听了道："这黑厮又做出事来，到处惹口面。"李逵争辩道："柴皇城被那厮打伤，怄气死了，又来占他房屋，还喝叫打柴大官人，即便是活佛，也忍不下这口气。"晁盖要下山去救柴进，宋江道："哥哥是山寨之主，怎能轻动？小弟旧日受过柴大官人恩惠，愿替哥哥下山。"

吴用道："高唐州城池虽小，但人口稠密，军广粮多，不可轻敌。"随后，他安排林冲、花荣、秦明、杨林、孙立等十二位头领，率领五千马步军做前队先锋；而后由宋江为主帅，自己为军师，并朱仝、雷横、戴宗、李逵等八个头领率三千马步军策应。一切安排完毕，众人披挂停当，辞别晁盖，便浩浩荡荡向高唐州进发了。

第三十八回

鼓上蚤计盗雁翎甲　钩镰枪巧破连环马

　　梁山泊好汉来到高唐州地界，高廉忙下令整点军马迎敌。两军对峙，言语不合，战作一处。高廉见自己连折二将，便施展法术，林冲等人大惊，回身便走，高廉乘机杀来，林冲等人马折了一千多人。不久，宋江人马赶到。两军多次对阵，宋江人马皆大败而退。宋江因无法破高廉法术，心中忧闷。吴用道："若要破法，除非请公孙胜回来。"宋江听罢，只好叫戴宗与李逵再次寻访公孙胜。戴宗、李逵经过几番周折，终于在蓟州二仙山上找到公孙胜。公孙胜的师父又教他些法术，才让他下山。公孙胜与宋江等人相见后，便率全军叫战。高廉几次施展法术皆被公孙胜所破，不久，高廉被杀。宋江带领众军进入高唐州城，并令人救柴进。众人救出柴皇城和柴进一家老小，却不见柴进，询问差役后，方知柴进被关在后院的枯井里。众人救出柴进，令人医治。然后，众好汉杀了高廉全家，得胜回山，暂且不提。且说高俅听说兄弟高廉被杀，急忙上奏，请徽宗皇帝下旨剿杀梁山好汉。徽宗准奏，高俅举荐河东呼延灼带兵征剿。不几日，呼延灼进京领命，带兵杀奔梁山泊。

　　梁山探马得知消息，急忙报知山寨，众人共商迎敌之策。次日，两军交

战，宋江人马开始虽略占上风，擒得了天目将彭玘，但呼延灼摆下连环马军后，宋江人马难以抵御，双方便鸣金收兵，各自回寨。经此一战，梁山泊又新入了天目将彭玘、轰天雷凌振等好汉。宋江与众人商议如何破解连环马，金钱豹子汤隆起身献了一条妙计。

这汤隆是李逵与戴宗寻访公孙胜时在路上认的，其祖代以打造军器为生，由李逵带到山上。只听汤隆说道："先朝曾用过这连环甲马取胜，要破这阵，须用钩镰枪方可。汤隆祖代打造军器，传有钩镰枪画样在此，只是汤隆虽是会打，却不会使。若找会使的人，只有我一个姑舅哥哥。他家这钩镰枪法，祖传习学，不教外人。或马上，或步行，都有法则，神出鬼没。"林冲听了，问道："你所说的此人莫不是金枪班教师徐宁？"汤隆回答："正是此人。"

林冲又问如何能让他上山来。汤隆道："我这表哥家有一件祖传宝贝，天下无双，是一副雁翎砌就圈金甲。这一副甲，穿在身上，又轻又稳，刀枪剑矢皆不能入。徐宁将此甲视若性命，装在一个皮匣子里，终日挂在卧房中的梁柱上。若能把他这副甲偷得来，不愁他不到这里。"吴用道："若是如此，何难之有？可请时迁兄弟去走一遭。"时迁道："若有此物在他家里，我好歹定要取来。"汤隆又对宋江说了一番赚徐宁上山的计策，宋江点头称妙。于是众人分头去安排。

且说时迁离了梁山泊，一路来到京城外，先找个客店歇脚。次日，他走入城内，打听到徐宁的住处，便将他家楼院各处都暗暗相看了一回。到了晚间，时迁悄悄溜到徐宁家后门边，爬过墙去，溜到卧房处，隔窗向里张望，见徐宁正和妻子并孩儿在房里烤火，再看那梁上，果然有一个大皮匣子吊在上面。

等到二更，徐宁一家三口安歇。四更天时，徐宁起来梳洗，不久便出门到宫里当值。时迁待徐宁走后，悄悄上楼，爬到屋里梁上，拿芦管将房里灯吹灭了，然后轻轻将皮匣子从梁上解下来。他正要下来时，徐宁娘子听到声响，唤丫环来看。时迁忙学老鼠叫，方才蒙混过去。

时迁得了皮匣，悄悄溜出徐宁家，一口气奔到城外，到客店算还了店钱。此时天还没亮，他急急向东奔走。走了四十多里，只见一个人撞过来，正是神行太保戴宗。时迁让戴宗先把皮匣里的雁翎甲拿回山寨，自己将匣子放在明处背着，一路往山东而走。又行了二十多里，时迁碰到汤隆迎面而来，汤隆让他凡见到墙上画白粉圈的酒店，就进去歇息。二人商议好后，时迁自背了皮匣依计去了，汤隆则赶往京城而来。

且说徐宁娘子待天亮后，发现皮匣子不见了，急忙派人去找徐宁。徐宁到黄昏时才回来，听说宝甲失盗，叫苦道："这副雁翎甲是祖宗四代留传的宝贝。多少人要看，我都推说没了，只想等日后军前阵后要用。如今被人盗去，若声张起来，枉惹人耻笑，如何是好？"

徐宁一夜在家苦闷，到了第二日天明，忽然汤隆来访。两人叙礼罢，徐宁说起雁翎甲失盗之事，汤隆说他在路上曾看到一个瘦小汉子背了个羊皮匣子，多半是他偷去了，故意劝徐宁去追。徐宁追甲心切，不知是计，一路随汤隆赶去。汤隆每见了画白粉圈的酒店就进去歇脚，酒家都说曾见过背皮匣子的汉子。徐宁信以为真，汤隆一步步把他引到梁山上，宋江、晁盖、林冲等人见了，都来与徐宁赔罪。徐宁这才知道是故意赚他上山，但见宋江等人如此义气，只得答应入伙。过了数日，汤隆等人又把徐宁家眷及彭玘、凌振的家小都接到山上来。

这边钩镰枪早就按汤隆的样图打造好，徐宁亲自指挥，教精壮小喽啰学使钩镰枪法。徐宁在聚义厅上，拿起一把钩镰枪，使了一回，众人看了喝彩。徐宁道："步行用这钩镰枪，最是得用，神出鬼没，变化多端。"众人听了，尽皆瞠目。徐宁又将正路枪法一遍遍演示，叫众头领看，众人直是喝彩。至此以后，所挑选的精壮喽啰日夜习学钩镰枪法，徐宁又教步军藏林伏草、钩蹄拽腿等下三路暗法。不到半月时间，山寨六七百人都学会此枪法。

再说呼延灼自从彭玘、凌振被捉，日日到水边叫战。梁山上却不出战，晁盖等人只暗暗叫凌振制造诸般火炮，待时机成熟，下山对敌。

这一日天刚亮时，呼延灼坐在军中，忽有人来报宋江等人在对岸擂鼓。呼延灼连忙披挂整齐，杀奔梁山泊而来。这时，正南、东南、西南上各有一队人马摇旗呐喊，韩滔催马来报，呼延灼道："这厮多时不出来厮杀，这时出来，必有计策。且不管他，只顾让连环马冲过去。"

　　话音未了，只听北边一声炮响，呼延灼骂道："这炮必是凌振叛贼教他们施放的。"这时，又见北边竖起三队旗号，呼延灼等人惊疑未定，西边又是四队人马冲出来。呼延灼心慌，忽听正北上连珠炮响，那炮是子母炮，一个母炮接着四十九个子炮，响处风威大作。呼延灼兵马不战自乱。韩滔和呼延灼皆引兵马向四下冲突。宋江这边十队步兵却是遇赶便走，并不交战。呼延灼大怒，引兵往北直冲过来。宋江军马尽往芦苇中乱走，呼延灼大驱连环马，卷地而来。那连环马一起跑动，收勒不住，直往枯草荒林中冲去。只听里面一声呼哨，埋伏的人一起伸出钩镰枪，先钩倒两边马腿，中间的马便咆

哮起来，马上的官兵坐不稳，纷纷落下马来。两边挠钩手上前一齐搭住，芦苇中喽啰只管绑人。

呼延灼见中了钩镰枪的计策，回马向南，去赶韩滔。背后风火炮又当头打下来，这边那边，满山遍野都是步兵追赶。此时，呼延灼与韩滔各自率领的连环马军，尽滚入荒草芦苇之中，皆被捉了。

二人知中计，只得各自夺路奔走。而四边都是梁山泊旗号，呼延灼不敢乱走，只往西北方向上跑来。行不到五六里，呼延灼见前面拥出一彪人马拦住去路，为首的是穆弘、穆春兄弟两个。两人与呼延灼略斗一斗，回身便走，呼延灼也不追赶，又往正北大路走去。

山坡下又转出解珍、解宝兄弟，二人也与呼延灼斗了几个回合，转身便走。呼延灼追赶不到半里之地，两边钻出二十多把钩镰枪，齐向他钩过来。呼延灼不敢恋战，拨转马头，又往东北上大路而走。行不多远，却又撞上王英、扈三娘夫妻二人拦住去路，呼延灼见四面皆有拦阻，索性拍马舞鞭，直冲杀过去。王英夫妇追赶了一回，未曾赶上，呼延灼自往东北方向上去了。而宋江这边已大获全胜。刘唐、杜迁捉得韩滔，押到山寨。宋江也亲解其缚，劝其投降入伙。山寨自庆贺不提。

再说呼延灼折了许多官兵人马，不敢回京，独自一个骑着那匹踢雪乌骓马，一路逃难。他心里寻思："今日落得如此，却是投奔谁好？"他猛然想起曾与青州慕容知府有一面之缘，便打马奔向青州。

路上又行了两日，呼延灼在路旁一个酒店里歇下。他把马拴在树上，对小二道："我是朝廷军官，我这匹马是圣上御赐的踢雪乌骓马，你好生给我

喂养，明日我定重重赏你。"小二答应一声便去了。

当夜，呼延灼因连日苦闷，多喝了几杯，一觉睡到三更方醒，只听得外面小二叫嚷。呼延灼跳起来，却是他的乌骓马被盗了。小二道："小人刚才给马上草，只见马不见了。远远望见三四里处有火把尚明，一定是到那里去了。"呼延灼急问道："那是什么地方？"小二说道："离此间不远，有座桃花山，山上强人占山为王，那马定是小喽啰偷走了。"呼延灼闻言吃了一惊，便叫小二带路，赶了两三里，未曾赶上。

呼延灼闷闷回到店里，没有了御赐宝马，不知如何是好。小二劝解道："相公明日去州里告状，差官军来剿捕，方才能得这匹马。"呼延灼在店里坐到天明，无奈何，叫小二挑了衣甲，径奔青州而去。

三山聚义打青州 众虎同心归水泊

话说呼延灼来到青州，拜见了慕容知府。这知府是徽宗慕容贵妃的哥哥，颇有些权势，前次斩杀秦明家眷的就是此人。慕容知府虽见呼延灼兵败，但知他厉害，好言抚慰一番，便将呼延灼留在府中。

呼延灼住了几日，要踏雪乌骓马心切，便请知府拨给他两千军马，杀向桃花山。这桃花山上，占山为王的正是打虎将李忠与小霸王周通。当初鲁智深曾到此山上入伙，因见他二人小气，故此离开，后与杨志占了二龙山。

且说李忠与周通自得了那匹踢雪乌骓，自是欢喜不胜，每日庆贺饮酒。这日，小喽啰来报说青州兵马来攻打山寨。周通起身对李忠道："哥哥守寨，兄弟去退官军。"说完，他点人马下山迎战。周通哪里是呼延灼的对手？只战了几个回合，他便径直逃回山上，与李忠诉说道："那呼延灼武艺高强，倘若他赶到寨里来，如何是好？"李忠沉吟半刻道："我闻听鲁智深与杨志在二龙山占住地盘。为今之计，只有请他们来帮忙，方可退敌。"周通点头，立即写了一封信给二龙山送去。

二龙山距离桃花山不远，此时山上除鲁智深、杨志两个头领以外，还有

行者武松和菜园子张青、母夜叉孙二娘，以及金眼彪施恩、操刀鬼曹正等人。鲁智深接到李忠、周通的书信后，念在江湖义气，便与杨志、武松一起下山来救护。

三人带众喽啰到了桃花山下，鲁智深见了呼延灼，在马上大喝道："哪个是梁山泊杀败的撮鸟，敢来这里吓唬人？"呼延灼怒道："先杀你这个秃驴，出我胸中闷气。"两人各纵马战在一起。鲁智深抢动禅杖，呼延灼舞起双鞭，杖来鞭往，战了四五十回合，不分胜负。呼延灼暗暗喝彩道："这个和尚真是了得！"这时，两军鸣金收兵，各自暂停歇息。

片刻后，呼延灼又纵马出来，杨志出阵与他对战。

两人斗了四十余合，又不分胜负。呼延灼心中气闷，寻思道："哪里走出这两个来，好生了得，不是绿林中手段！"两下就此收兵。

呼延灼回到帐中，正不知如何敌对鲁智深等人，忽然慕容知府差人来唤他回去，说白虎山强人孔明、孔亮来攻打青州，让他回城守备。那孔明、孔亮是当

初邀宋江在自家庄上住的孔太公的两个儿子，兄弟俩因和一个财主争斗，把财主全家都杀了，故此占住白虎山，打家劫舍。青州知府捉了他们的叔叔孔宾，两人为此来攻打青州。

且说呼延灼回到青州府后，便与孔家兄弟交战，轻而易举捉了孔明。孔亮引了残兵逃走，在一座树林里却遇到武松。原来鲁智深三人在桃花山下，见呼延灼无端走了，便也回二龙山来，武松带了头队人马先行回山。孔亮将哥哥被捉之事详细说与武松，武松将他带到二龙山上。

少顷，鲁智深与杨志也回来，孔亮拜请鲁智深等人救出叔叔和兄长。武松道："俺们以义气为重，可聚集三山人马，攻打青州，杀了慕容知府，救出他叔、兄，也可取府库钱粮，供山寨之用。"鲁智深道："洒家也是如此想的。可使人到桃花山上，叫李忠、周通来，俺们三处一同去打青州。"杨志却道："青州城池坚固，人马强壮，又有呼延灼那厮协助，要用大队人马方可打得。闻知梁山泊宋公明十分义气，请他下山来帮忙，一起攻城，才是上计。"鲁智深、武松听了，都点头称是，便让孔亮自上梁山泊请宋江，这边三山人马聚集起来，先去攻打青州城池，只等他大队人马来接应。

孔亮来到梁山泊，拜见了宋江，哭诉了上述原委。宋江带他拜见了晁盖等头领，便与众人商议，调拨军马下山来攻打青州。

宋江带人马来到青州后，扎下营寨。武松引鲁智深、杨志、李忠、周通、施恩、曹正等人来与宋江相见。

大家一一叙礼，各诉相慕之情。鲁智深设酒，款待众人。

次日，宋江与众人商议打青州之事，杨志道："如今青州只凭靠呼延灼

水浒传·美绘版·

三三〇

一个，若拿得此人，破此城如汤沃雪①。"吴用笑道："此人不可力敌，只可智取。"宋江问计，吴用道："只需如此如此。"宋江闻听大喜，当下分拨人马。

第二日，众军来到青州城下，四面围住，擂鼓呐喊。呼延灼披挂整齐，出城迎战。秦明当先出阵，厉声高骂城上慕容知府道："滥官，害民贼徒！杀我全家，今日定要报仇雪恨！"慕容知府认得秦明，也厉声回骂。呼延灼拍马来斗秦明，两人斗了四五十合，不分胜负。那知府怕呼延灼有失，忙叫鸣金收兵。

次日天未明时，军校来报说城北门外土坡上有三骑私自在那里看城。呼延灼料到是宋江等人，连忙披挂上马，带一百余马军，悄悄出了北门。

他赶到土坡上，见果然是宋江、吴用、花荣三人正呆着脸看城。三人见了呼延灼，拨转马头，慢慢走去。呼延灼奋力追赶。

这时，宋江三人却齐齐勒住马，呼延灼刚赶到几棵枯树旁边，不由得失声喊叫，却是正踏着陷坑，连人带马都跌下坑去了。

两边上来五六十个挠钩手，不由分说，将呼延灼搭出来，拿绳绑了。后面赶来的马军被花荣当头射倒几个，其余的都一哄散了。

呼延灼被押到寨里，宋江急叫解了绳索，亲自把他扶到椅上坐定，然后自己拜倒在地。呼延灼慌忙还礼，宋江道："小可宋江怎敢背负朝廷？盖因滥官污吏威逼，方才借水泊里避难。今将军折了许多人马钱粮，若回京城，必遭高俅那厮罪责陷害！韩滔、彭玘已在敝山入伙，倘蒙将军不弃，宋江情愿让位，请将军在山寨歇马。"

①如汤沃雪：像热水倒在雪上一样，形容事情容易解决。汤，指热水，古时叫法。

呼延灼闻言，沉思半晌，也因是义气之人，又见宋江礼貌甚恭，遂叹了口气，答应入伙。

宋江大喜，忙请呼延灼与众头领相见，并叫李忠、周通牵过那匹踢雪乌骓马来，还与呼延灼。

众人再次商议救孔明之计，呼延灼答应去赚开城门。他带领十个头领，假扮作军士，来到城下，谎说自己逃得命回来。

慕容知府放他进城，十个头领进去，秦明一棒先将那知府打下马来。众人放火的放火，救人的救人，不一时，便破了青州城，救出孔明、孔宾。

破取青州之后，宋江班师回山。原来二龙山、桃花山、白虎山三山上的头领都烧了寨栅，到梁山上入伙。晁盖命人大摆宴席，庆贺鲁智深、杨志、武松等新头领上山。

段景住梁山泊献马 晁天王曾头市中箭

且说鲁智深上山后，十分思念史进，便央求宋江招在华阴县少华山占山为王的史进、朱武、陈达与杨春入伙。宋江早已听闻史进的名号，便让武松和他同去。鲁智深来到少华山后，得知史进因得罪了贺太守，被捉进华州牢里了，十分焦急。鲁智深不听武松劝阻，只身直奔华州相救。

不想华州的贺太守早瞧出端倪，倒先用计把鲁智深给捉了。武松闻知，大惊，正好戴宗赶来，便急速返回梁山报信。宋江得知后，急忙清点人马向少华山赶去。途中巧遇宿太尉，宋江设计将其软禁，并借了太尉的仪仗和随从的衣物。众人假扮太尉一行人，用计杀了贺太守。众人又赶到华州城里，救出史进、鲁智深二人，劫了府库。之后，史进、朱武四人也烧了寨栅，随宋江等人一起往梁山泊而去。

且说宋江等人回到梁山上，忽一日朱贵来报说徐州芒砀山的三个头领混世魔王樊瑞、八臂哪吒项充、飞天大圣李衮要来挑战梁山泊。宋江闻报，大怒，又带兵下山攻打芒砀山，擒了项充、李衮二人，然后说服他们入伙，二人感恩，又劝说樊瑞归降，就此息了刀兵。

宋江带领樊瑞等好汉及大批军马回到梁山泊脚下，正要渡水上山，忽见芦苇边大路上走过来一个大汉。那人见了宋江倒地便拜，宋江慌忙下马扶住，问他是何人。那大汉道："小人段景住，人称金毛犬，今春盗得一匹好马，欲献与宋公明哥哥做进身之礼。那马浑身雪白似练，能日行千里，唤作'照夜玉狮子马'，乃是大金王子的坐骑。我盗得此马来，不想在凌州曾头市上过时，被那曾家五虎夺了去。小人说是送与梁山宋公明的，那厮们却有许多污秽言语。小人敌他们不过，逃到此地，特来告知。"

　　宋江见段景住相貌奇特，仪表非俗，便让他一同到梁山上，与樊瑞、项充、李衮一起拜见了晁盖等人，都在山上做了头领。日后，段景住又说起那匹马的好处，宋江便让戴宗到曾头市上打听那马的下落。

　　四五日后，戴宗回来对众头领道："这曾头市上共有三千余家，内有一个曾家府，府上有五个儿子，号称曾家五虎。老大曾涂，老二曾参，老三曾索，老四曾魁，老五曾升。还有一个枪棒教师史文恭，那匹狮子马便是他骑坐了去。他那里有六七千人马，扎下寨栅，发誓要与我梁山为敌。还有人杜撰几句言语，叫街上小儿传唱，说什么'扫荡梁山清水泊，剿除晁盖上东京。生擒及时雨，活捉智多星'。"

　　晁盖听了这番言语，勃然大怒，叫道："这畜生怎敢如此无礼？我须亲自去走一遭，不捉得此辈，誓不回山。"宋江连忙劝道："哥哥是山寨之主，不可轻动，小弟愿往。"此次晁盖却气冲牛斗，非亲去不可。他当下点起五千人马，请林冲、呼延灼、徐宁、三阮、杨雄、石秀等二十个头领下山，前往征剿曾头市。

出发当天，宋江等人为晁盖送行，却有一阵狂风刮折了晁盖新制的认军旗。众人见了，尽皆失色。吴用道："此乃不祥之兆，兄长改日再出军吧。"宋江也劝道："风吹认军旗，于军不利。哥哥停待几日，再与那厮理会。"晁盖却道："天地风雨，何足为怪？如果不趁此时去拿他，等那厮们养成气势，再进兵就迟了。你等休要阻拦，我定去走一遭不可。"众人见违拗不过，只好送他并二十位头领下山了。

且说晁盖率众军来到曾头市上，在平川旷野处摆下阵势，曾家早得到消息，也列队迎战。曾家老大曾涂见了晁盖等人，大骂道："反国草贼，俺定要活捉你等，碎尸万段。"晁盖大怒，挺枪出马，直奔曾涂。后面众将怕晁盖有失，一起掩杀过去，两军混战。曾家军马一步步退回村里，林冲、呼延灼护定晁盖，东西赶杀，见路径不好，急忙收兵。

这一阵，双方都折了些人马，晁盖忧闷不乐，众将都上来解劝。此后一连三日，晁盖等人每日叫骂，曾头市上都不见一人出来应战。

到第四天，忽有两个和尚来到晁盖营里投拜，两人跪下道："小僧是曾头市东边法华寺里的僧人，时常被曾家五虎搅扰，受尽他们的欺侮。小僧已知他的出入门户，特来拜请头领去劫他寨栅，剿除了那厮们，也是我等百姓的造化。"晁盖闻言大喜，便设宴招待两个和尚。

林冲在旁谏道："哥哥休听他言语，莫非其中有诈？"那两个和尚却道："出家之人，怎敢妄语？久闻梁山泊替天行道，我等特来拜投，怎会暗赚将军？"晁盖求胜心切，便道："兄弟休生疑心，误了大事。今晚我亲去走一遭。"林冲劝他留在寨里接应，晁盖却非要亲去。当天夜晚，他点了

一半人马，带十个头领随两个和尚直奔法华寺而去。到了寺里，晁盖众人下马，却不见僧众，问是何故。和尚道："小寺被曾家骚扰，僧人都各自还俗去了。头领先暂驻人马，等夜深些，小僧引头领到那厮们寨里。"晁盖也未生疑，等过了二更半，他便带众将跟着两和尚离了法华寺。

行不到五里多路，黑影里却不见了两个和尚，前军见四边路杂，不敢行动，报知晁盖，呼延灼急叫回旧路。走不到百十步，只听四下里金鼓齐鸣，一望全是火把。晁盖大惊，引众军夺路而走，刚转过两个弯，前面撞出一彪人马，当头将乱箭射过来。不期一箭正中晁盖脸上，晁盖大痛，跌下马来。幸亏呼延灼、燕顺两骑马拼死奔过来抵住，后面刘唐、白胜救晁盖上马，杀出村来。村口有林冲等人接应，两军直杀到天明，方才各自回寨。这一仗，梁山军马前去的两千多人，折了一半。

众人将晁盖扶回营帐，见那箭正射在面颊上，着人用力拔出箭来，晁盖疼昏过去。众人看那箭上有"史文恭"字样，原来是一支药箭。林冲叫取金枪药给晁盖敷上，此时晁盖中了箭毒，已说不出话来。林冲见他伤势沉重，不敢耽搁，叫人把晁盖扶上车子，差三阮、杜迁、宋万将他送回山寨。其余十五个头领，皆闷闷不已，众军都有还山之意。当夜，曾家又派四五路军马杀来，林冲带人马且战且退。退了五六十里，正逢戴宗来传军令，叫众人回山。林冲便带领众军马返回梁山泊。

且说梁山泊上，晁盖此时已水米不进，浑身浮肿。宋江守在床前啼哭，亲手为晁盖敷药灌汤，众头领皆守在帐前。当夜三更时分，晁盖身体沉重，转身对宋江嘱咐道："贤弟保重。若哪个捉到射死我的，便叫他做梁山泊主。"说完，他便瞑目而去。宋江大哭，如丧父母一般。吴用、公孙胜劝道："哥哥且不要伤痛，理会大事要紧。"

宋江哭罢，便叫人把晁盖的遗体用香汤沐浴了，又让人打造棺椁，选吉时停在正厅上，设了灵位。众头领自宋江以下，都戴重孝，举哀祭祀。那支毒箭便供在灵位前。寨内扬起长幡，附近寺院僧众都被请上山来做功德，追荐晁盖。而宋江自此每日举哀，再无心管理山寨事务。

林冲与吴用、公孙胜等人商议，立宋江为梁山泊寨主，统领全寨。这日清晨，以林冲为首，众头领请宋江到聚义厅中坐定。吴用、林冲先开口道："国不可一日无君，家不可一日无主。晁头领归天去了，山寨偌大事业，岂可无人管理？四海之内，皆闻哥哥大名，来日选个吉时良辰，就请哥哥为山

寨之主。"宋江道："晁天王临死时吩咐：若有捉得史文恭的，便立为梁山泊主。如今人死尸骨未寒，岂可忘了？又不曾报仇雪恨，如何能居此位？"

吴用又劝道："晁天王虽是如此说，但寨中人马如何管理？哥哥权且尊临此位，日后再作计较。"宋江思量再三，便道："小可就暂居此位，待日后报仇雪恨，不管何人拿住史文恭，就让他做梁山泊主。"李逵在一旁不耐烦："哥哥休说做梁山寨主，便做了大宋皇帝，岂不好？"宋江喝道："又胡说！再胡言乱语，我先割了你的舌头。"

吴用道："哥哥不要和他一般见识。且先请哥哥主持大事！"宋江便坐了第一把交椅。上首军师吴用，下首公孙胜。左一边林冲为头，右一边呼延灼居长。众人都拜了，两边坐下。宋江道："小可今日权居此位，全赖众兄弟扶助。如今山寨人马众多，非比往日。聚义厅可改为忠义堂，再请众位兄弟分六寨驻扎。前后左右四个旱寨，后山两个小寨，前山三座关隘，山下一个水寨，今日皆请兄弟们分头去管。"

随后，宋江便一一做了安排。忠义堂上由宋江、吴用、公孙胜、花荣、秦明、吕方、郭胜居住把守。左寨内是林冲、刘唐、史进、杨雄、石秀、杜迁、宋万；右寨内是呼延灼、朱仝、戴宗、穆弘、李逵、欧鹏、穆春；前寨内也是七位头领，以李应为首；后寨内以柴进为首；水寨内以李俊为首；山前三关由雷横、解珍兄弟、项充、李衮等人分别把守；山下两小寨由王英夫妇、朱武、陈达等人分别把守。如此等等。

一切安排都情理得当，有条有序。众人依宋江之言，各自管理分寨事务。整个大寨由宋江做寨主，大小头领，心里各自欢喜。

第四十一回

宋公明夜打曾头市 卢俊义活捉史文恭

话说晁盖去世后，一日，山上请了一位大名府龙华寺的僧人来做道场。闲话之间，宋江听僧人说起人称玉麒麟的卢俊义，此人有一身好武艺，棍棒天下第一，宋江大喜，吴用和李逵便主动请求前往北京劝卢俊义落草。

次日二人下山，吴用扮算命先生，李逵扮道童，两人骗说卢俊义有血光之灾，须到东南方避灾，并让其在墙上写了一首藏头反诗破解。卢俊义自算卦后，坐立不安，第二日和管家李固一起到山东避难，让家仆浪子燕青看家。途中，卢俊义被李逵拦住，李逵道："卢员外，你中了俺军师的计，快来坐把交椅吧！"卢俊义这才醒悟，大怒，便和李逵打斗。不到两个回合，李逵转身逃走，卢俊义赶去。随后，鲁智深、武松等人又接替来战卢俊义，将他引上了梁山，宋江劝其入伙，卢俊义坚决不肯，宋江又留他在山上住些日子，卢俊义推辞不过，只得答应。吴用送李固下山时，却对李固说卢俊义已经落草。李固连忙应承，逃命而去。一个多月后，卢俊义坚持回家，宋江只好送他下山。当时正是清早，卢俊义见一人衣衫褴褛，定睛一看，却是燕青。燕青道："李固回去后告发主人落草，如今和娘子做了夫妻，小可则

被赶出城外。"卢俊义不信,便要看个究竟。燕青深怕卢俊义被抓,拖住不放。卢俊义大怒,一脚踢倒燕青,大踏步走入城来。

卢俊义奔到家里便问原委,李固慌忙迎接道:"主人先歇息再说!"娘子贾氏也劝卢俊义先吃早饭。刚要吃饭,只听前门公差抢进家来,把卢俊义绑了,一步一棍,直打到留守司里。梁中书一听与梁山有关,便厉声拷问,卢俊义只得屈打成招。李固使了钱财,欲结果了卢俊义,幸好柴进及时赶到,上下打点,方才保全性命。最终,梁中书查无实证,判卢俊义脊杖四十,刺配沙门岛。李固又欲害卢俊义,幸而燕青一路暗中相随,救了主人。不想半路上,卢俊义又被官差捉去。燕青思量半天,决定请宋江帮忙。途中,燕青遇到往北京探听卢俊义消息的石秀和杨雄,便将卢俊义又被捉一事说了,杨雄遂带燕青返回报信,石秀赶往北京打听消息。

卢俊义被捉后,第二日被拉到法场斩首。石秀正好碰上。见官兵拥着卢俊义而来,石秀手举钢刀直杀过去。逃跑途中,不想又遭官兵围堵,两人寡不敌众,便被捉进大牢了。幸而宋江派兵相救,方才救出卢俊义二人。

众人回到梁山,宋江迎接。卢俊义正式入伙,坐了第二把交椅。

且说梁中书逃得性命,重回大名府,派人飞报他岳父蔡太师。蔡京奏请徽宗,调拨凌州团练使圣水将军单廷圭、神火将军魏定国带兵前去攻打梁山泊。梁山上探得消息,关胜先带人马攻打凌州,由林冲接应。不久,关胜擒了单廷圭,又说服了魏定国,二将同归梁山。同时,李逵为打凌州,私自下山去,也带回焦挺、鲍旭两位好汉。

众人回到梁山脚下,段景住却仓皇跑来,对林冲道:"我与杨林、石勇

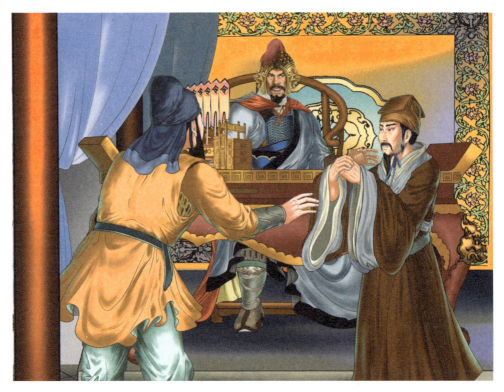

前往北地买马，买了二百多匹好马，回至青州时，却被一个叫郁保四的带领二百余人将马都抢了，送到曾头市去。如今石勇、杨林不知去向。小弟连夜逃回，报知此事。"林冲闻说，叫他回山寨后再商议。

众人一起来到梁山忠义堂上，拜见宋江。宋江见又添了单廷圭、魏定国、焦挺、鲍旭四位好汉，十分欢喜。段景住上前细说被夺马一事，宋江听了，大怒道："上次夺我马匹，射死我哥哥晁天王，至今不曾报仇。今日又如此无礼，若不去剿灭这厮，岂不惹人耻笑？"吴用道："如今春暖无事，正好厮杀。前者天王失其地利，如今必用智取。"他先叫时迁使出飞檐走壁

水浒传 ·美绘版·

的功夫，去探听消息。

两三天后，杨林、石勇逃回寨内，又备说曾头市史文恭口出大言，要与梁山泊势不两立之事。宋江闻说，怒气填胸，又让戴宗飞去打听，立等回报。不过数日，戴宗先回来道："这曾头市如今在市口扎下大寨，又在法华寺内做中军帐，数百里遍插旌旗，不知何路可进？"次日，时迁也回来报道："小弟到曾头市里已探知备细。他如今扎下东、南、西、北、中五个寨栅，分别由曾家五子与教师史文恭把守。"

吴用听罢，与众人商议道："既然他扎五个寨栅，我们也分调五路军马前去攻打。"这时，卢俊义起身道："卢某得蒙救命上山，未能报效。今愿领一路军马前去出战，不知尊意如何？"宋江听了道："员外如肯下山，便为前部。"吴用却谏道："员外初到山寨，未经战阵，山岭又崎岖，不可为前部先锋。可别引一支军马，前去平川埋伏，做接应之兵。"吴用的意思是怕卢俊义先捉住史文恭，宋江会让位给他，所以力主让卢俊义带同燕青，引领五百步军，到平川小路上埋伏。宋江见他如此说，也点头同意。

随后吴用与宋江分调五路军马去攻打曾头市：正南大寨，差马军头领秦明、花荣，副将马麟、邓飞，引军三千攻打；正东大寨，差步军头领鲁智深、武松，副将孔明、孔亮，引军三千攻打；正北大寨，差马军头领杨志、史进，副将杨春、陈达，引军三千攻打；正西大寨，差步军头领朱仝、雷横，副将邹渊、邹润，引军三千攻打；正中总寨，由宋江、吴用、公孙胜率吕方、郭盛、解珍、解宝、戴宗、时迁，领军五千攻打。最后由李逵、樊瑞、项充、李衮等人，引马步军兵五千押后策应。其余头领各守山寨。

一切安排停当，大军便向曾头市压进。且说曾头市得知消息，曾长官曾弄便与五子及教师史文恭、副教师苏定商议迎敌之事。史文恭道："梁山泊军马来时，我们只多挖陷坑，便捉得他强兵猛将。这伙草寇，用这条计，方为上策。"曾长官闻言，便让众庄客去村口各处掘下数十处陷坑，上面用浮土盖住，四下里埋伏好军兵，只等梁山军马到来。

　　这边宋江等人起行时，吴用早暗使时迁前去打听情况。时迁回来后，将曾头市掘下陷坑之事都细说与吴用。吴用心里自有了一番计策，他命大队人马前进，在曾头市前分头下寨，也掘下濠堑，布下铁蒺藜。

　　一连三日，曾家人不曾出来交战。吴用又让时迁扮成伏路小军，去曾头市寨中探听。时迁回来，将里面有几处陷坑、离寨多远，都探听仔细。吴用听了回报，于次日传令，叫人准备下柴草，命鲁智深、武松与朱全、雷横两路人马去攻打东、西两寨，拖住两寨兵马；再叫攻打曾头市北寨的杨志、史进，把马军一字儿摆开，只在那里擂鼓摇旗，虚张声势。吴用自带人马从山背后抄到南寨前，此时史文恭等人只等着梁山军马自陷到坑里，却未料到吴用叫人排出百余辆柴草车一起点燃，再让公孙胜作法，大火一直向曾头市南寨烧过去，将史文恭等人烧得大败。

　　次日，曾家长子曾涂对史文恭道："若不先斩贼首，难以得胜。"他让史文恭牢守寨栅，自率领军兵，出阵叫战。吕方挺手中方天画戟，纵马直取曾涂。两人战到三十多个回合，吕方渐渐不敌，郭盛拍马上来助战，三人混战一起。吕方与郭盛的两支方天画戟上都拴着金钱豹尾，两人齐举戟来攻曾涂。曾涂眼明，用枪只一拨，两条豹尾便搅住朱缨，夺扯不开。三个各要

水浒传·美绘版·

二三四

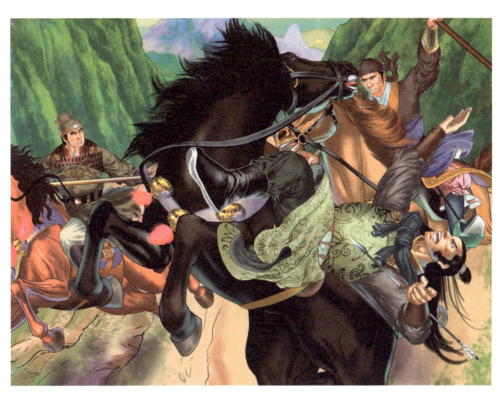

掣出兵器使用。花荣在阵中看见，恐怕郭、吕两人吃亏，便纵马出来，急拉弓搭箭，望着曾涂射来。这时，曾涂已掣出枪，那两支戟还搅在一起。说时迟，那时快，曾涂挺枪便望吕方脖子下搠来。花荣的箭却早先到，正中曾涂左臂，曾涂翻身落马。吕方、郭盛双戟并下，将曾涂搠死。

　　曾弄闻听大儿子战死，伤心大哭。老五曾升大怒，咬牙切齿道："备马来，我要给哥哥报仇。"曾弄与史文恭等阻拦不住，曾升上马，出阵叫战。李逵出来应战，曾升见他赤膊上阵，便叫放箭，李逵不曾穿盔甲，腿上被射了一箭，幸亏有秦明、花荣等下死力把他救回去。

次日，史文恭出马，又将秦明刺伤。曾头市上连赢两阵，史文恭便与曾升商议来劫梁山营寨。吴用却已料到此事。当夜，曾家人马奔到宋江中军营时，那里早已只剩一座空寨，史文恭等人知道中计，转身便走。这时，左右杀出解珍、解宝来，花荣也从后面赶上，杀过来。曾索在黑地里被解珍一钢叉搠死。混战半夜，史文恭带人马逃回曾头市。

曾弄见又死了一个儿子，心中大痛，无心交战，便让史文恭写信投降。史文恭也有几分怯意，随即写了书信，让人送到宋江营中。宋江接到来信，看罢大怒，扯碎书信骂道："杀我兄长，焉能罢休？只待洗荡村坊，方足我愿。"吴用劝道："兄长差矣。我等相争，皆为气耳。今他下书来讲和，岂可因一时之忿，失了大义？"他随即写了回信，让来人带去。吴用信中让曾家送还两次所夺马匹，并要夺马人郁保四来本寨营中听候处置。

曾弄看过回信，请宋江先派人质到曾头市，然后才可讲和。这边按吴用计议，叫时迁、李逵、樊瑞、项充、李衮五人前去做人质。史文恭怀疑有诈，但曾弄求和心切，随即让曾升带郁保四到宋江营中讲和。

宋江见曾弄只送还了第二次夺去的马匹，不见有第一次夺去的那匹照夜玉狮子马，便让曾升写信，再要那匹马来。这匹宝马正是由史文恭乘坐，史文恭不肯给，并说若要宝马，必须先要宋江退兵。

宋江见状，便与吴用商议如何处置。二人还未商定，却闻报青州、凌州两路军马到来，协助曾头市攻打梁山好汉。宋江立即叫关胜、花荣等人各领兵前去抵住。他又暗地叫过郁保四来，好言抚慰，要他假装私逃回曾头市，对史文恭说"宋江等人无心讲和，只想要回那匹千里马。若还了，他等必然

翻脸。如今听说青州、凌州两路兵马到了，宋江等十分惊慌。我们只可乘势用计"等语。

郁保四见宋江义气，便归顺了梁山，按宋江之意回到曾头市上，将上述言语对史文恭说了。史文恭不知是计，遂与曾弄商议去劫宋江营寨。曾弄道："我那曾升还在他那里，若翻脸，我儿岂不没命？"史文恭道："等打破宋江营寨，定能救了他回来。今夜叫全数人马都去劫寨，擒了宋江，群蛇无首，不战自退。"

当夜，史文恭便带曾参、曾魁及大队人马尽数来到宋江总营寨，却见寨门不关，内无一人，他众人知道中计，正待要走，却听曾头市里锣鼓炮响，法华寺撞起钟来。众人急往回奔走。原来吴用趁曾头市里兵马空虚，早派三路人马分头去攻打东、西、北三寨。曾弄听到寨中大乱，知道有变故，自缢身死。曾参、曾魁都在混战中被杀死。只有史文恭一人得千里马之力，落荒逃去。

且说史文恭不分南北，约行了二十余里，来到一片树林边，只听林后一阵锣响，撞出四五百军马来，当先正是卢俊义拦住去路。卢俊义拿杆棒望史文恭马腿便打，那匹马是千里龙驹，见棒打来，"嗖"地从棒上跳过去。史文恭勒马往回走，却撞上浪子燕青。史文恭再兜回马来，卢俊义挡住喝道："强贼，走哪里去？"一刀搠在史文恭腿上，将他搠下马来。众喽啰上前绑了，燕青牵了那匹照夜玉狮子马，和卢俊义一起到宋江营寨里来。

第四十二回

呼保义义释双枪将 没羽箭飞石逞英雄

话说卢俊义活捉了史文恭，宋江军马又破了曾头市，抄掳了财宝米粮，大军重返梁山泊山寨。宋江先让人把史文恭剖腹剜心，祭奠了晁盖，然后在忠义堂上，与众弟兄商议立梁山泊主之事。

宋江道："先前晁天王有遗言：但有捉得史文恭者，便为梁山泊主。今日卢员外擒得此贼，宋某理当让位。"卢俊义道："兄长休说此话，小弟才疏德浅，宁死不能从命。"宋江又一再谦让，卢俊义只是坚辞不受。吴用道："兄长为尊，卢员外为次，众皆所伏。兄长若再三推让，恐冷了众人之心。"吴用先给众人使了眼色，故出此语。

李逵叫道："我自江州舍身拼命跟你来，你只管让来让去！我便杀起来，各自散伙！"武松叫道："哥哥手下许多军官，都是受过朝廷诰命的，也只是让哥哥，他等如何肯从别人？"刘唐、鲁智深等人也各自发作，表示抗议。

宋江见状道："你众人不必多说，我自有个道理。如今山寨钱粮缺少，梁山泊东有两个州府，一是东平府，一是东昌府，我们去到那里借粮。今写下两个阄儿①，我和卢员外各拈一个去攻打，谁先打破城池，谁便做梁山泊

---

① 阄儿：抓阄时用的上面写有记号、卷起或揉成一团的纸片。一般抓阄的人各取一个，以此来决定谁该得到什么东西。

主，如何？"吴用道："这样也好，听从天命。"当下铁面孔目裴宣写了两个阄儿，也由不得卢俊义不拈。宋江拈着东平府，卢俊义拈着东昌府。众人皆无话说。

当日，宋江传令，调拨人马。宋江部下：林冲、花荣、刘唐、史进、徐宁、燕顺等二十五位头领，马步军一万，水路由阮氏三兄弟接应；卢俊义部下：吴用、公孙胜、关胜、呼延灼、朱仝、雷横等也是二十五位头领，马步军一万，水路由李俊、童威、童猛接应。

分派已定，两路人马各去攻打城池。且说宋江领兵来到东平府前，宋江道："虽说是去打城池，也通些礼数，下封战书到那里去。若他肯投降，免动刀兵；若不肯降，再大行杀戮，也使人无怨。哪位兄弟与我先去下道战书？"险道神郁保四挺身出来，道："小人情愿去下战书。"活闪婆王定六也自告奋勇，与郁保四一同前往。

这东平府有一个兵马都监，乃河东上党郡人士，名唤董平，善使双枪，人称双枪将，武艺十分了得，有万夫不当之勇。且说郁保四、王定六两个来到东平府，东平太守程万里见到宋江战书，问董平道："梁山贼寇要借本府钱粮，你看如何？"董平怒道："泼贼如此无礼！"随后，他叫把下书之人推出去斩首。程万里道："不可！自古两国相战，不斩来使。只将二人各打二十讯棍，赶出城去，看他如何。"董平怒气未消，喝叫左右把郁保四、王定六捆翻，打得皮开肉绽，方推出城去。

两人回来，向宋江哭告道："董平那厮无礼，小看我大寨！"宋江见打了两个兄弟，怒气填胸。史进上前来道："小弟曾在东平府有个相好，名

叫李瑞兰，与小弟十分情厚。如今我便潜入城去，到她家安歇。哥哥打城池时，我便到更鼓楼上放火，里应外合，定能攻得城破。"宋江闻言道："如此最好。"遂叫史进前往。

史进来到东平府里，与李瑞兰厮见，将本身底细都一一告诉她。谁想那李瑞兰得知史进做了梁山头领，又要来打东平府，怕自己受到连累，便悄悄让父亲去报了官。不一时，便有几十个公差来拿史进，史进没有防备，竟被捉了去。程太守对史进严刑拷打，将他打入死囚牢里。

再说宋江待史进走后，便差人送信给吴用，备说此事。吴用见信大惊，急急从东昌府赶到东平府。他见了宋江道："兄长欠些主张，若小弟在此，决不叫他前去。史进此一去，必然吃亏。"他随后叫过顾大嫂来，让她乔装改扮，到城中打探消息，若史进有失，则叫她设法通知史进，到月尽之夜众兄弟打城救他，让他做好准备。

顾大嫂潜进东平府，果打听到史进被陷进牢里，方佩服吴用料事如神。她买通牢子，私下见了史进，告诉他众兄弟攻城相救一事。谁料史进会错了日期，自在牢里挣扎一番，打伤了几个押牢的公差，却未能逃将出来，顾大嫂也无力救他。

而董平见梁山竟有人敢单身来做细作，早就恼了。来日，他便领兵出城，来宋江寨前挑战。两军对阵，只见他头戴凤翅盔，身穿银铁甲，手持一对铁枪，坐下一匹骏马，威风凛凛，倜傥风流。宋江在马上看了，遂生爱才之心。此时韩滔先纵马出营，直取董平。董平那对铁枪，上下翻飞，可谓神出鬼没，人不可挡。韩滔不是敌手，宋江叫金枪手徐宁替回韩滔。徐宁拍马

出阵，截住董平厮杀，两人又斗了五十多个回合，不分胜负。宋江怕徐宁有失，便叫鸣金收兵。徐宁拨马回营，那董平竟手举双枪，直杀入宋江阵来。宋江急忙指挥四下军兵，将董平一起围住。董平左右冲突，杀出条路，方收兵回城去了。

当夜，宋江连夜打城。董平大怒，又带兵出城迎战。宋江在阵前叫道："你看我手下雄兵十万，你一个寡将，如何挡吾？快来下马就降，免你一死！"董平大怒，喝道："文面小吏，怎敢口出狂言？"说罢，他手举双枪，直奔宋江。林冲与花荣从左右杀出，截住董平。两将略斗一斗，回身便走，宋江军马佯败，四散奔走。董平要显本事，拍马赶来。

宋江等人退到离城十几里处，前面是个村镇，两边都是草屋，中间一条驿路。董平不知是计，只顾纵马追赶，正赶之间，忽听到背后孔明、孔亮大

叫道："勿伤吾主！"董平刚好赶到草屋前，又听一声锣响，两边门扇齐开，前后绊马索齐齐拽起，将董平战马绊倒，董平落下马来。两边冲出一丈青扈三娘与母夜叉孙二娘，二人一起将董平捉住，拿绳子绑了。原来宋江白日见董平勇猛，故设此计收伏他。

宋江此时已过了草屋，见捉了董平，便纵马回来。他来到董平跟前，下马亲自解了董平绳索，说道："倘蒙将军不弃，就请山寨歇马。"董平到此刻也惟有归顺入伙。董平又去赚开东平府城门，引梁山军马杀入城去，杀了程太守一家，助宋江破了东平府。

这时，白胜飞马来报，说东昌府久攻不下，卢俊义连输两阵。宋江大惊，又急忙带兵赶到东昌府。

东昌府有员猛将，名叫张清，善会飞石打人，百发百中，人称没羽箭。他手下有两员副将：一个是花项虎龚旺，会使飞枪；一个是中箭虎丁得孙，会使飞叉。 且说宋江带兵赶来，张清擂鼓叫战，徐宁纵马出阵，直取张清。两人各举枪交战，斗不过五个回合，张清拨马便走，徐宁在后追赶。张清左手虚提长枪，右手向锦袋里摸出石子，扭回身一石子，正中徐宁眉心，徐宁落下马来。幸亏有吕方、郭盛将他急救回去。

宋江失色道："有哪位头领接着厮杀？"燕顺拍马出来，斗无几合，也被张清一石子打在护心镜上，逃回本阵。紧接着，韩滔、彭玘、宣赞、呼延灼、杨志、朱仝、雷横等轮番上阵，皆被张清石子打伤，刘唐还被他捉了去。宋江大怒，割袍发誓道："我若不拿得此人，誓不回军。"

董平见状，心中暗道："我新降宋江，若不显我些武艺，上山去必无光彩。"遂拍马来战张清。两人战了数合，张清又拿石子来打，董平道："别人中你石子，怎近得了我？"说时迟，那时快，只见石子飞来，董平手更快，拿枪一拨，便将石子拨到一边了。张清见打不着，又掏出第二枚石子打来，又被董平躲过了。张清心慌，董平拿枪搠向他的心窝。张清闪身躲过，

撇了枪，双手把董平连枪带胳膊一起拖住，两人搅在一起。

索超在阵后望见，抢大斧来解救，龚旺、丁得孙出阵将其拦住，而这边林冲、花荣、吕方、郭盛又一起上来助战。张清见势不好，撇了董平便走。董平哪里肯舍，纵马直追过去，却忘了提防石子，被张清一石子打来，抹耳根擦过去了。董平只好回阵。索超不服，撇了龚旺、丁得孙，也赶入阵来。张清又轻取石子，照索超面门便打。索超躲闪不及，正打在脸上，顿时鲜血迸流。索超也只得提斧回阵。这时林冲、花荣已捉了龚旺、丁得孙回营。张清也拿了刘唐回自己营寨。

宋江收兵后，计点一下，总共被张清伤了十五人。他道："我闻五代时，大梁有个王彦章，片刻间连打唐将三十六员。今日张清一连伤我十五员大将，真是不在此人之下，也当是员猛将。"众人听了，不知宋江是何意图，皆低头不语。

第四十三回

宋江弃粮擒张清 梁山好汉排座次

话说宋江赞张清是个猛将，众人皆不语，吴用却看出他的心思，知道他想收伏此人，便道："兄长放心。先让受伤头领回山寨养伤，叫鲁智深、武松、孙立、黄信等人引兵水陆并进，赚出张清，便可擒得此人。"

再说张清回城内后，忽有探子来报说城外西北上有许多粮米车子，河内又有许多粮草船，水陆并进，皆有梁山几个头领监押。张清又让小校打听清楚，确是粮草无疑，便吩咐晚上去劫梁山的米粮。

当晚，星光满天，张清领兵行不到十里，早望见一队车子，旗上写着"水浒寨忠义粮"。鲁智深穿着皂直裰^①，正走在当头，张清暗道："先让这秃驴脑袋吃我一石子。"此时鲁智深也早看到他了，只装作不知，仍大踏步往前走，却忘了提防他石子。正走之间，张清在马上喝声："着！"一石子正打在鲁智深头上，顿时鲜血迸流，鲁智深往后便倒。张清军马一齐呐喊着奔上来，武松急忙挺刀救了鲁智深，弃粮而走。

张清等人抢了粮食，心中欢喜。回城后，张清又带兵去劫河中米船。他率领众兵一起呐喊出城，奔到河边。此时却是阴云密布，黑雾遮天，人人对

①皂直裰：直裰是古代士子、官绅穿的长袍便服，亦指僧道穿的大领长袍。皂直裰即指黑色的长袍。

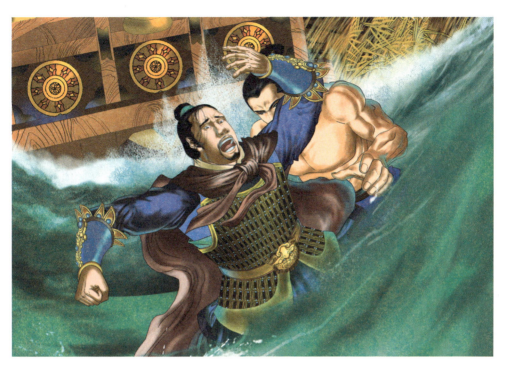

面不能相见。张清心慌，正待要走，却是进退无路，四下里喊声乱起，不知道人马从哪里来。原来这是公孙胜特地作法，卷这阴云黑雾来。梁山人马当然识得路径，林冲趁着天黑，带着铁骑军兵，将张清连人带马都赶下水去。河里李俊、张横、张顺、三阮、童威、童猛八个头领一字儿排开，此时张清纵有三头六臂，也难以挣扎得脱，阮氏三兄弟将他捉住，拿绳子绑了，押到寨中。吴用便命大小头领连夜攻打东昌府，不一时，便将城攻破了。

再说张清被押到宋江面前，众兄弟要报挨他石子之仇。宋江却拦住众人，亲自下堂迎接张清，与他赔话。张清见宋江如此义气，下拜归降。他又向宋江举荐了东昌府的一个兽医黄甫端，此人精通相马，善治牲畜之病。宋江大喜，

请黄甫端上山，专工医兽。他又放了龚旺、丁得孙，二人也归降梁山。

梁山又添了许多新的人马，宋江心中欢喜，忙叫摆宴庆贺。忠义堂上，众头领依次而坐，一共是一百零八人。宋江与吴用等人商议，在忠义堂正厅上供奉晁盖灵位。东、西两房由宋江、卢俊义各自为首居住，其余各寨都按原先分定的把守，新到头领也按各自所长，分派到各处掌管相应职责。

宋江还命在山顶上立一面杏黄大旗，上书"替天行道"四个大字。一切准备完毕，宋江选定个良时吉日，大设宴席，亲捧兵符印信，颁布号令道："诸多兄弟，各自管领各个领域，不得违误。如有故意违犯者，军法处置，绝不宽恕。"然后，他公布大小头领各自座次与所辖职务：

梁山泊总兵都头领二员：宋江、卢俊义

掌管机密军师二员：吴用、公孙胜

掌管钱粮头领二员：柴进、李应

马军五虎将五员：关胜、林冲、秦明、呼延灼、董平

马军八骠骑兼先锋使八员：

花荣、徐宁、杨志、索超、张清、朱仝、史进、穆弘

马军小彪将兼远探出哨头领一十六员：

黄信、孙立、宣赞、郝思文、韩滔、彭玘、单廷珪、魏定国、欧鹏、邓飞、燕顺、马麟、陈达、杨春、杨林、周通

步军头领一十员：

鲁智深、武松、刘唐、雷横、李逵、燕青、杨雄、石秀、解珍、解宝

步军将校一十七员：

樊端、鲍旭、项充、李衮、薛永、施恩、穆春、李忠、郑天寿、宋万、杜迁、邹渊、邹润、龚旺、丁得孙、焦挺、石勇

　　四寨水军头领八员：

　　李俊、张横、张顺、阮小二、阮小五、阮小七、童威、童猛

　　四店打听声息，邀接来宾头领八员：

　　东山酒店：孙新、顾大嫂　　　西山酒店：张青、孙二娘

　　南山酒店：朱贵、杜兴　　　　北山酒店：李立、王定六

　　总探声息头领一员：戴宗

　　军中走报机密步军头领四员：乐和、时迁、段景住、白胜

　　守护中军马军骁将二员：吕方、郭盛

　　守护中军步军骁将二员：孔明、孔亮

　　专管行刑刽子二员：蔡福、蔡庆

　　专掌三军内探事马军头领二员：王英、扈三娘

　　一同参赞军务头领一员：朱武

　　掌管监造诸事头领一十六员：

　　萧让、裴宣、蒋敬、孟康、金大坚、侯健、皇甫端、安道全、汤隆、凌振、李云、曹正、宋清、朱富、陶宗旺、郁保四

　　梁山泊忠义堂上，一切号令已定，各个遵守。宋江又选个良辰吉日，大设宴席，带领众兄弟歃血为盟，但愿共存忠义之心，替天行道。当日，众人尽醉方散，这便是梁山泊之大聚义。

第四十四回

梁山泊十面埋伏 宋公明两赢童贯

话说梁山上聚集了一百零八位好汉，各人皆守职责，相安无事。但宋江本心并不背反朝廷，他一心指望招安，为国效力。

再说京城里早有人报知泰安州之事，徽宗大为忧心。御史大夫崔靖奏请招安，徽宗点头同意，写下诏书，差太尉陈宗善带了美酒，前去招安梁山泊大小人等。宋江在山寨得知消息，大为欢喜，整日引颈相待。谁料那太尉来了后，他手下的虞候却出言不逊，惹得众好汉都要拔刀相向，幸被宋江拦住。李逵哪管得了许多，他扯碎诏书，指着钦差大骂了一通。那钦差逃得命回去，向徽宗报告一切。徽宗大怒，又派枢密使童贯带兵，再次围剿梁山。

童贯受了统军大元帅之职，点下八路军州兵马，又选了两万御林军，着飞龙大将酆美、飞虎大将毕胜率领，然后大小三军一起杀奔梁山泊而来。梁山上得知消息，早做下准备。待官兵到来，宋江摆下九宫八卦阵，让众将四面八方合围官军。第一阵将童贯杀得大败。

童贯见识了梁山军马的厉害，心惊胆战，不敢轻易出兵。三日后，在飞龙大将酆美的建议下，童贯将全军摆成长蛇阵，方又杀到梁山泊来。他率

众军此次行到水泊边，却不见梁山一个军马，童贯心疑。这时，却见水里划来一只小船，船上坐着一个渔人钓鱼。童贯料定是梁山贼寇，便叫放箭。那箭都射到渔人身上，却是射不透，都掉到水里去了。童贯大怒，叫五百军汉下水，定要捉得那渔人来。那渔人转身大骂童贯道："乱国贼臣，来这里送命，犹自不知死哩！"童贯更怒，又叫放箭，那渔人翻身钻到水底去了。这时那下水的众军汉刚好赶到船边，渔人在水底下拔出腰刀，只管搠人，霎时血水滚上来，死了的军汉都沉到水底。你道这渔人是谁，正是浪里白跳张顺，他身上穿着铜甲衣，所以箭矢射不透。

童贯在岸上看得傻了，身边一将忽然指道："山顶上那面黄旗正在那里晃动。"童贯不解其意，忽听芦苇中一个轰天雷炮飞起，炸得火烟缭乱，

两边哨马又报："有伏兵到了。"童贯大吃一惊，与酆美、毕胜按住两边人马，立住观望，只听山背后喊杀震天，早飞出一彪军马，当先拥着朱全、雷横。雷横在马上叫战，毕胜大怒，拍马挺枪，直取雷横，雷横也使枪来迎。酆美又来战朱全，四匹马两对儿厮杀。斗了多时，朱全、雷横卖个破绽，拨回马头，望本阵便走。酆美、毕胜在后紧追不舍。童贯跟着带兵转过山脚，又听前后两个炮直飞起来。童贯知有伏兵，叫军马不要去赶，只见山顶上闪出那个杏黄旗来，上面绣着"替天行道"四字。山头上又转出宋江、吴用、公孙胜等人，在那里听鼓奏乐。童贯见了大怒，喝道："这贼怎敢戏吾！我当自擒这厮。"说罢，他不顾酆美劝阻，定要进军。

正说话间，探子来报说西面一彪军马把后军杀作两处。童贯大惊，顾不上上山，急带兵回马救应。这时，东边山后又飞出一队人马来，当先拥着秦明、关胜。童贯见状更怒，让酆美、毕胜来战二人。朱全、雷横又引兵来杀，两下里夹攻，童贯军兵大乱，酆美、毕胜保护着童贯，逃命而走。正行之间，刺斜里又飞出一彪军马来，截住了厮杀。当头大将正是呼延灼与林冲，二将在马上大喝道："奸臣童贯，待走哪里去？"童贯这边睢州都监段鹏举接住呼延灼交战，沂州都监马万里接住林冲厮杀。不到数合，林冲将马万里刺于马下。段鹏举见了，撇了呼延灼便走，呼延灼奋勇赶过来，两军混战，童贯心慌，只叫夺路而回。

这时，只听得前军发喊大乱，山背后撞出一彪梁山步军来，直杀入官军垓心。当先是鲁智深与武松，他二人引领军兵将童贯等人赶杀得四分五落。此时，官军人马已是前无去路，后有追兵。童贯只得引酆美、毕胜撞透

重围，杀条血路，奔过山背后来。喘息未定，又听得炮声大震，解珍、解宝兄弟各捻五股钢叉，领一队步军杀出来，直杀入童贯阵中。童贯人马遮拦不住，奋死突围。酆美、毕胜力保童贯而走，半路上撞见唐州都监韩天麟、邓州都监王义带残兵奔来。四人并力，护着童贯杀出垓心。这众人方突出重围，只见前面又是叫杀连天，绿树林里又飞出一彪人马，当先两员猛将董平、索超拦住去路。王义挺枪来迎索超，被索超一斧砍于马下。韩天麟来救，又被董平一枪搠死。酆美、毕胜只得死保着童贯，奔马逃命。

此时，四下里金鼓乱响，童贯等人纵马上坡一看，只见四面八方都是梁山军马，有四队马军、两队步军，齐齐杀来。童贯军马早被冲得风落云散，东零西乱。童贯等人在坡上看了，哪敢下来？三个商量道："似此如何杀得出去？" 酆美道："枢相且宽心，小将望见正南上尚有咱们的大队官军扎在那里。毕都统可在此保护枢相，小将杀开条路，取那支军马来，保护枢相出去。"童贯道："天色将晚，你可小心，快去快回。"

酆美便提着大杆刀，飞马杀下山来，冲开条路，直到南边。看那队军马时，却是嵩州都监周信领兵在那里。周信见了酆美，将他接入阵里，酆美急叫他带兵前去营救童贯。二人带领官兵杀奔山坡而来，路上又遇着睢州都监段鹏举，三个合兵一处，同杀到山坡下。毕胜下坡迎接他们上去，众人见了童贯，酆美道："我四人死保枢相，只就今晚杀透重围出去，可脱贼寇。"

当夜二更时分，星月光亮，酆美当先，众军官簇拥着童贯，一齐杀下山坡来。这时，只听得四下里乱叫道："不要走了童贯！"童贯听得肝胆都裂了，众官军只往正南路上冲杀过来。混战到四更左右，众人方护着童贯杀出

水浒传
·美绘版·

二五一

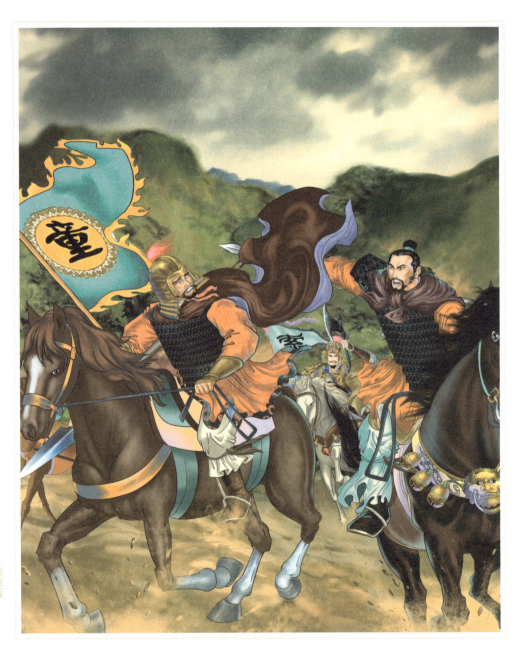

垓心，奔济州而去。

童贯欢喜未尽，只见前面山坡边一带火把乱明，不计其数，背后喊声又起，火把光中两条好汉，捻着两口朴刀，引出一员骑白马的英雄大将，冲杀过来。这马上的将领，正是玉麒麟卢俊义。马前这两个使朴刀的好汉，却是病关索杨雄与拚命三郎石秀，两人在火把光中引着三千余人，抖擞精神，拦住去路。卢俊义在马上大喝道："童贯不下马受缚，更待何时？"童贯刚心神归位，此刻又吓得灵魂出窍，他对众人道："前有伏兵，后有追兵，似此如之奈何？"酆美道："小将舍条性命，以报枢相。"说罢，他拍马舞刀，直奔卢俊义。两马相交，不到数合，卢俊义拿枪把酆美的大刀逼住，然后抢入身来，劈腰将酆美提住，一把活捉过来。杨雄、石秀赶来接应，众军一起上来，将酆美横拖倒拽走了。

毕胜与周信、段鹏举见状，只得舍命保童贯，冲杀拦路军兵，且战且走。卢俊义带兵追赶，只见那童贯败军，忙忙似丧家之狗，急急如漏网之鱼。快天亮时，他众人才逃脱追兵，往济州而来。

正走之间，半路上又撞出两彪人马，一是李逵并鲍旭、项充、李衮带兵，一是张清和龚旺、丁得孙带兵。两队人马又把官军杀死大半，段鹏举与周信也死于马下，最后只剩得毕胜护着童贯逃命而去。

梁山军马又胜了一仗，各自回山请功不提。且说童贯为何能逃出重围，只因宋江有归顺之心，故放他走了。而这一番围困官兵的厮杀，都是军师吴用的计策，叫作十面埋伏。

水浒传

·美绘版·

二五三

第四十五回

张顺凿漏海鳅船 宋江三败高太尉

话说童贯被梁山军马打得大败，他逃回京城，不敢如实禀报，只对徽宗说天气炎热，将士水土不服，故此罢兵。高俅却又自告奋勇，请奏亲自带兵攻打梁山，徽宗准奏。不几日，他便点齐十路兵马，由十个节度使带领赶赴济州而来。这十路军马都是受过训练的精兵，十个节度使也都曾是绿林出身，皆为精锐勇猛之人。

他众人杀到梁山泊，梁山上早得知消息，宋江列队迎战。第一回合，陆战中呼延灼打死清河天水节度使荆忠，水战中阮氏三雄冲断官船船队，活捉了高俅帐下牙将党世雄；第二回合，呼延灼、秦明、关胜等人活捉了云中节度使韩存保，梁山水军火烧了高俅所有调拨来的船只。

高俅损兵折将，连败了两阵，逃进济州城闭门不出。再说梁山将士自擒了韩存保与党世雄，宋江就将二人放了，并诉说了愿归顺朝廷的心曲。二人感宋江忠义，回来对高俅诉说一切。高俅闻言大怒，喝道："这是贼人奸计，慢我军心！你二人有何面目回来见我？"说罢，他要斩二人，幸亏众将求情，高俅方将二人发回京城听罪。

韩存保回到京师，向蔡京诉说宋江归顺之心。蔡京也知梁山贼寇难剿，最终点头同意。次日，他便奏请徽宗，请求再次招安梁山人等。徽宗便道："众贼若肯归降，皆免其罪；若是不伏，就让高俅剿灭尽绝回京。"

不几日，钦差奉命来到济州。高俅接着圣上旨意，却是左右为难：想不招安，但已连输两阵，难以取胜；若要招安，却又羞回京师。他连日踌躇，难以决断。济州却有一个老吏，平生十分刻毒，他见了诏书抄白，便进谗言，让高俅从诏书上做文章，叫赚宋江等人进济州城，先除掉宋江，再将梁山贼寇一网打尽。高俅闻言大喜，便如此去办。

而梁山上宋江得知招安消息，大喜过望，便要带众兄弟往济州城而来。吴用怕其中有诈，先让李逵、扈三娘等人各带兵在济州东西两路埋伏好。

且说宋江等人来到济州城门外，齐齐下马，拱手听诏。闻诏书曰："朕闻梁山泊聚众已久，不蒙善化，未复良心。今差天使颁降诏书，除宋江，卢俊义等大小人众所犯过恶，并与赦免……"当时军师吴用听到"除宋江"三字，立刻明白其意，便目视花荣道："将军听见了吗？"待读罢诏书，花荣大叫："既不赦我哥哥，我等投降做什么？"说罢，他搭上箭，拽满弓，望着那个宣诏钦差一箭射去，便结果了他性命。城下众好汉怒气填胸，一齐叫声："反！"乱箭朝城上射去。随后，宋江军中一声鼓响，众人一齐上马便走。城中官军出来追赶，约赶了五六里。只听得后军炮响，东有李逵引步军杀来，西有扈三娘引马军杀来。宋江全伙此时都回身卷杀。三面夹攻，官军人马大乱，被杀死者众多。宋江收军，不叫追赶，自回梁山泊去了。

这里高俅急忙申奏朝廷，称说宋江射死天使，不伏招安。另外，他又让人

打造战船，出榜招纳水手军士。济州城里有一个外地客人，姓叶名春，善会造船。他得知高俅要伐木造船，便来拜见道："太尉前番征剿梁山失利，盖因船不好。若要收伏此等贼寇，必须先造大船数百只。最大者名为大海鳅船，两边置二十四部水车，每车用十二个人踏动，众人一齐用力，其船如飞。外用竹笆遮护，可避箭矢，船面上又可设伏弩。如此大船，他等贼寇何以阻挡遮护？再造数十只小海鳅船，在那小港处挡住那厮们私路伏兵。如此，梁山贼寇岂不唾手可平？"高俅闻言大喜，又看了图样，便让人监造船只。

这时，朝廷又派两个御前指挥使丘岳、周昂前来济州助战。二人皆是高俅心腹之人，也是十分勇猛。高俅接着二人，更为高兴，只等大小船只造好，便分派人马，水陆并进，齐攻梁山。

宋江闻听高俅打造海鳅船，与吴用等人商议对策。吴用笑道："有何惧哉？旱路上交锋，自有猛将应敌。这水路上，只消得几个水军头领便了。他那船要造好，尚有四五十日光景。先叫一两个弟兄去那造船厂里，蒿恼他一遭。"此后时迁、段景住等人去那造船厂里放火，此事略过不提。

且说数日后，将近冬天，高俅不知耗费了多少人力物力，方将海鳅船造好。高俅大喜，吩咐庆贺三天。这日，有人来报济州府里贴了一首诗，为："生擒杨戬与高俅，扫荡中原四百州。便有海鳅船万只，俱来泊内一齐休！"

高俅见诗怒道："若不杀尽贼寇，誓不回军！"随后他拨军遣将，发兵攻山。旱路上便调琅琊彭城节度使项元镇、中山安平节度使张开总领军马一万，直到梁山泊山前大路上守住厮杀，又调一路大军，随行策应。原来梁山泊自古四面八方，茫茫荡荡都是芦苇野水。近来只有山前这条大路，是宋

江差人新筑的。高太尉便叫马军先进，截住这条路口。

其余节度使及大小牙将，都随高俅上船，从水路上征进。旱路上暂且不提。且说水路上，高俅拨三十只大海鳅船，令先锋丘岳与上党太原节度使徐京、颖州汝南节度使梅展管领，又拨五十只小海鳅船开路，令江夏零陵节度使杨温管领。中军船上，却是高俅同一个闻参谋带领。后军船上，令京北弘农节度使王文德、陇西汉阳节度使李从吉压阵。众人浩浩荡荡，往梁山泊而来。但见海鳅船前排箭洞，上列弩楼，左右排二十四部绞车，前后列一十八般军器，往来冲击似飞梭，辗转交锋如快马。真是威猛可嘉，势不可挡。

当下丘岳、徐京、梅展三个先锋，催动船只，迤逦来到梁山泊深处。这边梁山水军得知备细，早已做好准备。待官船到来，阮氏兄弟与童威、童猛先后出马，诱敌深入，将官军引到水泊更深处。这时李俊、张横、张顺带领水军各驾小船飞来，高声叫道："承谢送船到泊！"三个先锋听了，喝叫放箭。弓弩响时，对面三只船上众好汉，都翻筋斗跳下水里去了。此是暮冬天气，官军船上招来的水手军士，不敢下水，正犹豫间，只听得梁山泊顶上，号炮连珠响起。只见四分五落，芦苇丛中钻出千百只小船来，水面犹如飞蝗一般。每只船上，只三五个人。大海鳅船要撞时，又撞不得。水车水手正要踏车时，前面水底下早被阮氏兄弟等人填塞定了，车辐板根本踏不动。弩楼上弩手们纷纷放箭，小船上人，一个个自顶片板遮护了，竟射不着。

说话间，众小船渐渐逼拢官船，船上梁山水军个个爬上大船，将那踏车军士乱砍翻了。丘岳急令回军，后面船底又被塞定了，根本退不得。前船正混战间，后船又大叫起来。高俅在中军船上听得大乱，急要上岸。只听得

芦苇中金鼓大震，舱内军士一齐喊道："船底漏了！"霎时大水滚滚，流进船来，前船后船全都漏了，眼看要沉下去。而四下里梁山小船，又如蜂蝗般向大船冲来。

你道这海鳅船为何漏了？原来是张顺引领一班高手水军，暗暗钻到水底下，拿锤把船底凿透了，四下里才滚进水来。高俅此时惊得六神无主，高呼后船救应。这时只见水底下钻出一个人来，口里叫道："太尉，我救你性命！"高俅看时，却不认得。那人近前，一手揪住高俅巾帻，一手揪住他腰间束带，喝一声"下去"，便将高俅扔进水里。旁边早飞过来两只小船，将高俅拖上船去，这扔高俅下水的便是浪里白跳张顺。前后官船都顾不得高俅，自逃命不暇。丘岳被锦豹子杨林杀死，梅展、徐京等人皆被擒住。

再说那旱路上，卢俊义引众军与周昂、王焕等人交战，也大获全胜。宋江等人又赢了这一战，众好汉摆宴庆贺，自是欢天喜地，乐鼓震动了山寨。

第四十六回

燕青月夜见道君^① 梁山好汉受招安

话说宋江三败高俅，心里只求能得招安，早日归顺朝廷。他将擒得的高俅等人都一一放了，自跪下请罪，向高俅诉说归顺之心。高俅此时落在梁山好汉手里，哪里还敢耍威风，自是和颜悦色，答应回朝后奏报徽宗，替宋江请求招安。宋江留高俅住了一日，便送他众人下山了，又怕高俅反悔，遂派了圣手书生萧让与乐和随同前往，探听招安一事。高俅也将闻参谋留在山上作为人质。

待高俅走后，宋江道："我看高俅此去，未知真实。"吴用笑道："高俅是个转面忘恩之人。他折了许多人马，回京后必定以托词奏过天子，推病不出，将萧让、乐和软禁在府里。若要等他招安，恐怕空劳神力。哥哥可再选两个伶俐之人，到京城将衷情传达圣上。"燕青闻言，起身道："当初元宵节时闹了东京，小弟已认得李师师家，我可去她那里打通关节，她是皇上心爱之人，必可转达圣听。"戴宗也起身道："小弟也帮他走一遭。"

神机军师朱武道："兄长昔日打华州时，曾结识宿太尉。他是个好心人，若得他在天子面前题奏，招安必定有望。"宋江蓦然想起此人，便请出闻参

①道君：指宋徽宗（1100～1109年在位）。宋朝历代皇帝皆推崇道教，以宋徽宗为甚。徽宗曾自号为道君皇帝，故这里称他为道君。

谋，问道："相公可认得宿太尉？"这闻参谋名叫闻焕章，是当时的名士，恰与宿太尉是同窗。他得知宋江本意，便提笔写了一封书信给宿太尉。宋江大喜，随即让燕青、戴宗带了书信，置酒送二人下山了。

再说那高俅回京后，果如吴用所料，只向徽宗假说有病还京，便闭门不出，将萧让、乐和软禁在自己府里。

而燕青、戴宗二人在路上行了几日，到了京城。燕青径直来到李师师家，李妈妈道："你前番连累我家坏了房子，今日又来做什么？"燕青道："须等娘子出来，方说知详细。"那李师师早从窗后看见燕青，便走进来。她将燕青拉到客间里坐下，说道："你前番只说你那主人是山东客人，却闹了那一场，我心中一直疑惑，你今日要说实情。"这李师师本不是等闲之人，早看出些端倪。此时燕青只得如实相告，并道："我哥哥来东京求见娘子，不为欢笑，只因娘子识得圣上，特来诉说衷曲，指望替天行道，保国安民，求娘子转达圣听，早得招安。"说罢，燕青又拿出帕子里的金银财宝，都给了李妈妈。那婆子爱财，一见便喜，立即让丫环、婆子人等准备酒菜，招待燕青。李师师亲自相陪，燕青又将梁山好汉三败高俅，宋江放他还京，请他代为转奏招安的事说了。李师师道："他折了那些钱粮人马，如何敢奏？你的话我尽知了，来日别作商议。"当下燕青饮了酒，为干大事，又拜李师师为姐。那李师师见燕青能言善辩，心里也倒欢喜。

第二日，燕青又来到李师师家，散了不少金银，那李家上下老小，没有一个不欢喜。当夜，有人报说皇帝即将驾临。燕青闻言，拜李师师道："姐姐做个方便，今夜叫小弟见圣上一面。"李师师叫他躲在一旁。

少时，徽宗微服来到李师师家，李师师上前接驾。两人在房里坐下，李师师见龙颜喜悦，便道："贱妾有个姑舅兄弟，流落外方，今方回来，想见圣上一面，乞我王圣鉴。"那徽宗一听是李师师的兄弟，便叫传进来。燕青走进房内，倒头而拜，徽宗见燕青生得一表人物，先有十分喜爱。李师师又让燕青唱曲，燕青便手拿唱板，唱了一首艳曲《渔家傲》。那声音恰如新莺乍啭，清韵悠扬。原来燕青不但善使弩箭，能够相扑，对于吹拉弹唱之事，也是无所不能。燕青唱罢，徽宗大喜，叫他再唱一曲。燕青这次却唱了一首《减字木兰花》："听哀告，听哀告！贱躯流落谁知道，谁知道，极天罔地，罪恶难分颠倒。有人提出火坑中，肝胆常存忠孝，常存忠孝，有朝须把大恩人报！"

　　徽宗闻此曲，大惊失色，问道："卿何故有此曲？"燕青大哭，拜在地下。徽宗心中更疑，问是何故。燕青假言道："小人几年前被梁山好汉劫掠上山，被迫做了贼寇，今番逃回来，亦不敢抛头露面。今日见了君王，心中大痛，故此啼哭。"李师师在旁边帮言，请求徽宗写下一道赦书，赦燕青无罪。那徽宗被李师师缠不过，只好写了，又问道："你在梁山，应知那里备细。"燕青正盼他问，便把宋江本是如何忠义，一心愿归顺朝廷之情说了。他又说了前两次招安，官员从中做了手脚，皆无诚意，以及梁山两赢童贯，三败高俅，请高俅转奏招安等事。徽宗听罢，叹道："童贯、高俅回京，一个说天气炎热，一个推病，朕哪里知道这其中详细？"言罢，他又是嗟叹不已。燕青见招安有望，待到更深，自行退下。

　　第二日一早，燕青便回到店里，把面见徽宗的经过都一一向戴宗说

了。戴宗道："既然如此，多
是幸事。你我去找宿太尉下书便
了。" 二人带了一箱金银珠宝，
径自出门，来到宿太尉府前，恰碰
到那宿太尉上朝归来。燕青当街跪
地拦轿，呈上书信。那宿太尉见是
同窗闻焕章写的书信，便将燕青
带进府里。宿太尉拆信一看，
见上面写了宋江三败高俅，请
求招安的事，大吃一惊，问
燕青道："你是谁？"燕青
如实禀报，又道："宋江哥哥
满眼望太尉提拔救济，若得太尉于天子面前题
奏此事，则梁山泊十万人众，皆感大恩。"宿太尉听了点头，燕青将财宝送
与宿太尉，拜辞出来。

　　再说萧让、乐和被高俅软禁在府里，终日不得出。燕青、戴宗买通了高
俅府前虞候，方设计将二人救出来。之后，四人一起返回梁山泊。而高俅自
从梁山泊回来，心中难安，又闻报说萧让、乐和二人不见了，越添忧闷，更
是不敢上朝。

　　这日，徽宗早朝，问童贯道："去岁你统十万大军，征进梁山泊，胜败
如何？"童贯跪下，又用一番言辞遮掩。徽宗怒道："都是你等奸佞之臣，欺

瞒寡人！你去岁统兵征伐梁山泊，只两阵便被寇兵杀得人马凋零。次后高俅那厮，废了多少钱粮，折了若干军马，自己又被活捉上山，宋江等不肯杀害他，才放他回来。寡人闻宋江这伙只待招安，与国家出力，你等却从中作梗，坏了国家大事！"童贯吓得不敢再言，退在一边。徽宗又问："哪位爱卿可前去招抚梁山泊宋江等人？"那殿下宿太尉听了，连忙出班跪下，奏道："臣虽不才，愿往一遭。"徽宗大喜，随即写下诏书，又命库藏官取金牌三十六面，银牌七十二面，红锦三十六匹，绿锦七十二匹，黄封御酒一百八瓶，尽付与宿太尉。宿太尉接了诏书，次日便辞别徽宗，往梁山泊而来。

再说燕青、戴宗四人回到梁山，将面见道君皇帝、呈书与宿太尉等经过都一一说了。宋江大喜。吴用笑道："此回必有佳音。"过了数日，有人来报说宿太尉亲带诏书，前来招安了。宋江在忠义堂上忙传将令，分拨人员，从梁山泊直抵济州地面，扎缚起二十四座山棚，上面都是结彩悬花，下面陈设笙箫鼓乐，迎接诏敕。

且说宿太尉奉旨来梁山泊招安，一干人马来到济州。太守张叔夜出城迎接，安排他们在驿馆中住下。这张叔夜乃是有名的忠贞之臣，他也知前两次招安，皆因用人不当而误了事。这次他亲自到梁山上报信，宋江接住他，得知招安确真不假，以手加额道："宋江等再生之幸！"

张叔夜辞行，宋江便差大小军师吴用、朱武，并萧让、乐和四个，跟随张太守下山，直往济州来参见宿太尉。约至后日，众多大小头目皆离寨三十里外，伏道相迎。宿太尉带了随从，起马来到梁山泊左近，见夹道都是悬花结彩，心中欢喜。行不多远，只见宋江、卢俊义跪在面前，背后众头领齐齐

都跪在地下迎接恩诏。宿太尉急忙让众人上马，一起上了梁山大寨。只见那梁山泊三关之上，三关之下，鼓乐喧天，异香缭绕。

众人来到忠义堂上，宋江、卢俊义等都跪在堂前。萧让开读诏文，制曰："朕自即位以来，用仁义以治天下……切念宋江、卢俊义等，素怀忠义，不施暴虐……给降金牌三十六面、红锦三十六匹，赐与宋江等上头领；银牌七十二面、绿锦七十二匹，赐与宋江部下头目。敕书到日，莫负朕心，早早归顺，必当重用。"

萧让读罢诏书，宋江等山呼万岁，拜谢龙恩。宿太尉取过御酒，斟一杯对众人道："宿元景奉君命，特赍御酒到此。诚恐义士见疑，元景先饮此杯，与众义士看，勿得疑虑。"众头领称谢不已。宿太尉饮毕，再斟酒来，先劝宋江，后劝卢俊义等人，一百零八名头领俱各饮了一杯。宋江请太尉居中坐了，拜谢道："多感太尉恩厚，救拔宋江等再见天日之光，铭心刻骨，不敢有忘。"宿太尉将天子招安的经过说了，又道："天子差宿某到此，启请众头领。烦望义士早早收拾朝京，休负天子宣召抚安之意。"众人皆大喜。宋江又请出闻参谋与宿太尉叙旧。

几日后，宿太尉告辞回朝。送走宿太尉后，宋江将大小头领都召集到忠义堂前，传令道："众弟兄在此，我自江州得众兄弟相救到此，推我为尊，已经数载。今日喜得朝廷招安，我等一百八人，早晚朝京面圣。汝等军校，也有自来落草的，也有随众上山的，亦有军官失陷的，亦有掳掠来的。如愿随我招安的，一起进京。如不愿去的，就这里报名相辞。我自赍发你等下山，任从生理。"

　　宋江号令已罢，当下相辞的，也有三五千人。宋江皆赏了钱物，让他们下山去了。其余人等，都做了随行军士。宋江又令萧让写下告示，向附近百姓宣告招安一事。然后，他将库内金银财物，给各头领并军校人员各发一份，另选一份好的，作为上国进奉之礼。其余的则都堆集山寨，让附近百姓尽情上山购买。

　　又闹闹腾腾过了十余日，宋江带领众人，打起"顺天""护国"两面大旗，朝京城进发。众人很快到了京城，见了天子。徽宗见一百零八位好汉，个个都是十分英雄，心中大悦，喜道："此辈好汉，真英雄也。"随即赐宴，至暮方散。次日，宋江等人又入朝谢恩，此一等招安，方了了宋江平生大愿。

第四十七回

宋公明大战幽州城 呼延灼力擒辽小将

话说梁山泊宋江一干人等一时受了招安，做了大宋的朝臣，而高俅、童贯等人尚不甘心，又进谗言，叫徽宗趁机将宋江等人尽行剿除，分散他的兵马，以绝后患。徽宗没有主见，犹豫未决。幸亏宿太尉及时出言，谏救了众人，他道："宋江这伙好汉方始归降，智勇皆非同小可，倘或城中翻变起来，如何解救？尚且四边狼烟未息，中间再起祸胎，岂不坏了圣朝天下？"

且说当时辽国狼主起兵前来侵占山后九州边界，各处州郡都申奏朝廷求救，蔡京、童贯等人却按下表章不奏，众人皆知，只瞒了徽宗一个。当下宿太尉将辽兵进犯的事说了，又奏请叫宋江等人到边境抵御辽兵，建功立业。徽宗听了大喜，将童贯等人斥骂一顿，即刻写诏，册封宋江为破辽都先锋，卢俊义为副先锋，带领众好汉到北方御敌。

宋江等人接着旨意，先留卢俊义带大队人马驻扎京师，宋江与吴用几个兄弟回山寨，把各家家眷都送回原属州县，宋太公也由宋清陪着，回到宋家村复为良民。安排好一切，宋江等人火速进京，同卢俊义会合，便辞别天子，带兵杀到辽人管辖的檀州来。

两下里交兵，接连几场大战，宋江军马一口气破了檀州、蓟州、霸州，度过益津关，即将杀到幽州①城下。当时辽兵守幽州的统军姓贺，名重宝，他先前与宋江交阵，连输了几次，心中胆怯，又见宋江领兵攻来，更是慌乱。这时，辽军却派驸马太真与金吾大将李集，各带兵马前来助战。贺重宝大喜，叫接两队人马先在城外歇息，然后同他二人一起对抗宋江兵马。

　　且说宋江等人来到幽州，吴用与宋江计议，拨调关胜带宣赞、郝思文领兵在左，再调呼延灼带单廷珪、魏定国领兵在右，两队各领一万余人，从山后小路慢慢而行。宋江等引大军前来，径往幽州进发。

　　这时，那贺统军已引兵前来，正迎着宋江军马。两军相对，林冲出马，与贺统军交战。斗不到五合，贺统军回马便走。宋江率军在后追赶，贺统军分兵两路，不入幽州，却绕城而走。吴用在马上便叫："休赶！"说犹未了，左边撞出太真驸马来，右边撞出李金吾来，幸好这两路有关胜、呼延灼各带兵迎住。三路军马，逼住大战，直杀得尸横遍野，血流成河。

　　贺统军眼见辽兵不能得胜，欲回幽州城里，却被花荣、秦明截住厮杀。死战一回，贺统军突出围兵，欲退回西门城边，又被双枪将董平截住厮杀了一阵。他左冲右突，怎敌得过梁山好汉英雄众多？不一时，这贺统军便被众将赶杀得丢盔弃甲，心惊胆战。他转过南门时，一个不注意，被黄信砍中了马头，正待弃马而走，杨雄、石秀又从斜刺里撞出来，将他拕翻在马肚皮下。众将上来，把贺统军乱枪戳死。其余辽兵见主帅死了，都各自逃生。太真驸马、李金吾见中军帅旗已倒，也各引兵往山后退去。

　　宋江大驱人马，不费气力，一鼓破了幽州城。来到城内，驻扎下三军，

①幽州：河北平原北端陆路交通的枢纽，隋唐时军事地位十分重要。公元936年，后唐大将石敬瑭为灭掉后唐自立为帝，向辽国借兵，并答应将幽州连同其他十五州献给辽主耶律德光。此后，幽州一直被控制在辽国手中，宋朝也失去抵御辽、金的屏障。

宋江又出榜安抚百姓，并差人往檀州报捷。

　　那辽国狼主闻听幽州失守，又派都统军兀颜光及其子兀颜延寿带大兵前来幽州索战。先说那兀颜小将军延寿作为先锋，带领两万人马来到幽州，会合了太真驸马与李金吾二将，整顿兵马，前来搦战。宋江随即调遣军马出城，在离城十里靠山傍水之处，排下九宫八卦阵势。

　　那兀颜小将军带兵来到，见了宋江阵势，并不害怕。他在父亲帐下，颇识得阵法，故此不放在心上。只见他戴一项三叉如意紫金冠，穿一件蜀锦团花白银铠，左悬金画宝雕弓，右插银嵌狼牙箭，使一枝画杆方天戟，骑一匹铁脚枣骝马，甚是威风凛凛，意气风流。他在阵前高声叫道："你摆九宫八卦阵，待要瞒谁？你却识得俺的阵么？"说罢，他摆下一个辽兵阵势。神机军师朱武深知阵法，却是认得，悄悄告诉宋江那是太乙三才阵。宋江便出阵喝道："量你这太乙三才阵，何足为奇！"兀颜延寿又招展号旗，几次变动，换了阵势，但皆被朱武识破。

　　这小将军本要斗阵法，几次三番，却是输了，心中不服。宋江喝道："俺这九宫八卦阵势，虽是浅薄，你敢来打么？"

　　兀颜延寿大笑道："量此等小阵，有何难哉！"他随叫太真驸马与李金吾守阵，自带了一千多人马，奔入阵来。他走到阵里，便奔中军，只见中间白荡荡如银墙铁壁，团团将他围住。兀颜延寿见了，惊得面如土色，心中暗想："阵里哪得这等城子！"他便叫众军回旧路，要杀出阵来。可待回头看时，后面白茫茫如银海相似，满地只听得水响，不见路径。兀颜延寿更慌，引军杀投南门来，只见千团火块，万缕红霞，就地而滚，并不见一个军马。

看看四面无门，兀颜延寿料定是撞着妖法，便领众人选一路拼死杀出去。这时，旁边撞出一员大将，高声喝道："孺子小将，走哪里去！"兀颜延寿措手不及，眼见脑门上早飞下一鞭来，他便把方天戟来拦住。只听得双鞭齐下，却把戟杆打作两段。兀颜延寿急待挣扎，被那将军扑入怀内，轻舒猿臂，就马上活捉过去，其余众番军不辨东西，只得下马投降。这拿住小将军的，正是双鞭呼延灼。

后阵中太真驸马与李金吾见阵里久无动静，不敢杀来。宋江出到阵前，高声喝道："你那两军不降，更待何时？兀颜小将已被吾生擒在此！"李金吾见了，拍马挺枪来救兀颜延寿。秦明飞马截住，不几合，便将李金吾打死马下。太真驸马见李金吾输了，急忙引军逃走。宋江在后催兵掩杀，将辽兵杀得大败。

兀颜统军闻听儿子被捉，随后带兵赶来，又摆下一座混天象阵，叫宋江攻打。宋江得梦九天玄女，方得破阵之法，破了此阵。此后，辽国无能征善战之精兵良将，只得向宋朝求和。宋江等人攻辽数月，虽也折些兵马，且喜一百零八个兄弟不曾折损。徽宗准了议和，宋江便率大军得胜还朝。

第四十八回

张顺夜伏金山寺 宋江智取润州城

话说宋江等人破了辽兵，徽宗同意议和，又将攻破的所有州县，尽数还与辽人。宋江带人马归朝，本望加官进爵，却被蔡京、高俅、童贯等人作梗，徽宗又无主张，竟下令禁束宋江等人，不让其入京城，只在城外驻扎。众好汉愤愤不平，想要反了，却只碍宋江不允。

适时北宋末年，各地农民起义蜂拥而起，除山东宋江外，江南还有方腊起义，已成大势，朝廷累次出兵剿杀，都是无功而返。这时，方腊明白打出旗号，正式反了，占据八州二十五县，自为一国。宋江听说此事，便请宿太尉代为转奏，愿带兵下江南征伐方腊。宿太尉对徽宗说了，徽宗欣然允奏。

于是宋江等人又重整刀马，杀奔江南。其中能镌玉石印信的金大坚和善医禽兽的黄甫端却被徽宗索去听用。那方腊原是江南歙州人氏，因不满官府剥削，故聚众造反，在睦州清溪县帮源洞内造了宫殿，设立百官，自立为国王。他所占据的八州为：歙州、睦州、杭州、苏州、常州、湖州、宣州、润州。当时的嘉兴、松江、崇德、海宁皆在他管辖之内。

且说宋江等人来到江南，第一个险隘去处，便是扬子大江，隔江便是润

州城。宋江与吴用商议对策，吴用道："扬子江中有金、焦二山，靠着润州城郭，可叫几个水军兄弟，前去探路，打听隔岸消息。"

原来这扬子大江有两座山：一是金山，一是焦山。金山上有一座寺，绕山起盖，谓之金山寺。两山居江中，一边是淮东扬州，一边是浙西润州。这润州城郭，由方腊手下东厅枢密使吕师囊把守江岸。此人惯使一条丈八蛇矛，武艺出众。此时宋江要派人打探路径，柴进、张顺、石秀、阮小七四人上来听命。宋江让张顺和柴进一路，阮小七和石秀一路，分别到金、焦二山打听润州虚实。四人领命，辞了宋江，各去行事。

暂不说石秀与阮小七投焦山去了，单说柴进和张顺带了两个随从，奔金山对面的瓜洲而来。此时正是初春天气，日暖花香，那扬子江边，一派万里烟波。柴进、张顺来到江边，却不见有一个船只。两旁屋宇，也都无人居住。原来这里百姓听说宋江大军来打方腊，都躲到别处去了。柴进道："这里无有人住，又无渡船，怎生得知隔江消息？"张顺道："先找个屋子歇下，小弟夜间凫水到金山脚下，打听虚实。"两人并随从沿岸走去，推了数家柴扉，方找到一间有人住的，原来是一位老婆婆。他们假说是外地客人，在老婆婆家里住下。到了夜间，张顺让柴进等候消息，自己便凫水潜往金山寺探听消息。

张顺在水中如走平地，很快便到了金山脚下。张顺正要上山，忽见石峰边拴着一只小船，他便爬到船上，伏在船中向外张望，不一会儿，只见上流摇过一只船来。张顺自语道："这只船来得跷蹊，必有奸细！"他便跳下江里，直凫到那来船边。

水浒传

·美绘版·

二七三

此时，船上有两个人摇着橹，他们不提防水下有人，张顺从水底下钻出来，扳住船舷，一刀将两人都削下江里去了。张顺又跳到船上，那船舱里钻出两个人来，张顺手起一刀，又砍得一个下水去，另一个吓得倒入舱里。张顺喝道："你是甚人？哪里来的船？实说，我便饶你！"那人吓得慌了，道："好汉听禀：小人是此间扬州城外定浦村陈将士家人，陈将士叫小人过润州投拜吕师囊吕枢密那里献粮。吕枢密准了，派个虞候和小人同回，索要白粮五万石、船三百只，做进奉之礼。"张顺一听心下大喜，问清陈将士家底细，又问明砍死的那个人便是吕师囊派来的虞候叶贵，便将这个也砍死了。然后，他摇了船，回到瓜州岸上。此时天色方晓，张顺将上项事情都对柴进说了，二人便赶回宋江营中。

　　宋江得了二人消息，大为欢喜。吴用道："既有这个机会，破润州易如反掌！先拿了那陈将士，大事便定。"他唤过浪子燕青，叫他扮作叶虞候，又叫解珍、解宝扮作南军，持了船上劫来的枢密文书、关防牌面等，一起到定浦村陈将士庄前，如此这般行事。

　　这陈将士名叫陈观，有陈益、陈泰两个儿子，他一家要交结方腊，故才献粮，求吕师囊保奏为扬州府尹。且说燕青等人假扮叶贵，见了陈将士，便假说是吕枢密派来催粮的。陈将士见了枢密文书、号旗号衣等，并无疑心，唤儿子陈益、陈泰出来相见，又摆下筵席相待。酒过三巡，燕青给解珍、解宝使个眼色。解宝便从身边取出麻药，悄悄放在酒壶里。燕青便起身道："叶贵借相公酒果，权为上贺之意。"说罢，他斟一大盅酒，先劝陈将士喝了，又劝陈益、陈泰并几个庄客各饮了一杯。然后，燕青把嘴一努，解珍走

到外面寻了火种，在庄前放起一个号炮。吴用早派了众头领下来策应，他等听了炮响，一起杀进来。门口十几个庄客，哪敌得住他们，皆被杀死了。而燕青在堂里，见陈家父子一个个都倒了，拿刀割下众人首级来。

杀了陈将士一家，宋江又分派人马，选三百只快船，船上各插着方腊旗号，着一千军汉，各穿了号衣押粮，船内埋伏下二万余人，又差穆弘扮作陈益，李俊扮作陈泰，各坐一只大船，前往润州城。

这三百只船上，共分派了四十二位好汉，浩浩荡荡地来到润州北固山下。那边吕师囊手下早有哨兵探到消息，吕师囊聚集十二个统制官，都全副披挂，来到江边观看。这时，穆弘、李俊的船已靠了岸，穆弘在船上禀道："小人陈益、兄弟陈泰，父亲陈观特遣我等弟兄献纳白米五万石、船三百只、精兵五千，来谢枢密恩相保奏之恩。"岸上军校人等听了，取了穆弘手中公文，报与吕师囊。那吕枢密看了，见确是原领公文，便叫二人上岸。

穆弘、李俊上岸来拜了吕师囊。吕师囊盘问了二人一回，见船上军汉个个模样非常，心下生疑，便道："你两个到来，恐怕别有他意！"穆弘道："小人父子，一片孝顺之心，指望恩相重用，何必见疑！"吕师囊正欲点四个统制下船搜看，只见探马来报有方腊的圣旨了，吕师囊急忙上马，吩咐手下把守江岸，叫穆弘、李俊跟随入城。李俊招呼二十个偏将一起入城，众偏将却都被挡在城边，不准入内。

且说这吕师囊奔到南门，接着圣旨，上说司天太监浦文英夜观天象，有无数罡星入吴地分野，将有祸事，叫吕师囊守好江岸。吕师囊听了大惊，想起方才来的陈家兄弟一伙人形迹可疑，便传令下去，叫牢守江面，休放船上

人上岸。

却说那三百只船上众人，见半日没些动静，有些急躁。左边船上张横、张顺，带八个偏将，提军器上岸；右边船上十员正将，也都拿了枪刀，钻上岸来。守江面的南军，哪里拦挡得住？黑旋风李逵和解珍、解宝先抢到城门边，砍倒守城军士，城边二十个偏将，也各夺了军器杀起来。待吕师囊的将令传来，众好汉已杀入城了。

吕师囊手下十二个统制官，急忙调动军马，史进、柴进却早招起船内埋伏的两万精兵，一齐都杀上岸来。为首的统制官沈刚、潘文得领两路军马来保城门，沈刚被史进一刀剁下马去，潘文得也被张横一枪搠死。众军混杀，一片大乱。那剩下的十个统制官，都往城里退去，各保护自家家眷。穆弘、李俊在城中听得消息，便放起火来。

吕师囊闻报，急忙上马时，城里已着起大火。宋江早率大军杀来，四面八方，直杀得天昏地暗。那吕师囊力敌不过，只好带着残兵径奔丹徒县去了。

众好汉夺得润州，迎宋江进城。宋江清点人马，却折了三个偏将，一是云里金刚宋万，一是没面目焦挺，一是九尾龟陶宗旺。宋江见折了三个兄弟，心中伤痛，只是忧闷不乐。

第四十九回

宁海军宋江吊孝 涌金门张顺死难

　　宋江因折了三个兄弟，十分烦恼，后经吴用一番劝解，心中方略得安慰。在润州略住片时，宋江又发兵攻下丹徒县，此后与卢俊义兵分两路，攻下常州、苏州、宣州、湖州几个大郡，及江阴、太仓、昆山、常熟、嘉定等处。其间却又折了郑天寿、曹正、王定六、韩滔、彭玘、宣赞、施恩、孔亮等数员将领。宋江大哭，都一一祭奠了。

　　之后，宋江领兵来到秀州，秀州守将段恺见宋军声势浩大，不敢交战，出城投降。宋江不费兵力，取了秀州，便打算攻取杭州。这杭州在宋以前，唤作清河镇，后来钱王①把守这里，方改为杭州宁海军。宋江问段恺杭州有多少人马，段恺道："杭州城郭阔远，人烟稠密，乃是方腊大太子方天定把守，他部下有七万余军马，二十四员战将，四个元帅，皆是悍勇之将。"

　　宋江听罢，赏了段恺，便与诸将商议攻取杭州之策。小旋风柴进起身道："小弟愿深入方腊贼巢，去做细作，若能得功勋，报效朝廷，也与兄长有光。未知意下如何？"宋江大喜，便叫燕青同柴进一同前往。

　　此时，卢俊义率军攻下湖州，又兵分两路：一路由卢俊义带领去攻取

---

①钱王：指钱镠，称吴越王。唐末887年，钱镠为杭州刺史，后封王。他统治杭州期间，重视水利，体恤下民，钱塘江海堤和沿江的水闸等都是他下令修建的。

独松关，一路由呼延灼带领去攻取德清县，都到杭州会合，连同宋江兵马共是三路。杭州南半边，都是钱塘大江，吴用又与宋江计议，叫张横、阮小七带领侯健、段景住驾船去南门外策应，伺机行事。这时，忽然有钦差来到秀州，说徽宗染了疾病，索取神医安道全回去医治。宋江接到旨意，只得设酒送行，让安道全回京去了。然后宋江便整顿军马，水陆并进，朝杭州进发。

再说那杭州守将方天定，也在与手下将领商议退敌之策。他手下有四个元帅，为首的两个：一是国师邓元觉，使一条禅杖，十分厉害；一是南离元帅石宝，惯使一个流星锤，又能使一口劈风刀，可裁铜截铁，锋利无比。另外两个则是镇国将军厉天闰、护国将军司行方，其余便是二十四员偏将。方天定道："杭州宁海军是南国之屏障，若有亏失，睦州焉能保守？汝等诸官，务必赤心报国，休得怠慢。"众将齐奏道："殿下宽心！我等誓死效命！"方天定随即传下旨令，也分三路军马，迎对宋军，只留国师邓元觉与自己同保城池。前两队兵马分别去拦截独松关与德清县的宋兵。石宝带领几个偏将，自迎宋江大军。

此时，宋江已率军来到杭州临平山，早迎着南军石宝军马。石宝手下两员首将王仁、凤仪出马迎战。王仁与徐宁交手，花荣背后一箭，将他射翻。凤仪也被秦明一棒打死。宋军冲杀过去，石宝抵挡不住，退入城内。次日，宋江军马直抵城外东新桥下寨，宋江传令，将大队人马分作三路夹攻杭州。一路分拨步军头领朱仝、史进、鲁智深、武松、王英、扈三娘从汤镇路去取东门；一路分拨水军头领李俊、张顺、阮小二、阮小五、孟康从北新桥取古塘，截西路，打靠湖的城门；另一路为中路，由宋江、吴用

率领，又分马、步、水三队，攻取北关门、艮山门。大小三军已定，各自进发。

且说中路大军前队由关胜带领，他带兵来到东新桥，不见有一个南军。关胜心疑，退回桥外，每日派两个头领出哨②。这日轮着徐宁、郝思文，两人带了数十骑马，直哨到北关门来。二人见城门大开着，来到吊桥边看时，城上一声擂鼓响，城里早撞出一彪军马来。徐宁、郝思文急回马时，城西偏路喊声又起，一百余骑马军冲杀过来。徐宁拼力死战，杀出重围，郝思文却被活捉了去。徐宁急待回身去救，项上却中了一箭。幸好关胜及时赶到，救得徐宁回来。但徐宁中的却是毒箭，回来后医治不痊而死。郝思文也被南军杀害，城头上挑出首级来。宋江因又折了二将，好生伤感，按兵不动。

却说李俊、张顺等引兵到古塘，直过桃源岭西山深处，在灵隐寺屯驻。这日，张顺对李俊说道："南兵都已收入杭州城里去了。我们在此屯兵，今经半月之久，不见出战，只在山里，几时能获成功？小弟今欲从湖里没水过去，从水门中暗入城去，放火为号。哥哥便可进兵取他水门，就报与主将先锋，叫三路一齐打城。"李俊道："此计虽好，恐兄弟独力难成。"张顺

②出哨：指巡逻放哨，探听敌情。

道："便把这命报答公明哥哥多年的好情分，也不多了。"李俊闻言，一边报与宋江，一边整点人马策应不提。

且说当晚张顺藏了一把尖刀，来到西湖岸边，看见那三面青山，一湖绿水，远望城郭，有四座禁门，都临着湖岸。那四座门为钱塘门、涌金门、清波门、钱湖门。张顺来到西陵桥上，看了一回西湖景色，自语道："我生在浔阳江上，大风巨浪经了万千，何曾见过这一湖好水？便死在这里，也做个快活鬼！"说罢，他脱下布衫，挂好尖刀，赤着脚钻下湖里去，却从水底下摸将过湖来。

此时已是初更天气，月色微明，张顺摸近涌金门边，探起头来，见那城上女墙边有四、五个人在那里探望。张顺再伏到水里去，又等了半天，再探起头来看时，女墙边已没有了人。他摸到水口边，见这一带都是铁窗棂隔着，里面水帘护定。原来方天定怕宋江等人从水门混入，早在这里设了防线。张顺见窗棂牢固，不能够入城，伸只手去扯那水帘，却牵得帘子上铃响，城上人早发起喊来。张顺赶忙钻进湖里，等上边没有人声了，他才又钻出来。此时已是三更，城墙上空无一人。张顺知道水里是不能够入城了，便想爬上城去，但又怕城上还有人，便扔些土块上去，探一探路。城上有那不曾睡的军士，听到声响，叫将起来，一起下来看水门时，张顺早躲了，没有动静。众人心疑，只道："却是作怪，定是个鬼！我们各自睡去，休要睬他！"他们口里虽说，却不曾睡，都伏在女墙边。

张顺在水底又听了一更次，不见动静，便钻到城边来，又扔些土块上去，仍没动静。他只道城上军士都睡了，便来爬城，刚爬到一半，只听得上面一声梆子响，众军都一齐起来。张顺大惊，从半城上跳下水池里去，待要趁水没时，城上踏弩、硬弓、鹅卵石等却一齐都射打下来。可怜张顺一世英雄，此刻在这涌金门外水池中丧命身死。

李俊在营中久不见张顺动静，急派人去打探，方知张顺已死。李俊痛哭，慌忙报与宋江。宋江得到凶信，哭昏在地，吴用等众将亦皆伤感不已。原来张顺为人甚好，深得弟兄情分。宋江道："我丧了父母，也不如此伤悼，不由得我连心透骨般苦痛！"吴用及众将上前劝解，宋江道："我必须亲自到湖边，与他吊孝。"吴用道："兄长不可亲临险地，若贼兵得知，必来攻击。"宋江却是不听，非去不可。他先点李逵、鲍旭、项充、李衮四个，引五百步军去探路，随后自己带了石秀、戴宗、樊瑞、马麟，引五百军士，暗暗地从西山小路里去李俊寨里。

李俊等人接着，请宋江到灵隐寺内歇下。宋江又哭了一场，便请本寺僧人，就寺里诵经，追荐张顺。次日天晚，宋江叫小军去湖边扬一首白幡，上写"亡弟正将张顺之魂"，插于水边。西陵桥上，又排下许多祭物，宋江自穿了白袍，头上系了孝绢，同戴宗并五、七个僧人来到涌金门下。宋江当中证盟，哭奠张顺。次后，戴宗宣读祭文，宋江亲自把酒浇奠，仰天望东而哭。却不知这一哭，又引起一场大厮杀来。

第五十回

鲁智深坐化六和寺 宋公明魂聚蓼儿洼

话说宋江在涌金门外祭奠张顺，方天定在城中早探得消息，差下十员大将，分作两路来捉拿宋江。宋江正哭之间，忽听桥下两边喊声顿起，有两边人马从杭州南北城中杀出来。你道宋江为何敢只身冒险？原来他早知方天定会派人来捉他，故意做下诱饵，却让樊瑞、马麟、石秀等人各引五千军马在南北两山埋伏好了，又让李逵、项冲、阮小二、阮小五等人各领五千人马把后路截了。且说南军那两彪人马杀来时，还未到达西陵桥，半路上早被埋伏的宋军截住，待要退时，却没了归路。两军混战，最终方天定差出的那十个将领，死了四个，一个被捉，只留得一半回去。

宋江赢了这一仗，众军都到灵隐寺驻扎，准备攻城。这时，卢俊义差人来报说已过了独松关，很快到此会合。其间却又折了董平、张清两员正将，周通一员偏将。宋江闻报，心中添闷，眼泪如泉。

随后，宋江与卢俊义、呼延灼三路进兵杭州，杀了敌将数员，却因那城中石宝、邓元觉好生厉害，攻城不下，并又折了雷横、龚旺、索超、邓飞、刘唐、鲍旭等数员将领。后解珍、解宝劫得数十只南军送粮船只，吴用方用

计破了杭州，杀了方天定。但石宝、邓元觉等五员南将却逃出重围，前往睦州去了。

宋江进了杭州，出榜安民，然后往睦州进发。此后，接连几次大战，宋江军马夺睦州、战乌龙岭、过昱岭关、打歙州、克扬州、取清溪洞，花荣箭射邓元觉，石宝兵败自杀。南军节节败退，战将几被杀尽，而宋江手下众多兄弟也同样身死沙场。阮小二、孟康、解珍、解宝、马麟、燕顺、吕方、郭胜皆死于乌龙岭；王英、扈三娘、项充、李衮死于睦州；史进、石秀、陈达、杨春、李忠、薛永死于昱岭关；欧鹏、张青、丁得孙、单廷珪、魏定国、李云、石勇死于歙州；秦明、郁保四、孙二娘、邹渊、杜迁、李立、汤隆、蔡福、阮小五等死于清溪县。而武松虽得活命，却被砍断了右臂。宋江眼见得多少兄弟身死凋零，不由得一回回伤感落泪，其他弟兄，也各痛哭哀伤。

再说方腊治下州郡，尽皆失守，连他的老巢清溪县也被宋江占了，方腊由侄儿方杰保护，退到清溪帮源洞内。宋江军马很快将帮源洞围了，方腊眼见已无能战之将，在洞中如坐针毡，不知如何是好。这时，他的东床驸马出班请奏，要领一支人马出洞迎战。方腊一见大喜，遂让驸马上马出师。你道这驸马是谁？却是小旋风柴进。原来柴进自从与燕青别了宋江，化名柯引，到方腊处投拜。方腊见他仪表非俗，甚是欢喜，后将金枝公主嫁与他，招为驸马。

此时柴进见时机已到，所以领兵出阵。宋江、卢俊义在阵上望见柴进，便已知他要如何行事，故让花荣、关胜、朱仝等人输与他。柴进得胜回洞，更得方腊信任。次日，柴进又出马交战，宋江暗下将令，叫活捉方腊。待交

兵之际，柴进便趁机杀了方杰，将宋江兵马引进洞内。方腊却早见势头不好，往深山里逃去了，后来被鲁智深捉住。

宋江等人洗劫了帮源洞，才将方腊一伙彻底铲平。宋江又对鲁智深道："吾师擒得方腊，回京可奏报朝廷，博个封妻荫子，光耀祖宗。"鲁智深却道："洒家心已成灰，不愿为官，只图寻个安静去处，安身立命！"宋江道："既如此，回京师找一名山宝刹，做个住持，也算报答父母。"智深道："都不要，要多也无用。只得个囫囵尸首，便是好的了。"宋江闻言，蓦然心伤。

朝廷派来张招讨、刘都督等人来到睦州，庆贺宋江获得大功，宋江拜泣道："当初小将一百零八人，破辽还京，都不曾折损一人。而这南征方腊，众兄弟却十停去七。今日宋江虽存，又有何面目回去再见山东父老、故乡亲戚？"众人闻言，只得上前解劝了。

张招讨在睦州设宴，赏劳三军将校。宋江等人又设立道场，追悼众兄弟亡魂。之后，各军收拾行装，陆续登程返京。此时，宋江部下正将、偏将只剩下三十六人。除宋江、卢俊义外，还有关胜、林冲、呼延灼、花荣、柴进、李应等人。

不久，大军离了睦州，到了杭州，驻扎进杭州六和寺。鲁智深自与武松在寺中一处歇马，二人看见城外江山秀丽，景物非常，心中欢喜。当夜月白风清，水天共碧，二人在僧房内睡至半夜，忽听得江上潮声雷响。鲁智深是关西汉子，不曾听过这浙江潮信，只道是战鼓响，便跳将起来，摸了禅杖，大喝着冲出禅房。寺内众僧吃了一惊，都来问道："师父何故如此？赶

到何处去？"鲁智深道："洒家听得战鼓响，待要出去杀。"众僧都笑起来道："师父听错了！那不是战鼓响，乃是钱塘江潮信响。"鲁智深见说，吃了一惊，问道："怎地唤作潮信响？"众僧推开窗，指着那潮头，说道："这潮日夜两番来，并不违时刻。因不失信，谓之潮信。"鲁智深看了，心中忽然大悟，拍掌笑道："俺师父智真长老曾嘱咐过俺几句话，其中有'遇腊而执'，俺生擒了方腊；又有'听潮而圆，见信而寂'，俺想今日既逢潮信，合当圆寂。众和尚，你们可知如何唤作'圆寂'？"众僧答道："你是出家人，如何不晓得佛门中'圆寂'便是死？"鲁智深笑道："既然死乃唤作'圆寂'，洒家今夜必当圆寂。烦与俺烧桶汤来，洒家沐浴。"众僧只道他说笑，并未当真，但又不敢违他，便给他烧了热水来，叫他洗浴完毕。鲁智深换了一身御赐的僧衣，便对部下军校道："去报宋公明哥哥，来看洒家。"他又向寺内众僧讨了纸笔，写了一篇颂子，便去法堂上一把禅椅上盘腿坐好。待宋江闻报，带众头领来看时，鲁智深已坐在禅椅上不动了。众人又看那颂子曰："平生不修善果，只爱杀人放火。忽地顿开金枷，这里扯断玉锁。咦！钱塘江上潮信来，今日方知我是我。"

宋江与卢俊义看了偈语，唯有嗟叹不已。众多头领都来焚香拜礼，后将鲁智深于六和寺后烧化。武松此时右臂已残，不愿进京，便在六和寺出家。这时，林冲却染患风病瘫了，杨雄发背疮而死，时迁又感绞肠痧而死，留在丹徒县的杨志也患病不痊死了。宋江感伤不已。林冲就留在六和寺中，由武松看视，后半载而亡。

宋江只得收拾剩余军马离了杭州，往京师进发。途中，燕青拜别卢俊

义，不知去向。李俊也诈称中了风疾，与童威、童猛留下，不再随军前行。

待宋江等人回到京师，只剩了二十七人，这众人入朝面见天子。徽宗见原人马折损大半，也叹息伤感，遂降下圣旨：追封所有亡故将士，正将封为忠武郎，偏将封为义节郎。又册封宋江为武德大夫、楚州安抚使，兼兵马都总管；卢俊义为武功大夫、庐州安抚使，兼兵马副总管；吴用授武胜军承宣使；关胜授大名府正兵马总管；呼延灼授御营兵马指挥使；花荣授应天府兵马都统制；柴进授横海军沧州都统制；李逵授镇江润州都统制；等等。其余偏将也都封官授职。

这众人都受了官爵，在京城相聚数日，便各自到任所上任。后来戴宗、阮小七、柴进、李应等人俱各辞官或被削官，又做了平民百姓。其余人等也各有命运，多辞官求闲去了。

宋江却到楚州上任，总领兵马。卢俊义也到泸州任职。蔡京、高俅、童贯之辈见徽宗厚赐了宋江等人，心有不甘。他众人合谋，到徽宗面前说宋江、卢俊义有反心，先把卢俊义骗到京师，于酒中下了水银。卢俊义喝酒后，回泸州途中，因水银行至腰间，疼痛难忍，失足落水而死。然后，蔡京等人又奏请徽宗派钦差到楚州赐酒，他们便在酒里下了慢性毒药，以结果宋江性命。

且说宋江自到楚州，也倒安闲自在。那楚州南门外有个好去处，唤作蓼儿洼。其处四面都是水港，中有高山一座，风景秀丽，松柏森然。宋江每到闲暇之余，便喜到这里游玩，自道："日后我若能葬在这里，即死也得乐情消遣。"

忽一日，朝廷有御酒赐来，宋江喝了后，腹痛难忍，便明白定是徽宗听信谗言，给他下了慢药。宋江唯有自叹一番。他死不怕，只怕死后李逵造反，便派人到润州把李逵叫了来，骗李逵也喝了药酒。宋江道："兄弟，你休怪我。前日朝廷赐药酒来，让我吃了。我怕我死后你要造反，坏了我梁山泊替天行道的忠义之名，故将那药酒也与你喝了。这楚州门外有个蓼儿洼，我死后葬在那里。兄弟，你死后也来此处，你我如同在梁山泊聚义。"说罢，他泪落如雨。李逵听罢，也哭道："罢了，生时服侍哥哥，死了便做哥哥部下一个小鬼。"

　　不久，宋江、李逵果然身死，都葬在蓼儿洼。再说吴用、花荣二人各自到任后，日日思念宋江的好处。忽一日，二人皆梦到宋江自言已死，特邀前去坟前探望。二人心中甚感不安，齐赶到楚州，果见宋江已死，二人在宋江墓前大哭一场，便在那墓前树上双双自缢身亡。至此，梁山泊之大聚义，烟消云散。后人感其忠义，口口相传，将他们的故事流传后世。

图书在版编目(CIP)数据

水浒传：美绘版／龚勋主编. —成都：天地出版
社，2018.6（2023.6重印）
（中国少儿必读金典）
ISBN 978-7-5455-3552-5

Ⅰ．①水… Ⅱ．①龚… Ⅲ．①章回小说—中国—明代
Ⅳ．①I242.4

中国版本图书馆CIP数据核字（2018）第075050号

中国少儿必读金典

水浒传（美绘版）

出 品 人	杨　政
原　著	〔明〕施耐庵　〔明〕罗贯中
主　编	龚　勋
责任编辑	李红珍　李　蕊
责任印制	刘　元

出版发行	天地出版社
	（成都市锦江区三色路238号　邮政编码：610023）
	（北京市方庄芳群园3区3号　邮政编码：100078）
网　址	http://www.tiandiph.com
电子邮箱	tianditg@163.com
经　销	新华文轩出版传媒股份有限公司

印　刷	水印书香（唐山）印刷有限公司
版　次	2018年6月第1版
印　次	2023年6月第7次印刷
成品尺寸	171mm×235mm　1/16
印　张	19
字　数	200千
定　价	39.80元
书　号	ISBN 978-7-5455-3552-5